Murmúrios
de um tempo
Anunciado

Pedro Elias

Murmúrios
de um tempo
Anunciado

Título original: Murmúrios de um tempo anunciado
Copyright © 2012 by Pedro Elias
Copyright desta tradução © 2012 by Rai Editora

Livro adaptado da Língua Portuguesa de Portugal para Língua Portuguesa do Brasil.

Todos os direitos reservados. Nenhuma parte desta publicação pode ser reproduzida, arquivada em sistema de armazenamento ou transmitida em qualquer formato ou por quaisquer meios: eletrônico, mecânico, fotocópias, gravação ou qualquer outro, sem o consentimento prévio.

Coordenação editorial
Estúdio Logos

Editora assistente
Mayara Facchini

Assistente editorial
Juliana Sayão

Preparação de texto
Flávia Yacubian

Revisão
Valéria Sanálios

Capa, projeto gráfico e diagramação
all4type.com.br

Assessoria editorial e de artes
Patricia Nascimento

Imagem de capa: Thomas Cristofoletti/Getty Images

CIP-BRASIL. CATALOGAÇÃO-NA-FONTE
SINDICATO NACIONAL DOS EDITORES DE LIVROS, RJ

E41m Elias, Pedro
Murmúrios de um tempo anunciado / Pedro Elias. - São Paulo : Rai, 2012.

ISBN 978-85-8146-023-9

1. Romance português. I. Título.

12-2350.
CDD: 869.3
CDU: 821.134.3-3

Direito de edição:
Rai editora
Avenida Iraí, 143 - conj. 61 - Moema - 04082-000 - São Paulo - SP
Tel: (11) 2384-5434 - www.raieditora.com.br
contato@raieditora.com.br

SUMÁRIO

Capítulo I 7
Capítulo II (250 d.C.) 13
Capítulo III (250 d.C.) 23
Capítulo IV (250 d.C.) 29
Capítulo V (250 d.C.) 35
Capítulo VI...47
Capítulo VII (250 d.C.) 51
Capítulo VIII (250 d.C.) 63
Capítulo IX (251 d.C.) 67
Capítulo X (251 d.C.) 87
Capítulo XI 107
Capítulo XII (254 d.C.) 111
Capítulo XIII (254 d.C.) 123
Capítulo XIV (272 d.C.) 133
Capítulo XV (272 d.C.) 149
Capítulo XVI 157
Capítulo XVII (282 d.C.) 165
Capítulo XVIII (282 d.C.) 171
Capítulo XIX (304 d.C.) 175
Capítulo XX (304 d.C.) 183
Capítulo XXI 191
Capítulo XXII (313 d.C.) 205
Capítulo XXIII (325 d.C.) 217
Capítulo XXIV (325 d.C.) 227

CAPÍTULO I

O trem corria pela planície no trepidar das linhas gastas e velhas. Eu, de olhar perdido no horizonte, que a névoa escondia na palidez de uma paisagem despida de gente, observava a planície no seu deslizar, rumo a um passado que eu tentava esquecer. Deixara a cidade logo após ter concluído o curso de Belas-Artes. Era ali, no respirar dos pássaros e do vento agreste, no sentir profundo da natureza, que poderia mergulhar no silêncio, despertando para a minha verdadeira essência.

Eram onze da manhã quando o trem parou numa pequena estação, no sopé de um monte. O dia tinha clareado sobre a névoa que se dissipara, revelando o sol que me confortou num afago caloroso. Coloquei a bagagem num pequeno carro de empurrar, caminhando pelo apeadouro onde apenas o vento marcava presença. Era um lugar vazio, envelhecido pelo tempo e pelo desgosto de não haver gente que lhe desse significado; um daqueles lugares de onde as pessoas partem em vez de chegar. E o trem reiniciou a sua marcha, preso ao destino das linhas. Com ele foi a civilização; um passado sem história nem lugar.

Fora da estação, num silêncio marcado pelo vento que descia desde a montanha, aguardei que o senhor Joaquim, de quem eu tinha comprado a casa da serra, chegasse para me transportar até a aldeia.

Murmúrios de um tempo anunciado

Os caminhos eram de terra, afugentando todos aqueles que desejassem lá chegar de caminhonete ou carro. Era mais um obstáculo à civilização. E o senhor Joaquim lá chegou à hora marcada. Vinha vestido com uma bata que lhe envolvia o rosto, parando a carroça junto de mim num sorriso que não era de plástico como aqueles que se compram em supermercados para servir conveniências e interesses, mas genuíno na sinceridade de um coração bom, reconhecido na profundidade e na sabedoria do seu olhar.

– Bom dia, menina Vera – disse descendo da carroça.

– Como vai, senhor Joaquim?

– Fez boa viagem?

– Sim. Foi a melhor viagem que já fiz, sabe?... Vir para um lugar como este foi tudo aquilo com que sempre sonhei.

– É pena que os jovens daqui não pensem como a menina. Hoje só sobraram os velhos.

– Deixe estar! Um dia regressarão.

– Não sei, não! – ele disse enquanto carregava a carroça. – Muitos não vêm nem nas férias.

E logo partimos serra acima, ao ritmo lento de um burro sem pressa, contornando os caminhos que se pronunciavam em falésias escarpadas. Lá em baixo, por entre a encosta, um pequeno riacho saltava em cascatas, contornando as rochas em serpenteados cor de prata que lhe davam expressão. O cheiro dos arbustos e da terra impregnavam-me de uma paz como nunca antes tinha sentido, tornando presente a saudade cultivada pelo desejo de um dia pertencer a um lugar como aquele. E agora eu estava ali para sempre. Nada poderia me desmotivar de um sonho que eu soube preservar, escondendo-o do mundo para que ele não o roubasse de mim. Podia finalmente soltá-lo como pomba branca, deixando que o tempo lhe desse raízes.

No fim daquele trilho de terra vermelha, bem no topo da serra, ficava a aldeia como promontório à verdadeira civilização. Ali o tempo era escravo e não senhor, submetendo-se à vontade de quem dele necessitasse. Ao fundo, um pequeno cemitério com um pelourinho em ruínas, onde os mais idosos, os únicos habitantes, confraternizavam. Os caminhos, feitos de pedras, se espalhavam pelo chão em mosaicos de uma abstração natural, de onde a erva selvagem sobressaía, curvando-se com o vento que ganhava vida em cada esquina.

Logo paramos em frente à casa do senhor Joaquim. Dona Ana, ouvindo o ladrar do cão que correu para nós, satisfeito com a chegada do dono, saiu ao nosso encontro, abraçando-me assim que desci da carroça.

– Que saudades, menina. Pensei que nunca mais viesse.
– Como vai, dona Ana?
– Vamos indo, menina.
– E o reumatismo?
– Ah, filha! Cada vez pior... Isso já não tem jeito...
– Não fale assim. Se acreditar, vai ver que melhorará – aconselhei sorrindo.
– Fé é o que não me falta, menina... mas venha para dentro... vai ficar uns dias conosco, não vai?
– Agradeço, dona Ana, mas não posso.
– Vai pelo menos almoçar conosco! – e ergueu os braços.
– Está bem – concordei sorrindo. – Aceito o almoço.

Assim que entramos, fui tocada pelo cheiro da sopa que fumegava numa chaminé rente ao chão, aguçando-me o apetite. A decoração da casa era simples e vazia de adornos, realçando as paredes de granito que tudo escureciam na timidez de duas pequenas janelas. A luz escassa que entrava na cozinha era refletida pelos pratos pintados com motivos serranos, que se equilibravam no parapeito da chaminé, e por outros, menores, que se estendiam sobre a mesa ao centro da cozinha, em volta da qual nos sentamos. O cheiro da sopa continuava presente, acolhendo-me no conforto de quem regressava a casa.

– Não tem medo de ficar sozinha na serra? – perguntou dona Ana.

– Não. Sempre vivi sozinha na cidade... Aqui não tenho nada a recear, dona Ana.
– Acho que fez bem em deixar a cidade – replicou senhor Joaquim enquanto cortava o pão. – Estive lá uma vez e jurei a mim mesmo que nunca mais.
– Mas aqui a vida também deve ser difícil, não?
– Às vezes sim, menina. Mas hoje há pouco para fazer... vivemos da pensão e das memórias.
– E tem saudades desses tempos?
– Ah, sim! Muitas!
O seu sorriso espelhava a alegria de poder partilhar aquelas memórias com alguém que não as tinha vivido e assim ressuscitá-las da sonolência forçada dos anos. E continuou:
– Era uma vida dura. Chegávamos a fazer longos quilômetros com o gado, às vezes debaixo de tempestades de neve, para vendê-lo nas feiras. Havia invernos em que até o rabo das vacas congelava... o que nós não passamos nessa serra! Mas a vida era alegre, sabe? As ruas estavam sempre cheias de crianças, as vendas apinhadas de gente... agora restam apenas os fantasmas.
Ele retirou do bolso um lenço dobrado, enxugando os olhos.
– Espero que goste de sopa, menina – disse dona Ana, colocando-a numa vasilha.
– Gosto muito. Sempre foi um dos meus pratos favoritos.
– Então vai provar uma das melhores sopas da região.
– Pelo cheiro estou certa que sim – sorri-lhe.
Ela colocou a vasilha sobre a mesa, servindo-nos. Depois sentou-se ao lado do marido.
– E então, o que me diz? – perguntou de olho em mim, depois de eu ter provado.
– Muito boa. Vai ter que me ensinar a fazê-la.
– Terei muito gosto nisso, menina... não tenho a quem deixar estas receitas...

Continuei a comer aquela sopa deliciosa, repetindo.

– Temos que falar de negócios, senhor Joaquim – eu disse no meio da refeição. – Queria contratar os seus serviços para que me levasse todas as semanas lenha, gasolina e mantimentos. Pode ser?

– Claro que sim, menina.

– Agradeço-lhe – sorri. – Outra coisa que queria pedir é se não se importaria em buscar na estação algumas telas que encomendei. Elas chegarão sempre no primeiro dia de cada mês.

– Claro. Não se preocupe.

– Pagarei bem, vai ver.

– Ah, menina! Mesmo que não pagasse seria um prazer.

Após o almoço, o senhor Joaquim aparelhou o burro para transportar as malas e as telas serra acima; um caminho de cabras que serpenteava até um pequeno planalto onde ficava a casa que em tempos fora sua. Depois de me despedir da dona Ana, prometendo regressar, partimos a pé pelo atalho, que nos levou até a casa da serra, a cerca de um quilômetro da aldeia. Pelo caminho, não pude deixar de testemunhar a beleza única daquele lugar. Os arbustos rasteiros cresciam junto ao meio-fio, ladeando o trilho de terra vermelha em toda a sua extensão. Do lado direito, algumas árvores volumosas elevavam-se na encosta, sombreando o caminho, enquanto do lado esquerdo as escarpas ganhavam vida com os sons uivantes do vento. A aldeia tornava-se pequena diante dos nossos olhos soberbos pela altitude, isolada como ilha em pleno mar feito de terra.

– Estamos chegando.

– Não tem saudade desta casa? – perguntei, olhando em volta.

– Não. Essa era a casa dos meus pais. Vivi aqui toda a minha juventude, mas quando casei fui morar na aldeia. Naqueles tempos era triste viver na serra. Para um jovem, então! Foi uma alegria quando me mudei.

– E as obras, como ficaram?

– Correu tudo bem, menina. Estive aqui várias vezes acompanhando os pedreiros. Ficou muito bonita a casa. Quem dera naqueles tempos tê-la assim!

Ajudei-o a descarregar a bagagem, pagando pelo serviço.

– Ah, menina! Não há necessidade disso.

– Não quero que se sinta constrangido em aceitar o dinheiro. O senhor prestou-me um serviço e eu estou pagando por ele.

– Está certo, menina... mas é como se eu aceitasse dinheiro de um familiar, entende?

– Mesmo assim tem todo o direito de recebê-lo.

Ele apanhou o dinheiro, subindo no burro.

– Virei todas as semanas como ficou combinado.

– Estarei esperando, senhor Joaquim.

– Se, entretanto, precisar de alguma coisa, já sabe! É só aparecer lá por casa.

– Obrigada.

E partiu, deixando-me sozinha. Caminhei então até à varanda que se debruçava sobre a encosta, contemplando o lago lá em baixo. Ali, no espelho cristalino daquelas águas suaves, era a porta de entrada para o reencontro com a minha essência, e isso me preenchia de uma paz difícil de expressar em pensamentos. Estava finalmente em casa.

CAPÍTULO II (250 d.C.)

A chuva intensa desvanecia o horizonte numa névoa que tudo cobria, lançando pelas ruas empedradas da cidade, tal como a água de um pequeno riacho, uma longa corrente que contornava as esquinas na força alimentada pela tempestade. E não se via vivalma. A ausência da população era como um murmúrio pressagiado na incerteza que nos atormentava, uma voz dolorida que nos prometia tempos difíceis. Vivíamos na terceira cidade do império; a primeira da cristandade que crescia vigorosa na sua fé sincera e destemida. Fora ali, em Antioquia, que Paulo convertera os primeiros pagãos, fazendo da cidade o berço da nova igreja. Mas o império, após as comemorações do milionésimo aniversário de Roma, rejuvenescia na sua vocação pagã e nada tolerante, acentuando o mal-estar que se pressentia no ar como abutre sobre a planície. Décio, general feito imperador, iniciara novas perseguições aos cristãos, materializadas numa lei que obrigava todos a prestar sacrifício aos deuses do império.

Eu caminhava de capuz na cabeça e postura vergada, tentando passar despercebida aos soldados que patrulhavam as ruas à procura daqueles que não possuíssem o *libellus*[1]. Ao longe, para lá da espessa neblina que parecia me proteger, o som dos cascos dos cavalos romanos fazia-se ouvir num eco molhado. Como cristã, convicta das certezas de uma religião que tinha como única, não poderia nunca satisfazer os desejos do imperador, já que prestar tal sacrifício seria negar a minha fé: a salvação em Cristo. Preferia a prisão, a tortura, a própria morte, a ter que negar aquele que se sacrificara por todos nós.

Foi então que tive a visão de um ser. Um ser esbelto, muito fino, de uma luminosidade translúcida e longos cabelos brancos. Da sua aura luminosa irradiava uma profunda paz. Algo que nunca antes tinha sentido. E o ser falou dentro da minha mente, dizendo: "Estás preparada para ser mãe?". Ao que respondi mentalmente: "Como posso ser mãe se renunciei ao casamento por amor a Cristo?". E o ser respondeu: "É por esse mesmo amor que irei lhe trazer uma filha". E logo desapareceu, deixando-me confusa.

No mesmo instante, como resposta às palavras daquele ser, ouvi o choro de uma criança, seguindo o seu rastro. Seria mesmo possível!? No dobrar de uma esquina encontrei-a sentada no alpendre de uma casa. Ela chorava abraçada aos joelhos, de olhar fechado, estava distante. Coberta no que restava de um vestido feito de retalhos encharcados, mergulhava na dor das suas lágrimas, que me fizeram retroceder no tempo.

Tinha contado a meu pai, judeu devoto, que me convertera ao cristianismo e fui expulsa de casa. Aos doze anos, parti pelas ruas da cidade tendo em Cristo a única fonte de sustento. Depois de muito caminhar, sentei-me no alpendre de uma casa como aquela. A chuva caía com a mesma intensidade de agora, chorando por quem não conseguia chorar, num nó que me apertava a garganta. E foi um casal cristão que, ao passar por mim e ver a dor que delineava todo

---

1 – Certificado comprovativo de que se obedecera às ordens do imperador.

o meu rosto em lágrimas que não fui capaz de libertar, me recolheu, adotando-me como filha.

Estava agora diante de uma criança que revelava, nos contornos sofridos da sua expressão ausente, a imagem desse passado que se repetia uma vez mais. Ela fixou-me com os seus olhos vivos e bonitos, sorrindo no cintilar das lágrimas que escorriam pela face rosada. No seu vestido de retalhos estava bordado um pequeno peixe, me fazendo compreender que ela também era cristã.

– Onde estão os seus pais? – perguntei, agachando-me junto a ela.

– Os homens... levaram – ela respondeu, soluçando.

– Que homens, pequenina?

Ela limpou as lágrimas. – Os homens... maus.

– Os soldados?

– Sim.

– Como se chama?

– Maria – respondeu com a expressão mais tranquila.

– Apertei-a nos braços, levantando-me com ela.

– Anda, pequenina. Precisas comer e dormir.

Depois de atravessar ruas e ruelas, todas inundadas pela água da tempestade, cheguei em casa com a criança nos braços, entrando completamente encharcada.

– Oh, filha! Achei que não ia conseguir chegar – disse-me minha mãe, segurando a capa. – E esta criança, quem é?

– Encontrei-a na rua. Os pais foram levados pelos soldados.

– Estava sozinha!? – perguntou, de sobrancelhas vergadas.

– Sim.

– Pobrezinha – concluiu, passando a mão pelos seus cabelos molhados.

– Mãe me arranje alguma roupa limpa e comida. Ela deve estar cheia de fome.

– Claro que sim! Vou já tratar disso. Uma das nossas servas tem uma filha com a mesma idade.

– Nós estamos no meu quarto.

Murmúrios de um tempo anunciado

Subi as escadas num rastro de água que pingava pelo chão, indo até ao quarto. Em seguida, retirei o vestido de retalhos da criança e entrei no banheiro. O vapor subia pelas paredes, saindo por uma chaminé que se elevava no telhado, enquanto a água quente brotava por um estreito orifício. Ela, intimidada pela nudez, permanecia com o olhar fixo nos mosaicos do chão. Era-lhe tudo muito estranho: a decoração, a casa, as roupas, a minha própria presença. Que eu poderia fazer para tranquilizar a sua mente assustada, para compensar a falta dos pais?

Depois de pegá-la nos braços, coloquei-a na banheira. E sem que ela esboçasse a mínima resistência, dei-lhe banho. Enquanto lavava o seu corpo frágil e sofrido, senti crescer em mim o lado materno que desconhecia, mas que esteve sempre presente na doce Maria, a filha apenas sonhada. Era uma bênção de Deus com alguém que tinha renunciado ao casamento, um presente ofertado por aquele ser misterioso.

Depois do banho, embrulhei-a numa toalha bordada de branco. Uma das servas entrou com a roupa, colocando-a sobre a cama. Iria ficar linda! Quando a vesti, olhei-a, comovida. Eu havia ganhado uma filha.

– Prometo nunca te abandonar! – disse-lhe de olhos umedecidos, abraçando-a.

E logo descemos até à sala. A mesa estava repleta de comida, o que despertou a sua atenção. Apesar da fome, no entanto, permaneceu sentada com os olhos fixos nas mãos entrelaçadas sobre o colo.

– Então, querida, não está com fome? – perguntou minha mãe.

Ela assentiu, permanecendo de olhar caído.

– Pegue, não tenha vergonha.

Passei a mão pelos seus cabelos ainda molhados.

– Pode comer tudo o que quiser. Agora esta é a sua casa.

Coloquei um pouco de comida no prato, incitando-a. Ainda envergonhada, começou a comer. Como era reconfortante ver o seu rosto sem as marcas da tristeza de minutos antes.

Foi então que ouvimos a porta de entrada ser aberta.
– Deve ser o seu pai – disse mamãe.
– Vou recebê-lo – e, levantei. Caminhei até à porta.
– Boa noite, meu pai.
– Sara! – Cumprimentou-me com o ósculo santo.[2] – Como correram hoje os estudos?
– Bem, meu pai. Sabe que vou ser batizada daqui a quatro dias?
– Essa é uma notícia que me alegra profundamente – ele disse, entrando comigo. – Há muito tempo que esperava por esse dia.

Já na sala, observou Maria que comia timidamente, olhando-me com ar interrogador.
– Quem é esta criança? – perguntou enquanto se sentava.
– Encontrei-a na rua. Os soldados levaram seus pais e ela ficou sozinha. Resolvi acolhê-la.
– Fez bem, filha. Os soldados não estão dando tréguas aos nossos irmãos. É cada vez mais difícil andar pelas ruas sem ser espancado e xingado pelos pagãos. Que Deus nos ajude a suportar tanta injustiça.

Maria parara de comer, intimidada com a presença de meu pai.
– Não tenha medo de mim, pequenina.
– Estou pensando em adotá-la. O que acha disso? – perguntei.
– Acho bom, filha. Nunca mais ela irá ver os pais... aqui sempre terá uma casa e alguém que cuide dela.

Ficamos o resto da refeição em silêncio, passando para a sala ao lado assim que terminamos. Ali, sentados sobre almofadas no chão, ouvimos meu pai recitar passagens das cartas de Paulo, dos Evangelhos de Felipe e Tomé; palavras que me tocavam como na primeira vez em que as ouvi, alimentando-me na fé que fui construindo com a idade. Quando terminou, subi com Maria até o quarto, deitando-a. E ali fiquei, olhando para ela.

---

2 – Beijo na boca trocado entre os primeiros cristãos como forma de cumprimento.

– Iremos ficar juntas para sempre – eu disse, sussurrando.
– Nada irá lhe faltar, prometo!
Na manhã seguinte, acordamos as duas sincronizadas com o sol que despertava. Assim que ela abriu os olhos e os fixou nos meus, sorriu-me de uma forma que me tranquilizou profundamente. Como era bom saber que ela também tinha me adotado! Já na sala, sentamo-nos à mesa, onde se encontrava a minha mãe.
– Bom dia.
– Olá, Sara – ela me cumprimentou, olhando depois para Maria.
– E você, pequenina? Já está menos envergonhada?
Ela ficou em silêncio, de olhar caído e expressão intimidada.
– Tem que dar mais algum tempo, mãe – eu disse, olhando para ela enquanto afagava os seus cabelos. – Tudo ainda é muito estranho para ela.
Preparei o prato com algumas frutas e lhe entreguei. Ela comeu de cabeça baixa e olhar recolhido.
– Já chegaram os nossos irmãos? – perguntei, deixando Maria comer em paz.
– Sim, filha. Estão lhe esperando.
– Mãe, tome conta dela, está bem?
– Claro que sim.
– Eu volto já, querida. Come tudo aquilo que tiver vontade.
Maria assentiu sem tirar os olhos do prato.
Desloquei-me até à sala. Todos estavam sentados sobre almofadas de seda, ouvindo as palavras finais da oração que meu pai entoava.
– "... Livra-nos, senhor, do mal, aperfeiçoa-nos no Teu amor, santifica-nos e congrega-nos no reino que preparaste para nós, amém". Fizemos, todos, o sinal da cruz, repetindo o amém final, e meu pai prosseguiu.
– Como nos ensinou o nosso irmão Paulo: "Quando vos reunis, tenha cada um de vós um cântico, um ensinamento, uma revelação, um discurso em línguas, uma interpretação". Seguindo este princí-

pio, gostaria de partilhar convosco aquilo que penso a respeito dos últimos acontecimentos. Sei que estão assustados. A imposição do imperador é desajustada com a nossa realidade, no entanto, gostaria de vos dizer que não considero errado prestar sacrifício aos deuses pagãos. Todos nós sabemos que são deuses de pedra, um ritual que nada significa para nós... Por que arriscarmos sermos presos?

Estava indignada com a posição de meu pai. Como podia ele, que me ensinara tudo sobre Cristo, dizer tais coisas!

– Não concordo, meu pai – disse, levantando-me bruscamente.

– Sara! Gostaria de acrescentar algo?

– Sim, meu pai. Gostaria de dizer que não concordo com essa posição, pois Cristo se sacrificou por todos nós, então também nós temos a obrigação de nos sacrificarmos por ele.

Fiz uma breve pausa, encarando nossos irmãos, e continuei.

– Ontem, quando vinha para casa, encontrei uma criança que chorava, perdida dos pais, levados pelos soldados. O casal mostrou sua fé em Cristo, pois teria sido muito cômodo prestar sacrifício a esses deuses de pedra e continuar em liberdade. Mas eles preferiram a prisão, apesar de tudo. Lembrem-se da atitude do nosso bispo Inácio, o quanto ele ficou alegre pela oportunidade de provar o seu amor por Cristo.

Fui até uma das prateleira do armário principal, onde se encontravam os manuscritos, retirando aquele que relatava a vida do bispo de Antioquia.

– Ouçam, irmãos. Que estas palavras vos inspirem: "Venha o fogo, venha a cruz; venham os ataques das feras, os golpes e as calandras; torçam-me os ossos, mutilem-me os membros, esmaguem-me o corpo inteiro; lancem sobre mim os tormentos cruéis do demônio, desde que eu possa alcançar Jesus Cristo".

– Não seja tão radical, filha. Esses são os nossos mártires, são pessoas santas. Nós... nós somos apenas pobres pecadores.

– Que não vos acomodeis a isso, meu pai. Tenham como exemplo os pais dessa criança que também são pecadores, mas que mesmo assim não negaram a fé. Foi nosso senhor Jesus Cristo que disse que todo aquele que O negar diante dos homens será negado diante de seu Pai.

Nesse mesmo instante, o som de alguém batendo à porta invadiu a casa num arrepio gelado. Como ninguém abriu a porta, acabaram por arrombá-la. Os soldados irromperam pela casa num passo apressado, bloqueando as saídas. Corri de imediato para junto de Maria, erguendo-a nos braços. Ela afundou a cabeça no meu peito, evitando olhar para os soldados que outrora levaram seus pais e, agora, uma vez mais, pareciam querer privá-la de uma nova família. O comandante desenrolou o édito proclamado por Décio, lendo-o em voz alta: "Todos os cidadãos são obrigados pela letra deste édito a prestar sacrifício aos deuses do império. Quem se recusar será preso".

Ficamos em prisão domiciliar durante horas, enquanto alguns soldados partiram na procura de outros cristãos. Os nossos irmãos estavam assustados e inquietos. Talvez a voz mais profunda das suas consciências os atormentasse pela decisão que tinham tomado, já que negar aquele que se sacrificara por nós era negar a própria existência. Como podiam os meus pais, que tudo me ensinaram sobre Cristo, esquecer aquele que nos dava vida, ternura e amor? Como podiam negá-Lo diante dessas divindades pagãs que não passavam de estátuas de pedra, símbolos de uma civilização alienada... iria ser difícil perdoar-lhes, embora os amasse como ninguém!

Horas depois, sob ordens do chefe daquele batalhão, fomos levados até o quintal, e cada um pegou o animal que estava à mão. Do pombal, retirei uma pomba branca, segurando-a junto ao peito. Depois fomos obrigados a caminhar até o templo onde se realizavam os sacrifícios. Nas ruas, a população pagã perseguia os cristãos. Pude testemunhar a cegueira de um povo manipulado por ilusões, pelo paganismo de doutrinas esculpidas no vazio e na luxúria da pedra lapidada. Pude ouvir as gargalhadas entoadas ao som da embriaguez mais profunda, os gritos de raiva atormentados por uma cultura perdida de si mesma. Maria ia no meu colo, chorando. As suas lágrimas feriam-me bem fundo, pois estava prestes a quebrar a promessa que lhe tinha feito. Mas não podia negar Cristo. Era nele que reconhecia a minha própria existência, trilhando um caminho que a todos estava predestinado. Negar a minha fé era arruinar o futuro, pois tinha a responsabilidade de ajudar na edificação da nova igreja, não apenas pela minha salvação, mas pela salvação de todos os Homens.

Diante do templo, milhares de cristãos aguardavam serem chamados pelo nome. A população pagã gritava com expressões enraivecidas, materializando a ignorância que os tornava cegos. Também fora por eles que Cristo se sacrificara, mesmo que disso não tivessem consciência. E no rosto de muitos cristãos vi uma tristeza difícil de esconder. Era como se fossem eles os sacrificados. De expressão distante, na agonia de um gesto contrariado pela fé que alimentavam, subiam as escadas do templo de cabeça baixa e postura curvada. Paravam diante do sacerdote que recebia o animal e o colocava no altar. Depois aspergia-o com farinha e sal em movimentos ritualísticos, dando-lhe em seguida uma violenta pancada que o atordoava. O bicho era então esquartejado, verificado e queimado sobre o altar.

Quando chegou a nossa vez, subimos as escadas no meio da arruaça feita pelos pagãos. Os soldados ainda tentavam segurá-los no desespero que os atormentava, não conseguindo, contudo, impedir que algumas pedras nos atingissem. Lá em cima, junto ao altar sacrificial, um longo fio de sangue escorria por uma vala estreita cavada na pedra, enquanto o sacerdote lavava as mãos manchados de sangue pelo sacrifício anterior.

Fui a primeira a ser chamada. Os meus olhos fixaram-se nos de minha mãe, que chorava. Ela sabia que nunca iria negar a minha fé em Cristo e, no entanto, embora estivesse pronta para cumprir essa vontade que não era só minha, algo fazia-me vacilar. Como poderia esquecer a promessa que tinha feito à pequena Maria? Ela também chorava, pressentindo a minha partida.

Aproximei-me da minha mãe, entregando-lhe Maria – a minha filha Maria!

– Prometa-me que irá cuidar dela como cuidou de mim.

– Claro, filha. Já é como uma neta.

Sorri-lhe, agachando-me junto dela.

– Desculpe, querida – disse de olhos umedecidos. – Te prometo que um dia ficaremos juntas para sempre.

Beijei-a na testa, levantando-me. Ela virou-se, afundando a cabeça no regaço de minha mãe. Os seus soluços feriram-me profundamente, rasgando o meu ser. Lentamente, de costas viradas para o sacerdote e olhar fixo em Maria, aproximei-me com a pomba nas mãos.

– Vejam! – eu disse, virando-me para o público pagão. – Este é o meu sacrifício.

E larguei a pomba, que voou liberta...

CAPÍTULO III (250 d.C.)

Palmira, oásis idílico no meio do deserto árido, cintilava na majestade de sua postura altiva e soberba para as terras circundantes. Era o ponto de convergência de todas as caravanas vindas das míticas terras do Oriente que alimentavam a luxúria de um império decadente com pedras preciosas, tecidos, especiarias e outras coisas tais. A cidade, Palmira de nome após as invasões do nosso grande imperador Alexandre Magno, estendia-se numa longa avenida central ladeada por um corredor com a espessura de quatro colunas. Num dos extremos da avenida ficava o Templo de Bel e o palácio do príncipe Odaenathus, que reinava a pulso firme, forçando Roma a apoiá-lo nas campanhas contra os persas.

As ruas laterais levavam ao teatro há muito abandonado, ao mercado, às fontes várias que por ali brotavam na abundância daquele oásis, aos banhos públicos e a outros templos dedicados a divindades orientais. Fora dos muros da cidade, várias sepulturas erguiam-se na majestade dos seus adornos, realçando o estilo que caracterizava toda a arquitetura e fazia lembrar, nos contornos mais insignificantes, de todas as construções do país que me vira nascer.

Estava em Palmira para negociar boa mercadoria, comprando algumas das preciosidades raras das terras do Oriente que tanto

Murmúrios de um tempo anunciado

fascínio causava na população ocidental. Logo depois que arrumei a carga nos camelos com os produtos que comprara, iniciei a longa jornada de volta a Atenas. Uma viagem que iria demorar quatro dias através do deserto árido, terminando na rica cidade de Antioquia, de onde partiríamos de barco ao longo do rio Orontes.

Havia herdado os negócios de meu pai depois da sua morte, embora minha grande paixão fosse a filosofia. Como era filho único, nada pude fazer para impor minha verdadeira vocação, vagueando na monotonia daquela profissão que tanta aversão me provocava. Eu queria era estudar os grandes filósofos, dar aulas de retórica ou línguas. Queria crescer na espiritualidade de uma divindade desconhecida, que tinha como única, e nela encontrar uma parte da minha própria essência.

Mas o destino, caprichoso nos seus gestos tão pouco tolerantes, empurrara-me para aquela profissão onde os sonhos se diluíam na rigidez de uma vida distante de tudo aquilo que sempre tive como importante. Se continuasse a caminhar por aqueles trilhos, certamente morreria. Morreria no espírito, na essência de uma vontade prostrada diante dos caprichos de um mundo que nada tinha de meu. Queria ser consciência liberta e não escravo de uma vida embriagada por ilusões; pelas paixões de um mundo esquecido de si mesmo, mergulhado nos sucessos efêmeros dos prazeres mais obstinados; castrado de uma espiritualidade que se tornava, no caminhar sonolento de uma existência sem vida, distante e ausente.

O deserto estendia-se na dormência deixada pelo vento em seus uivos angustiados, marcando o ritmo das caravanas que se cruzavam por entre as dunas transportando o supérfluo que alimentava a alma daquela civilização. Eu próprio ajudava nessa decadência, negando uma vontade que tudo desejava mudar. Mudar um mundo alienado pela irracionalidade de um povo que se esquecera de si, iludido pelos dogmas de um império feito à imagem de uns homens que, acobertados pela presença de deuses de pedra que não se pronunciam, reinavam sobre a ignorância e a superstição.

Pedro Elias

Quando jovem, eu havia cultivado um fascínio particular pelos filósofos da Antiguidade, como Platão e Aristóteles, embora os que verdadeiramente moldaram o meu pensamento fossem de escolas mais recentes, como Plotino e Epicteto. No entanto, apesar de todas as influências, havia em mim uma verdade que necessitava despertar, reconhecendo nela a fonte da sabedoria. Faltava-me, contudo, a coragem necessária para fazer dessa verdade o trilho principal da minha existência, deixando a escravidão de uma vida de mercador e partindo rumo a um futuro onde me tornaria, finalmente, consciente de mim mesmo.

Quatro dias depois chegávamos a Antioquia, cidade cercada por altas muralhas que a circundavam na robustez de espessas paredes, protegendo-a de possíveis invasões persas. Fundada como a capital da província síria do império grego, após as conquistas do nosso imperador Alexandre Magno, a cidade crescera na majestade da sua arquitetura e na força muscular de milhares de colonos atenienses e macedônios que para ali emigraram no passado. Hoje, decadente como todo o império romano, a cidade atrofia-se na promiscuidade que tudo consome. As ruas, repletas de mendigos, são o sinal visível da prepotência de Roma, preocupada com as suas conquistas e pouco atenta às necessidades do povo.

Assim que transpusemos os portões da cidade, percebemos logo que algo estranho acontecia. Os gritos, os espancamentos em praça pública e a movimentação dos soldados em patrulhas denunciavam mudanças que desconhecíamos. Dois soldados aproximaram-se de nós:

– Quem comanda esta caravana? – perguntou um deles.

– Sou eu – respondi serenamente.

– Mostre-me o *libellus*.

– De que *libellus* está falando? – perguntei, confuso.

– Não sabe das últimas ordens do imperador?

– Acabamos de chegar do deserto.

Murmúrios de um tempo anunciado

Ele desenrolou então um pergaminho, lendo-o em voz alta:
— Todos os cidadãos são obrigados pela letra deste édito a prestar sacrifício aos deuses do império. Quem se recusar será preso. O *libellus* é o certificado comprovativo de que as ordens do imperador estão cumpridas — concluiu enrolando o pergaminho.

Eu estava chocado. Como se atrevia o imperador a determinar as crenças de cada um? O meu Deus era um Deus desconhecido, liberto de religiões ou rituais. Eu não podia prestar sacrifício a esses deuses de pedra feitos à imagem do homem. Mas se recusasse, seria preso.

— Nada sei dessas ordens.
— Pois agora já está informado.
— E o que espera de nós?
— Que prestem o sacrifício ordenado pelo imperador, claro!
— É melhor aceitarmos, senhor — sugeriu um dos meus empregados. — Não vale a pena arriscarmos ser presos por tão pouco.

Não sabia o que pensar e, no entanto, via na possibilidade contrária a fuga àquela vida que tanto detestava... Não, não teria a coragem de abandonar todos os ideais que sempre desejei cultivar. Porém, havia uma família que dependia do esforço que eu colocava naquele negócio que eu herdara de meu pai. Então resolvi acatar as ordens do imperador, silenciando a voz que em mim gritava por liberdade.

Quando chegamos à praça principal da cidade, conduzidos pelos soldados que nos escoltaram, fomos confrontados com uma multidão que se concentrava de forma compacta em torno do templo, gritando para alguns, que se deslocavam sobre a proteção dos guardas.

— Quem são esses para quem gritam? — perguntei ao acaso depois de ter dado o meu nome a um escriba em pé na entrada da praça.
— São cristãos!? — respondeu-me um homem de postura forte.
— E por que gritam?
— Porque são hereges! — encarou-me com a testa enrugada. — Como pode o imperador deixar essa gente prestar sacrifício aos nossos

deuses? É uma ofensa imperdoável! – exclamou, virando-se para o centro da praça. – Matem esses cristãos!!!

Pobres desgraçados esses a quem chamavam cristãos. Se recusassem seriam presos, se o fizessem, achincalhados. E muitos recusaram, revelando uma coragem que eu mesmo desejava ter. Não conseguia ver o rosto deles lá no alto do templo, mas já admirava a fé que demonstravam.

E foi então que ouvi uma voz suave deslizando pela praça, como uma doce brisa que me tocou o coração. A voz disse lá do alto:

– Vejam! Este é o meu sacrifício.

Uma pomba branca saiu das suas mãos, voando liberta. Aquele gesto, aquelas palavras, fizeram crescer em mim a vontade extrema de lhe seguir o exemplo; de libertar essa mesma pomba e, com ela, a minha consciência há muito aprisionada. Ainda tentei delinear a sua expressão, mas a distância e as pessoas que cercavam o altar esconderam-na do meu olhar curioso e encantado.

A coragem demonstrada por esses tais cristãos e, acima de tudo, o gesto deixado pela jovem no alto do templo, conseguiram despertar em mim o ser encarcerado pelo medo que atrofiava a voz da alma como expressão dessa essência interior reclamadora de liberdade. Mas agora iria ser diferente. Quando fui chamado à presença do sacerdote não hesitei um único instante, recusando o sacrifício. Ele, sabendo que eu não era cristão, ainda insistiu. Mas eu estava determinado.

– Recuso-me! – neguei de sorriso rasgado.

E nunca me senti tão em paz como naquela tarde.

CAPÍTULO IV (250 d.C.)

Depois de a pomba ter voado liberta sobre a praça, colocaram-me numa carroça que rapidamente encheu com outros cristãos. Todos expressavam alegria igual à minha por se manterem leais à palavra de nosso mestre Jesus. Os seus olhares leves e pacificados refletiam a natureza profunda da fé que nos dava força, alento e esperança, preenchendo-nos de uma presença que nos tranquilizava.

Os soldados escoltaram-nos até os calabouços da cidade onde iríamos ficar: lugar sombrio onde se fazia desaparecer os proscritos da sociedade romana. Para trás ficaram os cristãos que negaram Aquele que por eles se sacrificara, recusando a liberdade de estar junto de Cristo, onde a dor se torna alegria e o desespero, esperança. Se na graça do Espírito Santo, que iluminara as suas consciências, se fizeram cristãos, era para que essa mesma graça fosse posta a render, não em palavra, mas na postura sincera diante de nosso mestre. Negá-lo era apunhalar a verdade interior, destruindo esse caminho por Ele iniciado. Era hipotecar o futuro às mãos do paganismo, pois se todos O negassem nada ficaria como testemunho da nossa fé. Eu não podia perdoá-los, pois condenavam a humanidade à escravidão de uma existência sem futuro algum. Nem aos meus pais eu perdoaria aquele ato covarde.

Murmúrios de um tempo anunciado

Já dentro dos calabouços, fui levada à presença do carcereiro. Era um jovem de expressão vincada e olhar petrificado.

– Ela vai para a cela? – perguntou um dos soldados.

– Não – respondeu o homem sem me olhar. – Deem-lhe vinte chicotadas.

Eles conduziram-me para a sala anexa, amarrando-me a um tronco de madeira e, sem hesitar num resto de piedade que os pudesse conter, chicotearam-me de forma ritmada. A carne do meu corpo foi rasgada pela indiferença daqueles jovens soldados, ferindo-me numa dor que aos poucos se tornava insuportável. Mas nem por um só instante lamentei a minha sorte, segurando a dor no ranger dos dentes. Acabei por desmaiar, vergada sobre o peso do chicote, pois embora o meu espírito estivesse determinado em sofrer por Cristo, o corpo nada podia fazer para ignorar o peso de tamanha tortura.

Quando recuperei os sentidos, ainda atordoada pela dor, os soldados conversavam na ignorância daquilo que diziam.

– Sabia que os cristãos são canibais? – replicou um deles, convicto das suas palavras.

– Sim, já ouvi falar. Parece que praticam rituais onde se come carne humana, não é?

– E também praticam o incesto.

– São uns animais!

No meio tempo, o carcereiro entrou.

– Já acabaram? – perguntou num tom rígido e seco.

– É que ela desmaiou...

– Tragam-na.

Esbofetearam-me para que eu recuperasse os sentidos, levando-me para a outra sala.

– Quero saber se ainda se recusa a prestar sacrifício aos deuses do império?

– Sim, recuso-me. Prefiro a morte! – sussurrei.

– Levem-na! – ordenou num grito seco. – Amanhã continuaremos.

Arrastaram-me por corredores subterrâneos abertos na pedra dura, de onde trilhos de água abriam caminho até ao chão, transformado em pequenos regatos. Dentro da cela, os cristãos restantes refugiavam-se nos cantos mais secos, fugindo dos soldados e da presença dos ratos que por ali circulavam em abundância. Durante a noite, no cansaço dos olhos, apenas o rosto da Maria se fazia presente. Ainda me doía o fato de a ter deixado, mas o fiz também por ela; pela consolidação daquela nova doutrina. Ela que surgira na minha vida como o testemunho certo de uma existência onde cada ser, diluído na continuidade de Deus, se torna filho pelo sacrifício do seu primogênito.

No dia seguinte fui levada, uma vez mais, à presença do carcereiro. Nele vi um enorme bloco de pedra, brutalizado pela dormência de uma vida ainda por despertar. Vi feridas mais profundas que as minhas, abertas pela razão deturpada de uma existência feita de ilusões. Era como se nele nada fosse real; um fantoche nas mãos pouco escrupulosas de uma civilização cega de si mesmo. Ainda caminhava na sua direção quando ordenou, sem que nenhuma palavra mais fosse dita, vinte e cinco chicotadas.

Desta vez suportei a dor também no ranger dos dentes, porém permaneci consciente. E não havia bálsamo mais forte que a imagem da minha pequena Maria. Senti-a como um anjo, como uma presença forte que me confortava de todo o sofrimento, fortalecendo-me na fé que abraçara por amor a Cristo.

Minutos depois o carcereiro entrou, puxando-me pelos cabelos.

– Então, cabra. Vai prestar sacrifício aos deuses do império ou não?

– Não – respondi em voz firme.

– Sabe que tenho todo o tempo do mundo?

– E eu tenho todo o tempo do Céu ao lado de Cristo, nosso senhor e mestre.

– Levem-na! – gritou.

Fui uma vez mais arrastada para a cela onde alguns dos nossos irmãos choravam lágrimas de sangue. A fé diluía-se lentamente no peso das torturas, desmotivando-os daquela caminhada para Cristo. Eu não podia deixar que se perdessem nos labirintos obscuros da razão, negando a fé por causa da dor. Era a fé que nos ajudava a amadurecer como seres conscientes em Cristo, fortalecendo a esperança no futuro, onde iríamos deixar de ser animais para nos tornarmos verdadeiramente humanos.

– Não aguento mais! – gritou um deles. – Vou prestar sacrifício a esses malditos deuses e sair daqui o mais depressa possível!

– Não! – repliquei, indignada. – Não podem negar Cristo. Ele também se sacrificou por nós.

– Não sou nenhum santo, irmã.

– Ninguém aqui é santo, nem precisa ser. Somos o seu rebanho e a ele devemos obediência.

– Guardas! – ele chamou, seguro da sua decisão.

– Não faça isso, irmão. Pesará para sempre na consciência.

Os guardas abriram a porta, levando-o. Não conformada com o gesto daquele nosso irmão, chamei todos para junto de mim. Tinha que os motivar a permanecer firmes na fé. Fortalecê-los com o ânimo que me alimentava e que desejava partilhar com eles.

– Quero contar uma história, irmãos. A história de Perpétua e sua criada.

Eles abriram os olhos no desejo de uma palavra que pudesse aliviar a dor que sentiam. Eu prossegui.

– Houve há tempos uma mártir cristã que ficou famosa pela fé que demonstrou diante da prepotência de Roma. Tinha vinte e dois anos quando foi presa com a sua criada Felicidade, sendo ambas condenadas à morte numa arena. Ali, enquanto eram vaiadas pelo público, cantaram um salmo de louvor a Deus. Uma vaca então foi solta, deitando-a por terra. Ela, destemida e orgulhosa da sua condição de cristã, pôs-se de pé, atou os cabelos que se soltaram e continuou a entoar o salmo. Logo depois trocou o beijo da paz com a sua criada, sendo ambas mortas pelos gladiadores.

Fiz uma breve pausa, sorrindo.

— Que a coragem demonstrada por estas nossas irmãs os fortaleça, pois elas também não eram santas.

— Mas não será a nossa morte um desperdício? – perguntou uma jovem de olhar tão sereno quanto o meu.

— Por que diz isso, irmã?

— Porque se estivéssemos livres poderíamos propagar a fé pela palavra do Espírito Santo. Aqui, apenas morremos.

— Como se chama?

— Sofia.

— Pois bem, Sofia. Ninguém apenas morre. Lembrai-vos que morrer em Cristo é ressuscitar para o seu reino, onde existe apenas amor. Para além disso, por meio do nosso sacrifício, ajudamos a fortalecer uma fé que, por ser verdadeira, tudo suporta.

— Mas se todos forem sacrificados, ninguém ficará para dar voz a essa fé – insistiu.

— Se Cristo converteu o nosso irmão Paulo que nos perseguia, fazendo dele um dos apóstolos, certamente converterá muitos mais. Um dia, quem sabe, até o próprio imperador será cristão.

Todos sorriram perante tal impossibilidade. Era, no entanto, um resto de esperança que nos ajudava a sonhar com um mundo melhor.

No dia seguinte, levaram-me à presença do carcereiro. Desta vez, para minha surpresa, com um sorriso cínico mandou-me sentar, encarando-me com um olhar contemplativo.

— Fiquei sabendo por um dos seus... irmãos, como vocês dizem, que está tentando convencer os outros a desobedecer o imperador, é verdade?

— Não. Apenas quero que permaneçam na sua fé.

— Nesse caso, irei ser forçado a colocá-la numa cela isolada – disse, olhando para o soldado. – Levem-na, mas primeiro deem-lhe trinta chicotadas.

Enquanto me chicoteavam, lembrei-me da história de Perpétua e, tal como ela, entoei um salmo: "O Senhor é o meu pastor, nada me faltará". Os guardas pararam por alguns momentos, hesitando pela surpresa daquela minha atitude, mas logo continuaram. "Refrigera a minha alma; guia-me pelas veredas da justiça, por amor do seu nome. Ainda que andasse pelo vale da sombra da morte, não temeria mal algum, porque tu estás comigo; a tua vara e o teu cajado me consolam... certamente que a bondade e a misericórdia seguir-me--ão todos os dias da minha vida; e habitarei na casa do senhor por longos anos."

Quando terminaram, levaram-me para uma das celas reservadas aos cidadãos romanos. Era uma forma de me afastar dos meus irmãos e assim desmotivá-los da sua fé. A cela, ao contrário do buraco de onde eu vinha, era cômoda, bem construída e sem recantos de pedra onde os ratos pudessem se esconder. Junto ao teto, uma pequena abertura espreitava para a rua, diluindo a umidade já escassa.

Ali fiquei de esperança fortalecida, dizendo em voz alta:

– Assim como o cervo suspira pelas correntes de água, assim também a minha alma suspira por Vós, ó meu Deus.

CAPÍTULO V (250 d.C.)

Depois de ter deixado o templo na companhia de dois soldados, parti rumo à prisão, montado no meu cavalo. Eu era o único não cristão que negara a vontade do imperador, tive um tratamento distinto dos outros. Havia dado instruções a um dos meus empregados para relatar o sucedido a minha mãe. Doía-me imaginar os seus olhos cobertos de lágrimas quando fosse informada da minha decisão, mas aqueles eram os trilhos que o destino me reservara na natureza concreta de uma vontade já determinada.

Os soldados, montados a meu lado em seus cavalos, escoltaram-me até os calabouços da cidade, onde fui levado à presença do carcereiro, um jovem de olhar vazio e rosto vincado. Nele reconheci a frieza que o conduzira àquele lugar, embora tentasse ser amável.

– Sente-se – ordenou com um sorriso que logo se desfez.

– Obrigado.

– Por que recusou prestar sacrifício aos nossos deuses? – perguntou sem grandes rodeios.

– Por isso mesmo. – Sorri-lhe. – Por não serem os meus deuses.

– Sabe, eu também não acredito em deuses. Mas se o imperador nos ordena prestar sacrifícios devemos obedecer.

– Para quem não acredita, o ritual do sacrifício é uma mera formalidade. E eu tenho um Deus.
– O Deus cristão?! – ele perguntou de sobrancelhas vergadas.
– Nada sei desse Deus. O meu Deus é outro; um Deus desconhecido, impossível de ser revelado.
– Essa sua teimosia vai me forçar a prendê-lo.
– Eu sei e agradeço-lhe a preocupação.
– Quando quiser partir só terá que prestar o sacrifício – ele olhou para os soldados. – Podem levá-lo.

Fui colocado numa pequena cela reservada aos cidadãos romanos. Era razoavelmente confortável, de paredes sólidas e bem construídas. Junto ao teto, na parede contrária à porta, uma abertura abria caminho à luz que preenchia todo o espaço sem revelar o sol, enquanto nas paredes laterais uma pequena grelha, no topo, ligava as várias celas.

Ali fiquei, confortado pelas memórias que me ajudavam a esquecer a monotonia que aos poucos se instalava. Apenas o soldado que trouxera a comida interrompeu o silêncio imposto pelas paredes apertadas da cela. Mas logo partiu, deixando-me novamente com o passado.

Quando criança, eu ia todos os dias com o meu pai até a Ágora, local onde os comerciantes se reuniam. Em outros tempos, encenavam-se por ali peças teatrais, organizavam-se corridas e assembleias populares, mas, com o passar dos anos, os comerciantes foram tomando conta do lugar, transformando-o no mercado principal da cidade. Meu pai, dono de parte das bancadas que se estendiam ao longo da praça, fazia questão que eu aprendesse os segredos da profissão, embora já nesses tempos demonstrasse pouco interesse por tal atividade. Mais tarde, na adolescência, eu preferia os passeios pela colina de Ares, onde se reuniam todos os filósofos, a ter que aturar o burburinho infernal dos pregões e das discussões em voz alta.

Era no meio dos filósofos que eu me sentia sintonizado comigo mesmo, discutindo assuntos elaborados com os mais velhos. E foi numa dessas incursões pela colina de Ares que conheci Plotino, um sábio místico de quem se falava muito, e que, diante de uma assistência atenta e silenciosa, revelava um pouco mais da sua filosofia neoplatônica. Fiquei tão impressionado com suas palavras que nesse mesmo dia me inscrevi numa escola de retórica e filosofia. Mas, com a morte de meu pai, tinha eu vinte e dois anos, tive que deixar os estudos para cuidar dos assuntos de família.

No terceiro dia, em plena sintonia com o passado, ouvi a porta da cela ao lado ser aberta e logo fechada pelo tilintar da chave. Fiquei na expectativa de quem fora colocado ali e ouvi, momentos depois, a voz doce da jovem que libertara a pomba no alto do templo: "Assim como o cervo suspira pelas correntes de água, assim também a minha alma suspira por Vós, ó meu Deus".

A sua voz... era como se eu conhecesse aquele som de outras épocas e realidades. Senti-la tão perto, não apenas fisicamente, mas, acima de tudo, nos gestos que lhe reconheci, era reencontrar alguém perdido nos caminhos do tempo; o retorno a um parto compartilhado.

– Quem é você? – perguntei com a curiosidade que transbordava sobre a emoção que não consegui conter.

– Quem está aí? – ela replicou, surpreendida com a minha presença.

– Um amigo.

– Como é bom ter alguém com quem conversar – disse num longo suspiro. – Mas o que está fazendo nessa cela, irmão?

– Creio que estas celas sejam reservadas aos cidadãos romanos.

– Você não é cristão?! – o seu tom de voz tornava-se defensivo.

– Não.

– Então por que está aqui? – perguntou, desconfiada.

– Pela mesma razão que você.

– Como assim?

– É que também me recusei a prestar sacrifício aos deuses do império.

– E por que tomou tal atitude se não é cristão?

– Sabe, fiz isso depois de tê-la visto libertar aquela pomba no alto do templo.

– E como sabe que fui eu?

– Pela voz. Ficará para sempre na minha memória.

– E tomou tal atitude apenas por causa do meu gesto? – Ela parecia interrogar-me na tentativa de encontrar contradições no meu discurso.

– Não foi apenas pelo gesto, embora tenha sido ele a libertar a minha consciência. É que também não tenho os deuses romanos como meus.

– E quais são os seus deuses? – O seu tom continuava defensivo.

– O meu Deus é apenas um. Um Deus desconhecido que está acima de todas as religiões.

– Ah! É ateniense – ela suspirou, descontraindo-se.

A sua descontração foi como o desabrochar de uma flor, lançando-me nos braços delicados de uma brisa que soprava em murmúrios deixados pelo passado. Nela, podia reconhecer tantas coisas diferentes, sentir algo que nos transcendia na continuidade de uma existência maior que nós dois. A sua voz era testemunha de um outro momento que partilhamos em qualquer lugar esquecido pelo tempo, preenchendo-me de uma alegria como nunca antes experimentara... mas nada sabia sobre ela. Ignorava os contornos do seu rosto, os trilhos da sua vida.

– Por que acha que sou ateniense? – perguntei em seguida.

– Porque o nosso irmão Paulo, ao visitar a cidade de Atenas, reparou na existência de um altar dedicado ao Deus desconhecido, dizendo que esse, a quem os atenienses adoravam sem conhecer, era aquele que ele anunciava.

– Não creio que seja possível anunciar esse Deus. A sua existência transcende-nos. Estará sempre para além da nossa razão.

– E o que faz por estas paragens do Oriente?

O seu tom de voz tinha mudado radicalmente, revelando serenidade e alguma alegria. Teria também reconhecido em mim alguém que lhe era familiar?

– Sou comerciante por conveniência... por isso vim à procura de boa mercadoria.

– E por que diz "por conveniência"?

– Porque a minha verdadeira vocação é ser filósofo. Mas, após a morte de meu pai, tive que tomar conta dos negócios da família.

– Não pode ser ambas as coisas?

– Não. A filosofia exige muita disciplina mental, algo que não consigo durante as viagens que faço. Além disso, a distração permanente com as coisas mundanas da vida impede que eu possa me expressar em liberdade.

– E por que não abandonou tudo quando esse destino se anunciou?

– Porque minha mãe dependia por completo do esforço que eu colocasse nos negócios de meu pai. E, também, eu tinha um casamento prometido desde a infância... mas quando a vi largar aquela pomba, tudo mudou para mim. Era a liberdade que se pronunciava no voo suave daquela ave, soltando-me de uma vida que me mantinha embriagado... mas não falemos mais de mim. Quero saber de você.

– Que posso dizer? – senti que ela sorria.

– De onde é, por exemplo?

– Sou judia de origem, nascida aqui e adotada por uma família cristã.

– Então é órfã?

– Mais ou menos. É que meus pais de sangue me expulsaram de casa quando me converti ao cristianismo.

– E o que a fez mudar de religião?

– Foram as palavras de um grande sábio chamado Orígenes. Conheci-o numa das praças da cidade quando ele falava à multidão. O que ele disse tocou-me tão profundamente que me converti no mesmo dia.

– E que força é essa capaz de tal feito? – perguntei, curioso.

– É a força do filho de Deus que se sacrificou pelos nossos pecados.
– Nada sei dessa religião.
– Isso não é problema. O mal está naqueles que, nada sabendo, insistem em julgar-nos.
– Como os acusando de canibalismo e incesto?
– Também sabe dessas histórias?
– Sim. Ouvi na praça do templo, quando aguardava a minha vez.
– Julgam-nos canibais porque comemos do corpo de Cristo e bebemos de seu sangue. Só que ignoram que o corpo é o pão e o sangue, o vinho. Que esse ritual é apenas a forma de termos nosso mestre presente nessa refeição sagrada; uma comunhão eterna com a sua natureza divina. Por outro lado, julgam-nos incestuosos porque nos tratamos por irmãos.
– Saiba que a ignorância e o preconceito são os maiores males do mundo! Ambos atrofiam a consciência dos homens, condenando-os à miséria de uma existência puramente animal...
– Nem sei seu nome – ela disse após uma breve pausa.
– Chamo-me Dionísio, e você?
– Sara.
– Sara! Certamente nunca esquecerei tal nome.

O seu sorriso materializou-se na suavidade de uma expressão que lhe adivinhei. Aos poucos começava a delinear os contornos de um sentimento mais apurado, pois apenas algo profundo e verdadeiro poderia justificar tudo aquilo que senti quando ouvi pela primeira vez sua voz no alto do templo.

E os momentos sucederam-se em conversas que partilhamos na emoção de estarmos juntos; horas que ajudaram a solidificar um sentimento cuja origem transcendia o tempo, o espaço, a própria existência. Nela pude reconhecer o reflexo de uma imagem que espelhava o meu próprio ser; a unidade perfeita de um Eu que se fazia Nós, tornando-se, depois, um Eu ainda maior. A luz do sol, como que adivinhando a espiritualidade profunda dos meus sentimentos, debruçou-se sobre a janela do teto, projetando a sombra das grades na parede contrária.

– Tinha reparado que é durante o pôr do sol que a luz entra nestas celas? – perguntei, arrepiado com a emoção daquele momento.

– Sim, vejo agora.

– É a primeira vez que acontece. Nos outros dias, o céu deveria estar nublado.

– É a forma do sol abençoar esta nossa amizade – ela disse num tom carinhoso.

– Quem sabe até não mais que isso? – eu duvidei, sentindo seu sorriso como se ela estivesse diante dos meus olhos. Certamente era mais que uma simples amizade!

A noite acabou por despertar, escurecendo os contornos ásperos das paredes de pedra que nos envolviam num abraço apertado.

– Está dormindo? – perguntei num tom menos formal.

– Não, Dionísio. Pode falar.

– Por que é que te trouxeram para esta cela?

– Porque, segundo o carcereiro, eu estava instigando os outros cristãos a desobedecer às ordens do imperador. Mas o que eu fiz foi tentar mantê-los na fé.

– Te trataram mal?

– Sim. Chicotearam-me várias vezes... mas já não tem importância.

– E conseguiu mantê-los com fé?

– Ouve um que desistiu... não lhe poderei perdoar, assim como a todos os cristãos que se curvaram a esses deuses de pedra.

– Não seja tão radical, Sara. Cada pessoa caminha no seu ritmo. Não temos o direito de julgá-los só porque o ritmo deles não está de acordo com os nossos.

– Isso que diz é de alguma forma um pensamento cristão, sabia?

– Então por que não segue esse pensamento que diz ser cristão?

– Porque é difícil aceitar que aqueles que se dizem cristãos recusem sofrer por aquele que tudo fez por nós.

— Talvez lhes tenha sido predestinado ficar lá fora; dar continuidade à sua religião.
— Sim. Acho que faz sentido o que diz. Mas mesmo assim será difícil eliminar este meu sentimento.

No dia seguinte, acordei com ela a entoar uma doce melodia. As suas palavras perfumavam todo o ambiente, pacificando-me por completo. Era como se fôssemos irmãos gêmeos separados no nascimento.

— Que palavras são essas, Sara?
— Olá, Dionísio. Fazem parte de um dos salmos de David.
— E quem é esse David?
— Foi um grande rei judeu.
— Mas você não é cristã? – perguntei, confuso.

Ela riu numa gargalhada que me encantou.

— É que ambas as religiões têm a mesma origem. O nosso mestre Jesus também professava os ensinamentos judaicos, embora a sua doutrina tivesse posto fim à primeira das duas alianças de Deus.
— E que aliança foi essa?

Eu estava cada vez mais curioso sobre sua fé.

— Foi a aliança que Deus fez com o povo hebreu, cedendo estas terras outrora de Canaã. Com essa aliança várias leis foram reveladas a esse povo, que passou a professá-las, sendo as principais as que foram inscritas nas tábuas de pedra que Moisés transportou desde o monte Sinai. Antes que pergunte quem foi Moisés, digo que foi um grande profeta. Talvez o maior de todos.
— E o que estava escrito nessas tábuas?
— Os dez mandamentos de Deus.
— E quais são esses mandamentos?
— Não terás outro Deus além de mim. Não farás para ti imagens esculpidas do que existe no alto dos céus. Não pronunciarás em vão o nome de Deus. Recorda-te do dia de sábado para o santificar. Honra o teu pai e a tua mãe. Não matarás. Não cometerás adultério.

Não roubarás. Não dirás falso testemunho contra o teu próximo. Não cobiçarás a casa do teu próximo.

– Mas esses são preceitos morais que se aplicam a qualquer sociedade equilibrada, Sara.

– Concordo. Mas com o fim da primeira aliança, toda a lei de Moisés tornou-se caduca. Não falsa, mas caduca. Cristo, por meio do seu Evangelho, anuncia-nos a salvação, não pelas obras da lei, como no passado, mas pela fé. Agora a salvação não está apenas ao alcance daqueles que levaram uma vida de acordo com a lei, mas de todos os homens que se justifiquem pela fé em Cristo. Isso não significa que anulemos a lei. Por meio da fé, reforçamos a própria lei, mesmo que a esta não estejamos vinculados por obras. Muitas pessoas não têm a lei de Moisés como sua, por exemplo, mas se pela fé forem justificadas diante de Cristo reforçarão essa lei à qual não estão sujeitas.

– É bastante interessante o que está contando, Sara. Mas Cristo não trouxe novas leis?

– De todas, saliento apenas uma.

– Qual?

– Amai o próximo como a ti mesmo.

Como aquelas palavras me eram familiares.

– Sabe que durante muito tempo construí uma verdade que julgava minha, mas agora vejo que ela já foi materializada pela sabedoria de outra pessoa – conclui.

– Talvez você ja cristão sem saber – ela disse num tom risonho.

– Talvez! – respondi perante a sua observação brincalhona.

Momentos depois o soldado entrou com a comida, saindo em seguida. Enquanto comia, tentei compreender um pouco de mim mesmo na imagem unificada de nós dois. Ela tinha surgido como resposta a uma vontade que eu sempre desejara expressar, pois aquele seu gesto no alto do templo despertou em mim a minha verdadeira identidade. Era como se ela fosse a chave das catacumbas onde a minha consciência se encontrava encarcerada, abrindo as portas e libertando-me.

Depois de terminar aquela refeição insípida, continuei a conversa, tentando compreender um pouco mais da sua religião.

– Sara!

– Sim, Dionísio.

– Como é o princípio do mundo na tua religião?

– Começou quando Deus criou a terra e o mar e todos os animais e plantas. Depois criou o homem e a mulher, dando-lhes as terras do paraíso. Disse que tudo lhes pertencia, mas que não deveriam tocar na árvore do bem e do mal. Eva, a primeira mulher, acabou por comer desse fruto, levando Adão, o primeiro homem, a desrespeitar às ordens de Deus. Ambos então foram expulsos do paraíso para sempre.

– Que interessante! – exclamei, encantado com aquela história. – Na mitologia grega, existe uma lenda semelhante.

– Verdade?!

– Sim. É a história de Pandora.

– E como é essa história?

– Segundo a nossa mitologia, Pandora foi a primeira mulher da Terra, criada por Zeus para castigar a humanidade. Para punir os homens por terem aceito o presente de fogo que Prometeu roubou do céu, Zeus ofereceu a Pandora uma caixa contendo o bem e o mal, advertindo-a para nunca a abrir. Ela, numa curiosidade desmedida, acabou por abrir a caixa, espalhando pelo mundo todo o bem e todo o mal. Apenas a esperança ficou lá dentro.

– É curiosa essa semelhança entre as histórias.

– Talvez tenham uma origem comum.

– Estou certa que sim, Dionísio.

– E essa segunda aliança de que falou, surgiu quando?

– Surgiu quando as promessas feitas pelos profetas da Antiguidade se cumpriram com a vinda de Cristo.

– E qual é a história desse seu mestre, afinal? – perguntei, com uma curiosidade que crescia ao sabor das suas palavras.

– É a história daquele que encarnou pelo Espírito Santo e da Virgem Maria se fez homem. Que por nossa causa foi crucificado, sob as ordens de Pôncio Pilatos, padecendo na cruz por causa dos nossos pecados. Depois, foi sepultado, ressuscitando ao terceiro dia. E assim subiu aos céus, onde está sentado à direita de seu pai.

– É uma religião estranha essa em que acredita!

– Por que diz isso?

– Porque um ser divino crucificado é algo de difícil compreensão.

– Para quem conhece os seus ensinamentos, Dionísio, a crucificação demonstra apenas a natureza fraterna de alguém que se sujeitou a isso por todos nós. As suas palavras são o espelho disso mesmo.

– E que palavras são essas, capazes de despertar tanta fé?

– São as palavras daquele que um dia disse: "Bem-aventurados vós, os pobres, porque vosso é o reino dos céus. Bem-aventurados vós, que agora tendes fome, porque sereis fartos... Mas a vós, que ouvis, digo: amai a vossos inimigos, fazei bem aos que vos aborrecem; bendizei os que vos maldizem e orai pelos que vos caluniam... E, como vós quereis que os homens vos façam, da mesma maneira lhes fazei vós, também..."

Estava impressionado com tamanha sabedoria.

– São certamente palavras de um grande homem.

– São mais do que isso, Dionísio. Ele sabia o que lhe estava destinado, mas não hesitou em sofrer pelos nossos pecados. Foi por meio do seu gesto que as portas do futuro se abriram. Ele revelou a nós os caminhos iluminados de volta ao paraíso perdido.

No fim da tarde, o sol invadiu as celas, despertando em nós a voz de um sentimento maior que o mundo. Por alguns momentos, enquanto a luz delineava os contornos das grades na parede contrária, senti que estava dentro de Sara. Era como se eu respirasse pelos seus pulmões, pensasse pela sua mente; como se fôssemos um único corpo, uma mesma consciência.

— Esta luz parece querer abençoar-nos — ela disse num tom nostálgico.

— Sim, Sara. É como se ela fosse a nossa própria consciência.

— É uma pena que só dure breves momentos.

— É verdade. Mas amanhã estará aí novamente.

A sombra desapareceu momentos depois, anunciando a noite que tudo cobriu. Apenas o silêncio se fazia ouvir na escuridão cerrada e fria, embora a presença de Sara, do outro lado da parede, me confortasse de todo o mal-estar que pudesse sentir.

— Sara, estás a dormir?

— Não, Dionísio. Pode falar.

— Que sentimento estranho é este que sinto por você?

— Não sei, Dionísio. Mas também sinto o mesmo.

— Nunca julguei possível sentir algo semelhante e, no entanto, nem sequer nos conhecemos.

— Claro que nos conhecemos! Desconheço os contornos do seu rosto, é certo, mas conheço-te como a mim mesmo.

E com essas palavras adormeci leve como uma criança.

CAPÍTULO VI

O dia tinha acabado de nascer com o olhar ensonado de um sol alaranjado, e a serra, despertado no cintilar úmido do orvalho matinal. Caminhava com uma enorme mochila nas costas, trilhando as fragrâncias da manhã que tudo cobriam na frescura dos seus aromas. No sopé da serra, e pelos montes mais baixos, alguns aglomerados de casas sobressaíam como ilhas dispersas num qualquer mar feito de terra, todas unidas por pequenos caminhos e pelo padrão colorido dos campos cultivados. Das plantas escorriam gotas prateadas que mergulhavam no chão molhado, formando pequenas poças de água.

Tinha deixado a cidade devido à demência crescente que me sufocara a consciência em espasmos de uma loucura quase concretizada, fugindo de um destino que tentara me derrotar. Era um solitário por natureza e apenas ali, no meio dos montes, conseguia sintonizar-me com a minha essência. Desistira do curso de Filosofia após ter reencontrado a minha verdadeira vocação, descobrindo que não era nos conceitos abstratos do pensamento filosófico que poderia encontrar um dia a verdade. Acabei deixando me seduzir por Deus, que aos poucos foi murmurando pensamentos inspirados, mas um dia abandonou-me, deixando-me confuso e perdido. E foi ali, no meio daquela natureza que sempre me abraçou, que compreendi que a ausência por Ele provocada tinha sido um teste à fé que eu deveria cultivar. A fé demonstrada na coragem de quem recebera uma notícia difícil de suportar; de quem estava sujeito aos caprichos de uma vontade maior que a sua, resignado a um destino imposto.

Do chão vinha um cheiro da terra molhada que despertava memórias nunca vividas. Era como se eu estivesse usando uma mente mais vasta que a minha, onde essas sensações mergulhavam na essência mais profunda de uma nova consciência que tinha que aprender a reconhecer mesmo sendo Ela, eu próprio. No monte contrário àquele onde me encontrava, estendia-se uma floresta de um verde vivo, que se prolongava para além do meu olhar em salpicos coloridos e intensos, contornando os riachos, que deslizavam no serpentear do manto cor de prata, que lhes dava expressão e continuidade.

Que privilégio poder sentir uma parte de mim no verde úmido daquelas terras, no perfume transparente das águas geladas e tranquilas, no olhar luxuoso de plantas e arbustos, no paladar doce das cores e dos gestos deixados pelo vento no dobrar dos montes. Era como se aquela aragem vagueasse pelo tempo, entrelaçando-o como fios num tear. Fios de uma vontade liberta onde cada parte se fundia na outra, habitando um espaço sem tempo nem lugar. Era ali que o meu espírito se encontrava com a minha alma e a minha alma com o meu corpo. Era o lugar onde me sentia unido com tudo aquilo que me cercava, pois toda a natureza pronunciava paz e harmonia.

Desci até um pequeno planalto, sentando-me junto de um lago. Ali o céu fundia-se com a terra, refletindo sua cor no olhar cristalino das águas que repousavam na serenidade de quem não tinha pressa nem destino. À minha volta, uma floresta cerrada de árvores robustas e delicadas cercava-me em cânticos melodiosos que os pássaros entoavam. Na outra margem do lago, erguia-se um pequeno monte, repleto de musgo, por onde serpenteava um pequeno regato. Acabei por adormecer nas margens do lago, vendo-me a mim mesmo num sonho estranho e profundo. Ali, numa névoa que se dissipava, tive breves vislumbres de uma memória que me transcendia, sentindo-me unificado com a energia feminina que há muito procurava. Era como se tivéssemos encarnado toda a natureza, assimilando em nós as energias opostas do próprio planeta.

Uma criança aproximou-se de mim com um lírio e me entregou.

– Por que está me dando esta flor? – perguntei à criança.

– Porque em breve será meu pai.

E logo se afastou, deixando o meu olhar disperso na névoa que cobria o lago. Enchi então os pulmões com o perfume suave e doce daquela flor, mergulhando as mãos no reflexo da minha imagem...

Quando acordei, não fiquei estático nas lembranças daquele sonho, partindo de mochila às costas pelo vale que se espreguiçava nos contornos dos montes, repousando sobre a planície que lá longe se estendia rumo ao horizonte. E já o sol intimidava a sombra que se escondia debaixo do meu andar sereno, quando voltei a parar junto às margens do lago, embora numa zona onde a sua extensão era maior. Ali montei a tenda, procurando depois lenha nos matos circundantes. Após juntar uma quantidade razoável para a fogueira do almoço, retirei da mochila uma panela, um suporte, uma garrafa de água e um saco de arroz, acendendo a fogueira com o isqueiro e com as páginas soltas de um velho jornal. Minutos depois, quando a água já fervia, deitei o arroz na medida certa, retirando da mochila o pão e a lata de atum que tinha comprado na pequena aldeia por onde passara.

Aproveitei o resto do dia para caminhar pela serra, tentando conhecer aquele lugar. Num dos extremos, junto de uma falésia escarpada, avistei uma pequena casa de madeira e interroguei-me se lá viveria alguém. Acabei por regressar à tenda sem me aproximar da casa, observando, momentos depois, o pôr do sol, que sempre fora um mistério para mim. Via no seu brilho mais que os espargidos de luz que ele deixava no conforto dos seus raios. Era como se murmurasse coisas que ainda não compreendia, mas que faziam despertar em mim a beleza de um gesto esquecido nas esquinas do tempo.

Quando a noite caiu numa lua cheia magnífica, deixei-me adormecer na tranquilidade daquele lugar de paz. Nessa noite, vi-me embrenhado num sonho estranho e tão confuso como o anterior. Caminhava pelo deserto sem um rumo definido, parando várias vezes para observar o horizonte. Do alto de uma duna, envolto na areia que dançava em torno de mim levada pelo vento, vi um pequeno oásis para onde fui levado. Um riacho corria junto da vegetação rasteira e luxuosa, descendo em cascata por um penhasco, onde uma casa de madeira se elevava como sentinela atenta, desaguando depois nas águas de um lago. Dentro da casa, na única divisão, encontrei a mesma criança do sonho anterior que chorava enrolada no próprio corpo.

– Por que chora? – perguntei, aproximando-me.

– A minha mãe abandonou-me. – respondeu com lágrimas nos olhos.

– E para onde foi a sua mãe?

– Foi com a pomba branca que a levou...

CAPÍTULO VII (250 d.C.)

Lá fora o vento soprava com a nostalgia de quem sempre passa. Os seus longos braços, gelados pela proximidade do deserto, preenchiam a cela com o desconforto que tentava afastar. Apenas a presença dele conseguia abafar o frio que a noite fizera cair sobre nós. Conhecia-o há tão pouco tempo e, no entanto, sabia que o amava de uma forma que não julgava possível. Era como se tivesse despertado para uma dimensão onde esse amor se tornava amplo e unificador.

Levada pelos murmúrios do vento, acabei por adormecer. Nessa noite, sonhei com um lugar bonito; um lugar repleto de uma vegetação luxuriante. Ali, numa planície florida de perfumes vários, vi-me de mãos dadas com a pequena Maria, caminhando ao lado de alguém que só podia ser ele. Não conseguia ver o rosto, encoberto por uma névoa fina, mas eu também não conhecia a face dele.

A pequena Maria ia no meio de nós, com sorriso rasgado e olhar cintilante. Era como se fôssemos uma família. Mais à frente, junto de um pequeno lago, avistamos uma casa com a forma de uma esfera cortada pela metade. Algumas janelas, amplas, de um só vidro, espreitavam para o exterior refletindo a vegetação que nos cercava num doce abraço maternal. E foi então que vi aquele ser de luz que anunciara a vinda da Maria. Ali pude ver melhor os seus contornos, percebendo que se tratava de uma mulher. E ela falou: "Um dia, estará neste lugar e aqui completará um longo ciclo de dedicação a nosso mestre. É a minha discípula amada e a ti confio a tarefa de fazer crescer no coração dos homens a Igreja que ajudei a fundar". E, dito isso, as imagens desapareceram num longo eco que tudo desvaneceu na turbulência de uma espiral de luz... tinha acordado.

Fiquei imóvel durante alguns minutos, pensando em tudo aquilo que sonhara. Quem seria aquele ser? E que tarefa era essa que eu tinha que realizar? Recordei também a imagem do lugar por onde caminhei de mão dada com a Maria, junto com outra pessoa. Seria o Dionísio? Pensei então nele e em nós, interrogando-me se seria possível sentir algo tão forte por alguém que tinha acabado de conhecer.

– Dionísio, já acordou?

– Sim, Sara. Pode falar.

– Tive um sonho tão bonito, sabe?

– E como foi esse sonho?

– Caminhávamos os três por uma planície cheia de vida – disse eu de expressão iluminada.

– Os três?

– Ainda não te contei que tenho uma filha?

– Não.

– É verdade. Encontrei-a na rua, sozinha... – disse, encostando-me à parede que nos separava, visualizando a imagem carinhosa da pequena Maria. – Foi um presente de Deus.

– E como se chama?

– Maria, como a mãe e a companheira de Cristo.

Ficamos em silêncio. Um silêncio que despertava os contornos de um sentimento tão antigo quanto o próprio tempo, revelando uma verdade que nos transcendia na continuidade de um amor sereno e verdadeiro.

E entre nós, era como se nenhuma parede nos separasse.
– E o que aconteceu no seu sonho? – ele perguntou momentos depois.
– Nada de estranho. Acho que o sonho serviu apenas para me mostrar que nós três poderíamos formar uma família feliz.
– Estou certo que sim, Sara.

O seu tom afirmativo clareava pensamentos que ainda vagueavam nos trilhos confusos de uma imaginação desejosa de tais experiências. Era como se uma porta se abrisse e deixasse passar alguma luz, mas nada se revelava dos segredos que se encontravam além dos seus limites.

– Já falei tanto sobre aquilo em que acredito, Dionísio, e nada sei das suas crenças.
– O que quer que eu diga?
– Fale da sua filosofia, por exemplo. Afinal, em que é que acredita?
– Acredito que é pelo uso da razão que o homem pode ver através das falsas aparências. Que é pelo poder do raciocínio que podemos mudar para melhor as coisas sobre as quais temos domínio.
– Quer dizer então que vê o homem como um ser solitário?
– Não, de forma alguma!
– Mas se é pela razão que ele pode melhorar o mundo, então não há a mão de Deus a moldar os seus caminhos.
– Existe na natureza, pois é vivendo de acordo com ela que podemos alcançar a verdade, o que de alguma forma é o mesmo que seguir a vontade de Deus, pois Ele é todo o universo. É o princípio mais elevado que abrange o ser e o não ser.
– É assim que você vê Deus?
– Sim. Para mim, Ele é a força imaterial que transborda para níveis de consciência cada vez mais profundos. É um ser transcendente, impossível de ser descrito, que governa o mundo espiritual, contrastando com o nosso mundo material feito de ignorância.

— E como alcançamos esse mundo espiritual?
— Pelo conhecimento, claro!
— E para você, esse mundo espiritual é o universo?
— Para mim, Sara, o universo é mais que um mundo. Ele é um único ser cuja essência é a consciência de si.
— É o mesmo que dizer Deus.
— Sim. Só que esse Deus também somos nós.
— Como assim? – interroguei de expressão compenetrada.
— O uno não pode ser fracionado. Nós, como partes dessa unidade, também somos ela própria.
— Isso que diz me lembra o que o nosso irmão Paulo escreveu numa das cartas que enviou à igreja de Corinto.
— E o que disse ele nessa carta?
— Quer que eu cite textualmente?
— Sim.
— "Porque, assim como o corpo é um, e tem muitos membros, e todos os membros, sendo muitos, são um só corpo, assim é Cristo também. E vós sois o corpo de Cristo e seus membros em particular."
— Cada vez me surpreendo mais com a sabedoria que motiva a sua religião. É que nessas palavras está tudo aquilo que acabei de dizer, pois os membros de um corpo também são o próprio corpo.
— Herdou todo esse conhecimento de quem? – perguntei.
— De alguns filósofos mais recentes, como Plotino e Epicteto, embora a essência daquilo em que acredito tenha sido forjada em mim mesmo.
— Não tem, então, um profeta ou uma figura divina como inspiração?
— Não, apesar de o meu conhecimento ter sido influenciado por algumas doutrinas vindas do Oriente.
— E que doutrinas são essas?
— Muitas são estranhas e difíceis de compreender. Mas existe uma que me tocou particularmente. Nela encontrei uma sabedoria que aos poucos fui descobrindo em mim mesmo.

– E que doutrina é essa? – perguntei num entusiasmo trasbordante.

– Foi professada por alguém chamado Buda. Segundo ele, trazemos em nós próprios a chave da bem-aventurança, mas para usarmos essa chave temos que compreender o mundo que nos cerca, feito de sofrimento. Sofrimento esse que resulta da sede e do desejo pelo prazer. Segundo essa doutrina, só através da supressão dessa sede é que o ser humano deixará de sofrer. Para que isso possa acontecer, cada um de nós terá que enveredar por oito caminhos distintos, sendo estes o da verdadeira crença, da decisão, da verdadeira palavra, do ato, da vida, do zelo, dos verdadeiros pensamentos e da meditação. O curioso é que vejo agora que alguns dos seus ensinamentos têm semelhanças com a tua religião, pois um dia esse tal ser chamado Buda disse coisas como: "Tende compaixão. Dai e recebei com sinceridade, sem tomardes nada abusivamente. Nunca mintais, nem mesmo se a situação parecer desculpar a mentira. Evitai os venenos do prazer. Estimai vossas mulheres e não cometeis imoralidades. Cuidai de só alimentar sentimentos bons e de refrear as vossas iras. Só assim se evitará a transmigração da alma e se alcançará a paz eterna".

Falávamos de religiões diferentes e distantes e, no entanto, tão iguais nas suas verdades mais profundas. Eu nada sabia dessa religião e ele nada sabia da minha, mas juntos compreendemos que ambas eram uma só. Como nós!

– Estou toda arrepiada.

– É sinal que esta verdade também te pertence.

– É tão estranho que esses ensinamentos sejam semelhantes aos de Cristo, não?

– Talvez não seja assim tão estranho, Sara, pois a verdade é uma só. O que é estranho é Cristo ter morrido na cruz por causa de uma verdade que outros ensinaram tranquilamente.

– Mas isso nada tem de estranho! – eu disse, contrapondo aquela afirmação. – O Seu sacrifício é a essência daquilo em que acredito.

É por meio desse sacrifício que o mundo poderá um dia alcançar o reino dos céus.

— Mas todos aqueles que professam essa doutrina do Oriente também alcançarão um dia o reino dos céus e, no entanto, Buda não foi sacrificado.

— Se é certo que a verdade é uma só, como você mesmo diz, a forma de a professar terá que ser diferente porque diferentes são as culturas e os povos. Além disso, o sacrifício de Cristo foi em nome de toda a humanidade, incluindo aqueles que nada sabem dos seus ensinamentos.

— E esses a quem chama de apóstolos, também são seres divinos?

— Não — sorri. — Os apóstolos foram homens como nós, escolhidos por Cristo, para dar continuidade à sua missão. De todos, destaco o principal, aquele que o mestre mais amava: Madalena, que também foi sua companheira. Ela também foi mestra como Jesus, e é um ser por quem tenho profunda devoção. Foi ela quem lançou os outros apóstolos na sua missão depois que o mestre partiu. Era um ser de grande sabedoria. Em todos, no entanto, apesar de não divinos, habitou o Espírito Santo, desde o dia de Pentecostes.

— E que dia é esse?

— É um dia festivo, em que se celebra as colheitas do trigo, cinquenta dias após a Páscoa. Para os judeus, é o dia em que Moisés recebeu as tábuas da lei. Foi nesse dia que, estando os apóstolos reunidos no templo de Jerusalém, algo de estranho chegou junto deles. Tinha o ruído do vento, como se fosse uma tempestade, e a forma de línguas de fogo, que se dividiam sobre os apóstolos, pousando em cada um deles. Nesse mesmo instante, todos sentiram uma força estranha que os preencheu, saindo ao encontro da população. Apesar de a cidade estar repleta de estrangeiros, quando eles falavam, cada um ouvia na sua própria língua.

– E era o apóstolo Paulo, que tantas vezes cita, o chefe desse grupo de homens?

– Não! Paulo é um caso especial. Ele não fazia parte desse núcleo que acompanhou Jesus. A líder sempre foi Madalena, algo que incomodava os outros apóstolos ao ponto de criar uma segunda facção, liderada por Pedro, que seguiu um caminho diferente.

– E por que esse incômodo com Madalena?

– É que Madalena, além de ter sido a companheira de Jesus, foi também quem mais compreendeu a sua mensagem e isso provocava a inveja dos outros apóstolos. Muitos dos Evangelhos a relatam como alguém que questionava permanentemente o mestre com perguntas elaboradas e reflexões sobre os ensinamentos, algo que sempre incomodou os outros apóstolos, que não tinham uma compreensão tão abrangente a ponto de penetrar fundo na mensagem. Exceto João, que era o mais evoluído daquele grupo. E assim começou esse incômodo nos apóstolos que tinham ciúmes desta preponderância de Madalena. Foi ela que os lançou na sua missão depois de o mestre ter partido e foi ela, também, quem fundou as nossas primeiras igrejas. Sinto uma ligação profunda com este ser, Dionísio. Como se a sua missão também fosse um pouco a minha.

– E é consensual essa sua visão dela nas suas comunidades, sendo ela uma mulher?

– Infelizmente, não. A maioria tem dificuldade em aceitar Madalena como a principal dos apóstolos, aquela que mais entendia os ensinamentos do mestre. São poucos, hoje, os devotos de Madalena, e existem alguns que tentam denegrir a sua imagem, mas eu estarei sempre pronta para defendê-la, mostrando que os Evangelhos, como o de Maria e o de Filipe, comprovam a sua verdadeira natureza.

– E esse Paulo, quem foi?

– Paulo era um fariseu fanático, que perseguia os cristãos, até o dia em que Cristo lhe apareceu no caminho para Damasco e perguntou por que é que ele o perseguia. A partir de então Paulo tornou-se um dos apóstolos, viajando pelo mundo em louvor de nosso mestre.

– E os outros também partiram pelo mundo?

– Sim. Mas enquanto os outros falavam aos judeus, Paulo falava a todos os homens. A sua missão era converter os gentios... no fundo, todos os povos da Terra.

Ouvi então o tilintar da chave na porta da cela. Por momentos, sustive a respiração, aguardando, na expectativa de ser levada para mais uma sessão de chicotadas ou, pior ainda, de volta às catacumbas. Preferia que o meu corpo fosse rasgado pelo chicote a ter que deixá-lo. Dionísio era agora a razão que me alimentava, na esperança de um dia estarmos juntos numa vida em comum. Partir era morrer pela metade. Quando a porta se abriu, um enorme suspiro aliviou a tensão acumulada. Era apenas um soldado com a comida.

– Por que será que nunca mais vieram me buscar? – perguntei depois de o soldado sair.

– Talvez tenham se esquecido.

– Não acredito! O carcereiro não é pessoa de se esquecer.

– Então está protegida pelo seu Deus.

– Sim. Tenho que agradecer esta bênção.

Enquanto comíamos, tentei compreender aquela força e aquela alegria que me preenchiam desde a primeira vez que o ouvi falar. Era como se já tivesse vivido aqueles momentos... mais estranho, ainda, era ter a certeza de conhecê-lo, embora nunca tivéssemos nos encontrado antes.

– Sara!

– Sim, Dionísio.

– Não tem a sensação de já ter vivido tudo isso?

Não consegui conter o riso perante aquela estranha coincidência. Era como se pensássemos por uma só mente, como se em nós habitasse uma só consciência.
— Estava pensando nisso também, sabia?
— Verdade?
— Sim. Mas mais estranho que isso é ter a certeza de te conhecer.
— Talvez conheça de outras vidas.
— De outras vidas? — perguntei, confusa.
— É que alguns povos do Oriente, se não mesmo todos, acreditam que a existência se processa ao longo de várias vidas. Cada vida é uma etapa de uma longa caminhada, terminando com a salvação.
— Não compreendo, Dionísio. Como podemos ter várias vidas? A vida é uma só.
— Nem eu mesmo sei se acredito. Mas é um pensamento agradável de se ouvir.
— Eu acredito na ressurreição, mas não para voltar a este mundo. Não faria sentido.
— E se não herdar o céu depois da morte?
— Vou para o inferno.
— E já pensou em como é o inferno?
— É certamente um lugar de grande sofrimento.
— E poderá haver lugar de maior sofrimento do que este mundo onde vivemos?
— O que quer dizer com isso? — perguntei.
— Que talvez o inferno seja regressar.
— Não! É uma ideia estranha, essa!
— Eu não estou tentando legitimá-la, Sara. Apenas tento compreendê-la.
— E que explicação tem para o fato de parecer que já vivemos tudo isto?
— Ah! Essa é uma explicação pessoal.
— Qual?

Murmúrios de um tempo anunciado

– Que todos nós temos um destino. Um destino ao qual não estamos vinculados, pois podemos exercer o nosso livre-arbítrio. No entanto, quando regressamos de volta ao trilho desse destino, lembramo-nos dele como se já o tivéssemos vivido, pois fomos nós que o escolhemos antes de descermos a este mundo.

– Quer dizer que eu não estou lembrando coisas que já vivi, mas recordando o plano inicial que tracei para a minha vida?

– Sim.

– Mas isso implicaria existirmos antes de termos nascido!

– Exatamente. Lembra que você é um ser espiritual, que existe além do próprio tempo.

Limitei-me a sorrir, interiorizando suas palavras.

Horas depois, o sol invadiu as celas, anunciando a sua partida. Aquele era um momento muito especial, alimentando a memória de uma presença que se tornava constante. Na luz, gradeada pelas sombras da janela, estava a consciência liberta do nosso amor.

– O que está reservado à humanidade na sua religião? – perguntou assim que a escuridão preencheu a cela.

– O paraíso, Dionísio. O paraíso de Adão e Eva.

– E quando esse paraíso virá?

– Antes que o paraíso possa ser anunciado, a humanidade terá ainda que padecer muitos males. O fim dos tempos surgirá quando as nações se levantarem umas contra as outras. Quando surgirem grandes terremotos e fomes em diversos lugares. Quando o irmão entregar à morte o outro irmão e o pai, o filho. Quando o sol escurecer e a lua não mais iluminar. Então Cristo surgirá nas nuvens com grande poder e glória, e enviará os seus anjos, reunirá seus escolhidos. Nessa altura, será estabelecido na terra o reino dos céus; o paraíso há muito aguardado.

– Pois para mim esse paraíso surgirá no dia em que os meus olhos derem testemunho da presença dele.

Pedro Elias

Como aquelas palavras me alimentavam! Sabia agora que do outro lado da parede estava um pedaço da minha própria consciência. Poder senti-lo no entoar da sua voz delicada era a prova certa de que um Deus amoroso nos inspirava com a sua presença. Como ele mesmo dizia: "Todos nós somos um só". Sim, uma unidade partilhada na infinidade dos seus pequenos pedaços, todos unificados na força de uma consciência desperta pelo Espírito Santo.

E, perante tudo aquilo, eu apenas tinha vontade de dizer um simples e humilde: Amém.

CAPÍTULO VIII (250 d.C.)

Os traços que fui marcando na parede da cela davam testemunho da passagem do tempo. E já lá se encontravam cento e trinta e sete. Em cada um deles, podia reconhecer partes de um sentimento partilhado no amor que em nós crescia a cada dia, assim como os ensinamentos de uma religião que aprendi a respeitar pela devoção profunda e sincera que Sara colocava na sua fé.

– Bom dia, Dionísio.
– Como sabia que estava acordado? – perguntei.
– Não sabia, senti!

Nos momentos que ali partilhamos, pude compreender que aquele era um reencontro há muito anunciado; murmurado pelo tempo na continuidade de um sentimento maior, que as partes completavam.

– Estava pensando em tudo aquilo que aprendi da sua religião.
– Eu também aprendi muito com você, Dionísio. A sua filosofia ajudou-me a compreender melhor a humanidade de Cristo. Não as palavras, mas os gestos, as expressões e todo o resto que está além das palavras e que só pode ser compreendido em nós mesmos.
– Teve algum mestre que a guiou no estudo dos textos antigos?
– Não. O meu conhecimento desses textos vem do tempo em

que eu era judia. Meu pai sempre fez questão que os estudássemos, mesmo eu sendo mulher. Depois, mais tarde, quando me converti ao cristianismo, esse estudo passou a fazer parte da rotina diária de quem tem o batismo como meta a alcançar.

– Batismo?! Nunca me falou nisso.

– Não?

– Não me lembro.

– O batismo é um ritual cristão onde os iniciados são mergulhados em águas purificadas. Simboliza o nosso despertar para Cristo. É a partir do batismo que deixamos a cegueira deste mundo, abraçando os ensinamentos deixados por Cristo. A partir de então tornamo-nos adultos de espírito; seres responsáveis pela palavra que nos consagrou.

– Também é batizada?

– Não. Infelizmente ainda não. Estava terminando os meus estudos de três anos quando fui presa.

Ficamos em silêncio o resto da manhã. Não havia a necessidade das palavras para que nos compreendêssemos, pois éramos partes de um mesmo sentimento. Saber que do outro lado se encontrava a expressão contrária da minha própria consciência era tornar reais os sonhos mais recônditos de uma natureza ofuscada pelo luxo, pelo prazer e pelos desejos. Era sentir que em nós nada era plural.

– Tem pensado na sua filha?

– Muito! Sempre que fecho os olhos o seu rosto bonito materializa-se como por magia. Tenho muitas saudades.

– Gostaria muito de conhecê-la.

– Quando sairmos daqui te levarei à minha casa. Tenho certeza que se darão bem diferentes.

– E se sairmos em dias separados? – perguntei.

– Se eu sair primeiro, ficarei dia e noite na porta da prisão à sua espera.

– Promete?

– Claro! Que sentido teria fazer outra coisa?

— Pois eu prometo o mesmo, Sara. Nada nem ninguém me fará sair da porta desta prisão.

— E a sua família? Não tens pensado nela? Em tudo aquilo que ficou para trás?

— Não deixei nada para trás. Quando trilhamos os caminhos do nosso destino, nada fica para trás. Tudo se torna presente na continuidade infinita da nossa consciência, já que o passado nada mais é que a força motivadora de toda uma construção existencial e não a construção em si mesmo. Essa nós mesmos criaremos, transformando o espaço e o tempo num único momento eterno.

— Gosto muito de ouvir falar o filósofo que existe dentro de você, mesmo quando não compreendo aquilo que diz. É como se as palavras fossem as notas musicais de uma bonita melodia.

Horas depois, o dia desfaleceu perante a luz tênue de um sol que nos impressionava profundamente. Na parede contrária, como em tantos outros dias, a luz delineava as grades, projetando-se como aparição divina.

— Como você é linda, Sara!

— Como sabe? — ela perguntou num tom provocador.

— Porque te conheço muito bem.

— Mas posso ter um rosto feio — ela disse, acentuando esse tom.

— Você sabe que não é o seu rosto. Você é essa pessoa maravilhosa que aprendi a amar nesses meses que passaram.

— E o que é para você o amor? — perguntou num tom mais sério.

— Para mim, o amor, Sara, é a essência de tudo aquilo que existe. Não acredito que possamos resumi-lo a um conceito.

— Pois para mim o amor é um sussurro deixado por Deus; a força vital inerente a toda a criação. Cristo dá-nos testemunho disso mesmo através do seu Evangelho. Como já dizia o nosso irmão Paulo em sua carta à igreja de Corinto: "O amor é sofredor, é benigno; o amor não é invejoso, nem trata com leviandade ou soberba. Não se porta com indecência, não busca os seus interesses, não se irrita, nem folga com a injustiça. Tudo sofre, tudo crê, tudo espera e suporta".

– Então, a melhor expressão desse amor é aquilo que sentimos um pelo outro.

Sabia que ela sorria de olhos molhados, interiorizando cada pedaço de um momento que se alongava por toda a eternidade. Éramos gêmeos de um mesmo parto, separados à nascença, mas unidos na força de um sentimento que nunca nos deixou.

– Já não tenho dúvida alguma de que fomos predestinados um ao outro.

– Eu sei – concordou ela.

– No dia em que nos encontrarmos olhos nos olhos, será o culminar de uma longa história.

– Pois para mim será apenas o dia mais feliz de todos aqueles que já vivi.

Nessa noite, depois de adormecer, vi-me envolto num sonho estranho e confuso. Caminhava por uma serra repleta de vegetação rasteira, parando várias vezes para observar o horizonte. Lá embaixo, um ribeiro corria por um estreito vale, serpenteando nos contornos das margens arenosas e desaguando nas águas de um lago. Desci então até junto ao lago, no sopé da serra, e montei uma tenda de aspecto estranho. Foi só então que reparei uma casa construída no alto do monte contrário àquele por onde eu havia descido. Ali, encontrei uma criança que chorava enrolada no próprio corpo.

– Por que chora? – perguntei, aproximando-me.

– A minha mãe me abandonou – respondeu com lágrimas nos olhos.

– E para onde a sua mãe foi?

– Foi com a pomba branca que a levou...

CAPÍTULO IX (251 d.C.)

Já havia se passado um ano desde que ali chegara. Um longo ano aprofundando verdades contidas na religião que professava, transpondo os limites da palavra para alcançar os da intuição. Naquele lugar, experimentara o mais terno dos gestos, mergulhando na expressão contrária de um olhar que não conhecia, mas cuja essência se tornava presente nos contornos concretos de um sentimento muito antigo.

Foi então que a porta da cela abriu-se num ruído estridente, arrepiante, pois ainda era cedo para o almoço.

– Que foi, Dionísio?

– Ainda não sei... Espera! São dois soldados.

– E o que é que eles querem?

A voz de um deles fez-se ouvir.

– Venha conosco – disse o homem num tom calmo.

– Para onde?

– Sim, para onde?! – reforcei, assustada, levantando-me junto à parede que nos separava.

– O senhor está livre.

– Verdade? Ela também?

– Sim. Mas ela sairá mais tarde.

– Por que mais tarde?

— Não se preocupe, Dionísio — repliquei, mais tranquila. — Quando eu sair irei te procurar. Espera por mim?
— Claro que espero! Foi com este momento que sonhamos todos estes meses.

Sorri, voltando a sentar-me. E os guardas levaram-no, deixando-me só.

Horas depois, também fui libertada. Enquanto percorria os estreitos corredores, o meu coração saltava de emoção naquele momento tão especial. Como seria o rosto dele? Não que fosse importante saber seus contornos, pois um rosto nada mais é que uma máscara viva, no entanto, a curiosidade mantinha-me inquieta e ansiosa.

Quando deixei o edifício, coloquei a mão direita sobre os olhos, protegendo-os da luz intensa. Apenas vi aqueles que saíram comigo e que logo se dispersaram nas ruas da cidade, e mais ninguém! Onde ele estaria? A pequena praça encontrava-se deserta, gelando o meu corpo com a incerteza daquele momento angustiante. Eu sabia que ele estaria à minha espera, quanto a isso não tinha dúvida alguma... mas onde ele estava?

No centro daquela pequena praça uma fonte de água cristalina, centrada por uma estátua romana, sobressaía sobre o silêncio que se fazia sentir. Sentei-me no beirado que segurava a água, olhando em volta... ninguém!... era como se tudo aquilo que eu vivera na prisão não tivesse passado de um sonho que aos poucos se diluía na realidade de um despertar doloroso. Sem a sua presença, era como se estivesse de novo encarcerada. As lágrimas inundaram-me os olhos numa dor profunda, ferindo-me como nunca antes. Saber que do outro lado da parede nunca mais o iria encontrar era morrer pela metade.

Foi então que uma jovem se aproximou, sentando-se a meu lado com uma expressão sorridente.

— Pensei que tinha morrido.

– Sofia! – exclamei, limpando as lágrimas.
– Lembra de mim?
– Claro que sim! A jovem impaciente que conheci no primeiro dia aqui – sorri-lhe.
– Quando a vi, reconheci logo, mas senti uma tristeza no seu rosto que não havia quando chegou aqui.
– É verdade, Sofia.
– Mas devia estar contente. Fomos libertadas!
– Eu sei, Sofia – sorri-lhe uma vez mais. – Mas esta minha tristeza tem um outro significado. É que acabei de ser amputada da parte que mais amo de mim mesma.
– Como assim?! – ela perguntou com expressão interrogativa.
Acentuei o sorriso perante o ar confuso que o seu rosto delineou.
– É que conheci alguém muito especial, sabe?
– Verdade?! Na cela?
– Sim, mas estávamos em celas separadas. Dele apenas tenho as palavras, os gestos que imaginei. Alguém muito especial que nunca mais irei encontrar.
– Onde está aquela fé que me ajudou a suportar este ano de cativeiro? Foram as suas palavras que motivaram este meu sacrifício. Sem elas, teria desistido.
– Essa fé continua viva, Sofia. Acho até que foi reforçada.
– Então não diga que nunca mais o encontrará.
– Mas esses são os caminhos que o destino nos reservou. Nem sequer devo lamentá-los, pois temos que cumprir aquilo que nos foi predestinado.
– Talvez o destino vos surpreenda um dia – ela disse, levantando-se.
– Espero que sim. Seria o culminar de muitas coisas.
– Gostei muito de vê-la.
– Adeus, Sofia. Vai com Deus.
Ela despediu-se com o ósculo santo, pegando carona numa carroça que passava. E ali fiquei até ao entardecer, compreendendo que

nunca mais iria vê-lo. A luz do sol, que lentamente adormecia atrás das casas, era como uma metáfora ao nosso amor. Um estigma que nos perseguia desde o dia em que nos conhecemos e que me confortava na ternura dos seus raios, dizendo-me que ele estaria sempre presente nas palavras que partilhamos, no ritmo das conversas que tivemos e nos gestos que imaginamos no silêncio profundo de muitas noites passadas em união. E as lágrimas escorreram uma vez mais, desta vez sobre uma expressão risonha, pois o teria junto de mim no amor e na vida que brotava do meu coração.

Quando a noite caiu, caminhei para casa conformada com aquilo que o destino me reservara. Quando cheguei, bati à porta, aguardando. Uma serva que eu não conhecia abriu a porta. Ela ficou me olhando fixamente, aguardando que me anunciasse.

– Não sabe quem sou?
– Não, senhora.
– Sou filha desta casa.
– É filha dos senhores? – perguntou com uma expressão de espanto.
– Sim – sorri-lhe.

Ela correu pelo corredor, indo anunciar a minha chegada. Logo depois apareceu minha mãe, abraçando-me com lágrimas nos olhos.

– Oh, filha! Quanta saudade! O que nós não choramos por sua causa. Mas deixe-me olhar para você – disse libertando o abraço. – Está tão magra, filha... Vem, precisa comer.

E logo me arrastou para a sala, puxando-me pela mão molhada de lágrimas escorridas.

– Como estão todos? – perguntei enquanto caminhávamos.
– Bem, dentro do possível.
– E a Maria?
– A Maria está cada vez mais bonita. É uma criança encantadora!
– Quero vê-la.
– É melhor esperar... – ela parou, encarando-me. – É que ela ainda está um pouco ressentida por tê-la deixado.

– Ela não me perdoou?
– Estou certa que perdoará. Ela gosta muito de você.
Quando chegamos à sala, reparei nas iguarias que se estendiam pela mesa e que aguçaram o meu apetite encarcerado. Sentamo-nos.
– Mas fala-me de você, filha. Deve ter sido difícil suportar tudo aquilo.
– Foi o melhor ano da minha vida.
– O melhor ano da sua vida?! – a expressão da mãe enrugou-se num olhar de espanto. – Como assim?!
– É que conheci alguém muito especial, entende? Alguém que nunca irei esquecer.
Maria apareceu numa das portas, olhando-me de cara amarrada. Como ela estava linda!
– Maria! – estendi-lhe a mão. – Vem, querida.
Ela baixou os olhos, fugindo pelo corredor. Ainda fui até à porta mas já não a encontrei.
– Tem que ser paciente, filha. Apenas o tempo apagará essa mágoa.
– Dói muito saber que ela sofreu com a minha ausência e voltei a sentar-me, suspirando. – Mas não havia nada que eu pudesse fazer.
– Eu sei – minha mãe pousou a mão sobre a minha. – Todos nós admiramos o seu gesto. O seu pai, então...
– E onde é que ele está? – perguntei enquanto me servia.
– Oh, filha! Nem sabe os problemas que temos tido.
– Que problemas?
– É que o bispo morreu...
– Verdade?!
– Sim. Morreu na prisão.
– Era um bom homem.
– O mesmo já não posso dizer do bispo que o substituiu.
– Por que diz isso, minha mãe?
– Porque ele apoia as ideias de Novaciano, presbítero de Roma.
– E que ideias são essas? – perguntei enquanto comia.

— Ele defende que os cristãos que prestaram o sacrifício aos deuses romanos não poderão jamais ser readmitidos na Igreja. É por isso que fomos banidos da comunidade, assim como muitos outros.

— Mas isso é um absurdo! — eu disse indignada, parando de comer.

— Pensei que concordasse, filha.

— Eu?! Por quê?

— Porque naquele dia junto ao altar senti que nunca iria nos perdoar por termos negado a nossa fé.

— Sim, é verdade. Só que, entretanto, conheci esse alguém especial que me fez mudar.

— Deve ser alguém realmente muito especial, pois sempre foi muito segura das suas convicções.

— Sim, minha mãe. Muito especial, mesmo — sorri-lhe. — Mas onde está o pai, afinal?

— O teu pai anda a fazer o que pode para que sejamos readmitidos na Igreja.

— Amanhã irei falar com o bispo. Como pode ele sujeitar os cristãos a tal tratamento?!

— Não sei se adiantará. A nossa esperança é que Cornélio seja eleito bispo de Roma. Ele é o único que poderá pôr fim a tudo isto.

Depois de uma farta refeição e de um longo serão a conversar sobre os acontecimentos ocorridos na minha ausência, fui até o quarto de Maria acompanhada por minha mãe. Ela dormia serenamente, pacificando-me com a sua expressão inocente.

— Deixe-me ficar alguns momentos com ela.

Minha mãe saiu enquanto me sentava junto da pequena Maria. O luar intenso iluminava os recantos do quarto, estendendo pelas paredes as sombras da mobília e dos adornos.

— Oh, filha! — eu sussurrei. — Se soubesse o quanto me custou deixá-la. Não houve um único dia que não pensasse em você, sabia? Esteve sempre junto de mim e isso me ajudou muito — os meus olhos umedeceram-se sobre um sorriso suave. — Só espero que um dia possa me perdoar.

Passei a mão pelos seus cabelos, beijando-a na testa. Dos meus olhos as lágrimas escorreram, desejosas de um perdão muito significativo para mim. Enquanto caminhava para a porta, ouvi a sua voz.

– Mãe? – chamou, com olhos sonolentos.
– Sim, querida. Sou eu. Desculpe acordadá-la.
Ela saiu da cama, correndo para mim de braços abertos.
– Gosto muito de você – disse, num abraço caloroso, chorando no meu colo.
– Eu também gosto de você, pequenina – chorei com ela.
– Vai ficar para sempre?
– Sim, querida. Desta vez é mesmo para sempre...

Na manhã seguinte, acordei leve e em paz. O seu perdão foi como uma lufada de ar fresco sobre uma mesa coberta de pó, libertando-me de um fardo que pesava como nenhum outro. Depois do café da manhã, saí de casa. As ruas encontravam-se desertas, ainda silenciosas sem os habitantes, que aos poucos iam despertando, tomando conta dos afazeres diários no acentuar do burburinho de fundo que aumentava lentamente.

Já na igreja matriz, pude sentir o silêncio do templo. Era como se ali pudesse encontrar a verdadeira dimensão de uma fé que transcendia todas as palavras, mostrando-me uma sabedoria que agora podia expressar na certeza de que a verdade não era feita de rituais, de palavras bonitas em adornos requintados, mas sim de gestos partilhados como promessa de um futuro que pertencia a todos, por igual. E, no eco deixado pelos meus passos, aproximei-me do altar de pedra, pedindo a um dos diáconos que me anunciasse. Momentos depois fui levada à presença do novo bispo de Antioquia.

– Irmã, Sara! É uma honra recebê-la.
– Não sabia que era o novo bispo! – disse, surpresa.
– Sim, sou eu mesmo, seu professor.
Sentei-me numa das cadeiras, encarando o seu olhar risonho.

– Sinto-me muito orgulhoso daquele seu gesto perante os gentios – continuou.

– Fiz apenas aquilo que a minha consciência determinou que fizesse. Não vejo nisso motivo de orgulho.

– Seja como for, Sara, foi um gesto bonito. Cristo a recompensará por esse sacrifício.

– Também não foi sacrifício algum. Foi a vontade sincera de uma fé que tudo suporta.

– E o que a trouxe aqui?

– Vim por causa da discriminação a que estão sujeitos todos os nossos irmãos que prestaram sacrifício aos deuses romanos.

– Os *lapsi*. São uns traidores.

– Não! Não são traidores. São ovelhas que se desviaram do rebanho e, por isso mesmo, as que mais necessitam das atenções do pastor.

– Lembrai-vos das palavras de Cristo: "Todo aquele que me negar diante dos homens, será negado diante de meu pai".

Não consegui conter o sorriso perante a sua argumentação.
– Por que sorris?

– Porque também já usei essas mesmas palavras para impor o meu ponto de vista. Mas eu pergunto: Pedro não negou Cristo três vezes?

– Sim, mas...

– E foi ele expulso?

– Não podemos fazer esse tipo de comparação. Pedro era um santo.

– Um santo cheio de pecados como qualquer um de nós.

– Sara! Olha que posso repreender você por heresia.

– Será que não nos cabe expressar gesto semelhante ao do mestre, perdoando todos aqueles que negaram a sua fé? Com que direito fechamos as portas da igreja aos nossos irmãos? Que lei estranha é essa que anunciai, se o perdão é um dos ensinamentos de Cristo? Lembre-se da vocação de Levi, na qual Cristo diz que veio ao mundo pelos pecadores. É a eles que temos que perdoar.

– Vejo que argumenta com sabedoria.
– Este ano que passei na prisão ajudou-me a compreender melhor os ensinamentos de Cristo.
– Lembro-me agora que não chegou a ser batizada.
– Faltavam três dias para o Pentecostes quando fui presa.
– Passou um ano, Sara, mas continuam a faltar três dias.
– Ser batizada agora?!
– Por que não! Está preparada como ninguém.
– Mas não foi por isso que eu vim...
– Prometo que irei pensar no assunto, principalmente em seus pais – disse, interrompendo-me.
– Não quero que perdoe apenas meus pais, mas todos os cristãos que se encontram em situação semelhante.
– Não sei se poderei fazer isso. É que existem grandes pressões vindas de Roma para que não os perdoemos.
– Se Cornélio for eleito bispo de Roma, ficará numa situação delicada.
– Apenas cumpro as instruções que chegam de Roma. Se os ventos mudarem, eu mudarei com eles... mas deixemos isso. Tem que começar a preparar o batismo. Já conhece o ritual: amanhã e sábado são dias de jejum e a madrugada de domingo, de vigília e oração.

Depois de deixar a igreja resolvi caminhar pela cidade, há um ano que nada sabia sobre ela, procurando novidades que pudessem satisfazer a minha curiosidade acumulada. Mas estava tudo igual. As casas permaneciam na rigidez da sua natureza de pedra, enquanto as pessoas continuavam curvadas sobre um fardo de impostos e leis absurdas. O mal-estar, este, respirava-se como poeira vinda dos desertos, algo evidenciado nos soldados que patrulhavam as ruas com soberba de um império que tudo lhes permitia, espancando pessoas só porque se atreviam a passar diante dos seus olhares empolados. Nada tinha mudado, nada!

Percebi, então, para minha surpresa, que não era a cidade que eu procurava, mas Dionísio. Um olhar que sobressaísse no meio da multidão e que me desse a certeza da sua existência, confirmando, assim, um sentimento separado por séculos e milênios, por pequenas eternidades esquecidas na dormência embriagada do tempo. E ainda tentei apurar o ouvido por entre o burburinho de pregões, gritos e conversas em voz alta, mas não ouvi a voz dele. Tinha a certeza que o reconheceria, que sentiria em mim o pulsar eterno da nossa existência espiritual se o meu olhar desse testemunho do seu... mas esses não eram os caminhos que o destino nos tinha reservado.

No caminho de regresso a casa, encontrei um mendigo chorando.
– Posso ajudá-lo? – perguntei.
– Ajudar?!

A sua expressão delineava a ironia de quem tinha aquela pergunta como vazia.
– O que é isso, menina?
– Qual é o seu nome?
– Simeão.
– E por que chora, Simeão?
– Que mais posso fazer se não lamentar esta vida de miséria. Entrei naquela casa e pedi comida. Sabe o que me deram? Pauladas!
– Não os julgue, pois eles caminham cegos.
– Como não? Não se nega comida a ninguém... nem a um cão, quanto mais a uma pessoa.
– Pode um cego ser responsabilizado pelos estragos feitos num campo cultivado? – perguntei, amparando-o.
– Creio que não – concordou, enxugando as lágrimas.
– Aqueles que o expulsaram também caminham cegos – sorri-lhe. – Não temos o direito de os julgar... mas venha. Sei de um lugar onde não se nega comida a ninguém.

Caminhamos até à igreja do meu bairro, onde, todos os dias, era servida uma refeição aos pobres. Ele, ao ver o local cristão, retraiu-se.
– Mas eu não sou cristão! – confessou envergonhado.

– Acha que iria lhe negar comida só porque não é cristão? Antes de ser cristã, sou filha de Deus e nisso somos iguais.

Ele agradeceu, entrando amparado por um dos ajudantes. Quando me preparava para regressar a casa, uma jovem cristã rodeou-me com uma alegria que não conseguia disfarçar.

– É a Sara, não é?

– Sim, mas...

– Venham, é a nossa irmã Sara! – disse para um grupo de jovens que nos observava à distância.

Eles aproximaram-se.

– Aquele seu gesto contra os pagãos foi muito bonito.

– Aquele meu gesto não foi contra ninguém. Foi pela fé que o fiz. Não devemos fazer das nossas ações motivo contra algo, pois temos que saber respeitar todos, incluindo aqueles que nos ofendem.

– E foi difícil na prisão?

– Torturaram-na? – perguntou outro na impaciência da sua juventude.

– Não foi difícil, pois nosso mestre esteve sempre presente na fé que nunca me deixou – e logo me virei para o jovem impaciente que me olhava com a curiosidade de quem queria saber cada pormenor.– Sim, torturaram-me nos primeiros dias que lá estive.

– Como eu gostaria de ter passado pelo mesmo – confessou uma jovem de expressão sonhadora.

– Não diga isso. Todos temos caminhos a trilhar e nenhum é melhor que o outro. Lembrem-se das palavras de Paulo: "Se todo o corpo fosse olho, onde estaria o ouvido? Se todo fosse ouvido, onde estaria o olfato? E, se todos fossem um só membro, onde estaria o corpo?". É que apesar de sermos um só em Cristo, é a diversidade dos nossos caminhos que dá sentido ao próprio corpo. Não desejem caminhos diferentes dos vossos, pois esses que agora trilham são aqueles que Cristo necessita para que possa concretizar na terra o reino prometido.

Estavam todos com expressão fixa no meu olhar.

Murmúrios de um tempo anunciado

– Agora vão. Vão ajudar seus pais.

Eles partiram, olhando repetidas vezes para trás. Era como se aquelas palavras tivessem despertado neles algo que desconheciam. Um som que os ligava com a sua consciência mais profunda.

Quando cheguei em casa, estava exausta. Aquele ano de cativeiro tinha-me levado o fôlego, inebriando os músculos que se ressentiram em dores que não pude ignorar. Maria, ao ouvir o tilintar da chave na porta de entrada, correu para mim num abraço terno e caloroso.

– Perguntou por você durante toda a manhã – disse minha mãe que surgiu atrás dela.

– Oh, querida! – beijei-a na testa. – A mãe nunca mais te deixará. Não tem que ter medo.

– Promete?

– Claro que prometo! – respondi com um sorriso maternal.

Estávamos agora sentadas em volta da mesa.

– Falou com o bispo?

– Sim, falei.

– E então?

– Não adiantou muito. Ficou mais preocupado com o meu batismo do que com os cristãos expulsos.

– Ele falou do seu batismo?

– Sim. Marcou-o para domingo, dia de Pentecostes.

– Fico muito feliz. Sei que é aquilo que mais deseja.

– E o pai? Ainda não o vi.

– Deve vir para o almoço – e apurou o ouvido ao barulho da porta de entrada. – Escute! Acho que é seu pai chegando.

E era mesmo, pois na porta da sala surgiu meu pai vestido com o manto que tão bem o caracterizava e que realçava a sua postura orgulhosa e forte, embora nada arrogante.

– Que saudade, meu pai – disse, depois de caminhar para ele num abraço apertado.

— Ah, filha! Como é bom te ver. Só mesmo você para trazer um pouco de alegria a esta casa.

— Não diga isso. Todos os problemas se resolverão, vai ver.

Ele sentou-se conosco.

— Como passou este ano? – perguntou depois de se servir.

— Bem. Foi um ano de aprendizagem.

— O sofrimento é sempre o melhor dos professores.

— Só que não foi pelo sofrimento que aprendi tudo aquilo que sei, mas pelo amor.

— Sabe que ela foi falar com o bispo por causa do nosso problema? – contou minha mãe.

— Pouco adianta. Esperemos que Cornélio se torne bispo de Roma e então talvez possamos ter esperanças.

— Ele marcou o seu batismo para domingo.

-- Verdade, filha?

Assenti-lhe.

— Esta é a melhor notícia que recebi nos últimos tempos – ele sorriu. – Você é a razão da nossa vida, Sara. Não tem ideia do orgulho que sinto quando as pessoas se referem a você como uma santa.

— Não diga isso, meu pai. Não sou nenhuma santa.

— Seja como for, aquele gesto no alto do templo fez de você um membro carismático da comunidade. Quando libertou a pomba branca foi como se tivesse libertado um pouco dos nossos pecados. Senti-me tão leve nesse dia!

— Oh, pai! Aquele meu gesto não teve nada de especial.

— Não diga isso, filha. Foi aquele gesto que fez todos nós conseguirmos suportar a vergonha de um sacrifício que ninguém desejou e que muito nos custou.

— Parece que pouca influência teve sobre o bispo.

— Ele também ficou orgulhoso, pois foi aluna dele. Mas já deve ter percebido que ele caminha ao sabor dos seus interesses pessoais e não dos interesses da comunidade.

– Sim. É algo que ele não esconde.
– Não o censuro. É da sua natureza tal comportamento e a natureza das coisas não se discute, aceita-se.
– É verdade, meu pai. Cada um caminha no seu próprio passo. Não há que os julgar por isso.
– Hoje quero que venha conosco, filha. Vamos nos reunir na casa de um amigo para orarmos.
– Claro que sim, meu pai. Irei com todo o gosto.
– Também posso ir? – perguntou Maria olhando para o avô.
– Humm, deixa-me pensar... – ele fingiu um ar sério, brincando com ela. – Tem se comportado bem?
– Sim.
– Tem rezado todas as noites?
– Sim.
Ele limpou a boca num pano branco, criando um breve suspense.
– Então acho que pode vir junto.
Ela saiu da mesa, correndo para ele num abraço carinhoso.
À tarde, deslocamo-nos até a casa de um cristão abastado, também expulso da igreja. Ao contrário de meus pais, que foram expulsos por terem prestado o sacrifício, esse nosso irmão foi expulso por ter comprado o certificado que o comprovava. Fomos recebidos pelos servos que nos encaminharam para um jardim interior ao centro da casa, num amplo terraço.

Alguns dos nossos irmãos já tinham chegado, conversando sentados nos bancos de pedra que circundavam o jardim. No centro, uma fonte tranquilizava o ambiente com um gotejar constante da água que caía em cascata, refrescando as expressões serenas de todos os convidados. Por baixo das arcadas que envolviam o jardim, uma jovem de vestes brancas cuidava de um recém-nascido, que cochilava num berço de ouro, enquanto uma outra preparava o pão e o vinho. Momentos depois, o anfitrião juntou-se a nós e começou a recitar a carta de Paulo aos

Colossenses. Era um homem alto, de meia-idade, com a barba aparada e o rosto queimado pelo sol.

– "Graças damos a Deus, Pai de Nosso Senhor Jesus Cristo, orando sempre por vós. Porquanto ouvimos da vossa fé em Cristo Jesus, e da caridade que tendes para com todos os santos; por causa da esperança que vos está reservada nos céus, da qual já antes ouvistes, pela palavra da verdade do Evangelho, que já chegou a vós, como também está em todo o mundo, e já vai frutificando..."

Ouvimo-lo respeitosamente, guardando daquelas palavras a semente de uma fé que em nós germinara. Enquanto falava, caminhava lentamente, encenando cada gesto que o texto lhe inspirava. Nós, sentados nos bancos que se estendiam pelo jardim, observávamos a alegria que ele colocava em cada palavra à medida que nos encarava ao andar.

– "... Damos graças ao Pai que nos fez idôneos para participar da herança dos santos na luz; o qual nos tirou da potestade das trevas e nos transportou para o reino do Filho do seu amor; em quem temos a redenção pelo seu sangue, a saber, a remissão dos pecados; o qual é a imagem do Deus invisível, o primogênito de toda a criação..."

No olhar de cada um, vi um pedaço de todos nós. Era como se nada nos distinguisse. Ali, na memória das palavras que o Dionísio plantara em mim, compreendi que todos éramos um só em Cristo.

– "... Ele é antes de todas as coisas, e todas as coisas subsistem por Ele; e Ele é a cabeça do corpo da igreja, é o princípio e o primogênito de entre os mortos, para que em tudo tenha a preeminência. Porque foi do agrado do Pai que toda a plenitude nele habitasse e que, havendo por ele feito a paz, pelo sangue da sua cruz, por meio dele reconciliasse consigo todas as coisas, tanto as que estão na terra, como as que estão nos céus..."

E o anfitrião falava pela boca de Cristo e nós ouvíamos pelos Seus ouvidos. Éramos todos partes dispersas de um mesmo corpo; fagulha divina de um parto gerado no amor de Deus e a ele ligado no sangue deixado por um sacrifício saído de nós mesmos.

— "... Se, na verdade, permanecerdes fundados e firmes na fé, e não vos moverdes da esperança do Evangelho que tendes ouvido, o qual foi pregado a toda a criatura que há debaixo do céu, e do qual eu, Paulo, estou feito ministro."

Assim que terminou, o anfitrião chamou as servas, que distribuíram o pão, o vinho e a água que se destinava às crianças. Entoamos em seguida o Pai-Nosso, abençoando aquela refeição sagrada que nos ligava a Cristo de uma forma tão particular. Enquanto comíamos em silêncio, comungando na presença de Cristo, não pude deixar de pensar, uma vez mais, em Dionísio. Era como se ele continuasse presente no outro lado da parede, pronto para partilhar comigo uma palavra, um momento, um gesto na força do nosso amor.

— Irmã, Sara! — chamou o anfitrião. — Não quer falar um pouco de sua experiência na prisão?

— Sim, irmão. Terei prazer em fazê-lo. Mas primeiro gostaria de recitar algumas palavras do Evangelho de Tomé, assim como o trecho final do Evangelho de Madalena, de quem sou uma devota incondicional.

— Pois fique à vontade, irmã. A assistência a você pertence.

Ele sentou-se junto da esposa, aguardando pacientemente as minhas palavras. Reparei que os meus pais sorriam de orgulho e com a alegria que os preenchia num entusiasmo trasbordante.

— Do Evangelho de Tomé: "Se aqueles que vos guiam disserem, 'Olhem, o reino está no céu, então os pássaros do céu vos precederão, se vos disserem que está no mar, então, os peixes vos precederão. Pois bem, o reino está dentro de vós, e também está em vosso exterior. Quando conseguirdes conhecer a vós mesmos, então, sereis conhecidos e compreendereis que sois filhos do Pai vivo. Mas, se não vos conhecerdes, vivereis na pobreza e sereis essa pobreza'". E do Evangelho de Maria: "Pedro disse a Maria: 'Irmã, sabemos que o Salvador te amava mais do que qualquer outra mulher. Conta-nos as palavras do Salvador, as de que te lembras, aquelas que só tu sabes e nós nem ouvimos'. Maria Madalena respondeu dizendo: 'Esclarecerei a vós o que está oculto'. E começou a falar essas palavras: 'Eu', disse ela, 'tive uma visão do Senhor e contei a Ele: Mestre, apareceste-me hoje numa visão'. Ele respondeu e me disse: 'Bem-aventurada sejas, por não teres fraquejado ao me ver. Pois, onde está a mente há um tesouro'. Eu lhe disse: 'Mestre, aquele que tem uma visão vê com a alma ou com o espírito?'. Jesus disse: 'Não vê nem com a alma, nem com o espírito, mas com a consciência, que está entre ambos'".

Fiz uma breve pausa deixando cada um interiorizar aquelas palavras, continuando logo depois.

– Sobre a minha prisão, quero começar por vos dizer que não foram momentos difíceis, bem pelo contrário. Aprendi muito neste último ano.

Resolvi não falar de Dionísio, pois certamente que não lhes interessaria saber da história de um pagão.

– Quando me levaram era como um fruto ainda verde, amargo e pouco desenvolvido. Hoje amadureci no conhecimento que tinha como certo, mas do qual pouco ainda compreendia. Tornei minhas as palavras que me ensinaram desde os tempos em que me converti, interiorizando-as na verdade intuitiva que aos poucos fui descobrindo em mim mesma. Uma verdade que hoje sei ter sido murmurada por Deus, inspirando em mim um conhecimento mais vasto que os conceitos teóricos que me ensinaram ao longo destes anos.

"Compreendi que a palavra tem que ser vivida na continuidade de momentos feitos de amor, sendo valorizada pela ação e não pela sua sonoridade. As palavras não são letras, nem sons, mas gestos que tudo transportam na essência da sua universalidade. Aquela pomba branca que larguei no alto do templo era um símbolo da liberdade que não nos pode conter mais. A liberdade de existir longe de todas as teorias, pois Cristo é para ser interiorizado em seus gestos feitos de amor. E como diz nosso mestre no Evangelho de Tomé: o reino está dentro de nós. Não está nem na terra, nem no céu, mas em nosso coração."

— Essa vossa sabedoria, irmã, envergonha-nos a todos, pois nega Cristo diante dos homens.

— Não diga isso, irmão, pois tudo tem a sua razão de ser. A venda de José pelos seus irmãos parece-nos grotesca, mas se eles não o tivessem feito, nunca José teria se tornado homem importante no Egito. Assim como a venda de José tinha uma razão de ser, também os sacrifícios que todos vocês fizeram têm a sua razão.

— E que razão é essa, irmã? — insistiu o anfitrião.

— Reflitam comigo, irmãos! Não era Caim agricultor e Abel pastor? Se ambos fossem agricultores, onde estaria a carne e o leite? Se fossem ambos pastores, aonde estaria a farinha e o pão? São essas diferenças, irmãos, que dão expressão à diversidade criada por Deus, pois é dessa diversidade que o mundo tem razão de ser. A vocês coube ficar junto da comunidade, levando o Evangelho cada vez mais longe. Não neguem esses caminhos, pois lhes foram destinados.

No fim da tarde despedimo-nos de nossos irmãos, deixando aquele lar abençoado. Enquanto caminhávamos para casa, separei-me dos meus pais, deslocando-me com Maria até uma das muralhas da cidade. Ali fiquei com o olhar perdido no sol que se punha, sintonizando em meu coração a voz de Dionísio e, nela, invocando a sua presença.

— Apresento-lhe a nossa filha Maria, Dionísio... — disse visualizando a luz do sol como se do seu rosto se tratasse. E ali fiquei até que o sol se pôs.

Os dias seguintes foram de jejum total, na preparação do batismo. A noite de sábado passei em vigília e oração, rezando pela parte que estava prestes a morrer perante um novo parto. No domingo de manhã, bem cedo, desloquei-me para a igreja matriz. Passara toda a noite na revisão dos meus pecados, rezando para que Cristo me aceitasse no seu rebanho divino.

Quando entrei na sala batismal, uma sensação de paz tomou

conta de mim. A pia fazia lembrar um sarcófago, simbolizando a morte do passado perante a força de um novo renascimento. Nas paredes úmidas, estendiam-se longos afrescos com imagens de Cristo. Num deles, nosso mestre andava sobre as águas, num outro a imagem do Bom Pastor anunciava a entrada no rebanho de Deus. Juntei-me às outras aspirantes, apenas mulheres, já que os homens eram batizados separadamente. O único homem que ali se encontrava era o bispo, que rezava junto do altar-mor. Aproximei-me então das escadas que desciam até junto a água. As duas ajudantes, ambas vestidas de linho branco, tiraram-me a roupa, conduzindo-me ao centro da pia. Ajudaram-me a mergulhar na água benzida. E ali despertou um novo ser, gerado no ventre de Cristo. Eu era agora centelha divina na continuidade de um gesto expressado por Deus; uma consciência feita de eternidade. Naquele momento único, enquanto a água escorria pelo meu corpo molhado, senti-me unificada com o Universo e com a consciência de si que lhe dava expressão.

Aproximei-me então das escadas, vestindo a roupa de linho branco que uma serva me entregou. Logo depois, o bispo impôs as mãos sobre o meu cabelo molhado, perguntando:

– Crê em Deus Pai Todo-Poderoso?

– Creio.

– Crê em Jesus Cristo, Filho de Deus, nascido do Espírito Santo pela Virgem Maria, que foi crucificado sob Pôncio Pilatos, morreu ao terceiro dia, ressuscitou dos mortos, subiu ao Céu, está sentado à mão direita do Pai e virá para julgar os vivos e os mortos?

– Creio.

– Crê no Espírito Santo, na Santa Igreja e na ressurreição da carne?

– Creio.

E estava consumado.

A penumbra deixada pelas velas em sombreados suaves acentuou o ato divino daquele sacramento. Tinha acabado de morrer para o mundo e ressuscitado em Cristo. A partir daquele dia não poderia mais renunciar à fé, pois agora ela era como um membro do meu próprio corpo, impossível de ser separado.

Enquanto participávamos na primeira eucaristia, Dionísio aflorou no meu pensamento. Tínhamos sido batizados em conjunto, pois também ele renascera na maternidade daquele parto em nós gerado. Com o tempo, ele sentiria a diferença, de agora caminhar lado a lado com Cristo (mesmo não se considerando, ainda, cristão). Já nada nos poderia separar. O tempo e o espaço eram meras abstrações dos sentidos, agora unificados no amor de Cristo. Éramos um só e um iríamos ser por toda a eternidade.

CAPÍTULO X (251 d.C.)

Quando a porta da cela foi fechada atrás de mim, senti um arrepio que parecia pressagiar algo doloroso. Ela ficou para trás, acentuando aquela voz insinuada que me insultava sem que nada fosse dito. Tinha que afastar esses pensamentos, que queriam derrotar-me das certezas que construíra ao longo do último ano.

Fui conduzido pelos soldados até uma sala vazia de adornos, onde se encontrava o carcereiro.

– Sente-se – ele disse com a expressão compenetrada.

– Por que é que ela não saiu comigo? – perguntei num tom ríspido.

– Tenha calma... tudo no seu tempo. Lá fora está uma multidão pronta para lhes linchar. Não poderia permitir que saíssem todos juntos. Seria uma carnificina.

– Mas ela estava na cela do lado. Podia muito bem ter saído comigo.

– A saída foi sorteada e a ela coube sair na parte da tarde.

– E por que é que resolveram nos soltar?

– Porque o novo imperador está mais preocupado com as invasões dos godos do que com os cristãos. Talvez os queira na frente de combate, sei lá.

— Eles nunca aceitarão lutar pelo império. Eu, que sou ateniense, não aceito, quanto mais eles!

— Isso pouco importa, agora — e levantou-se, saindo de trás da mesa. — Chamei-o aqui porque você é o único cidadão romano que se encontra preso. Quis encarregar-me pessoalmente da sua libertação.

Caminhamos na direção da porta.

— O que aconteceu ao outro carcereiro?

— Foi destituído há muito... dizem que enlouqueceu.

Virei-me para ele junto da porta, encarando-o com atenção.

— Promete-me que ela será libertada esta tarde?

— Prometo! — ele disse num sorriso tênue. — Agora, vá. Tente recuperar a vida que perdeu neste ano que passou aqui.

— Posso garantir-lhe que não perdi nada, mas isso é outra história — retruquei num sorriso partilhado.

Uma pequena multidão aguardava-nos à saída. Nas suas expressões, distanciadas pelos soldados que mantinham todos longe, vi a irracionalidade de um povo, a decadência crescente de todo império. Vi a cegueira de uma vontade que não lhes pertencia. Era como se eles, bons na sua essência, tivessem sido possuídos pelas memórias de uma razão nada esclarecida, forçados numa encenação pouco cuidada, onde as faltas e as omissões se sobrepunham à necessidade de representar com coerência uma existência que os transcendia. Eram, no entanto, partes iguais de uma mesma identidade, membros de um só corpo, como Sara dizia citando um dos apóstolos.

E foi então que o cordão de soldados se rompeu, precipitando sobre nós a multidão. Na minha frente, os cristãos, fragilizados por um ano de cativeiro, atropelavam-se uns aos outros no cambalear das pernas, há muito esquecidas de andar. Alguns deles foram engolidos pela multidão que os espancou, enquanto outros, de natureza mais forte, correram pelas ruas da cidade, fugindo de uma morte que se anunciava injusta. E ao lado deles, também fugi.

De nada serviria tentar justificar-me perante a cegueira daquele povo. Não era cristão, mas isso pouco importava. E com eles corri de coração aos saltos, tentando despistar quem me perseguia com paus na mão e sangue no olhar. E foi numa dessas ruas perdidas num dos bairros da cidade que me vi cercado. Eles aproximaram-se deliciados com a caçada. Apesar de tudo, consegui conter a vontade de lhes dizer que não era cristão. Se tinha corrido juntamente com eles, com eles iria morrer. Era uma forma bonita de expressar o meu amor por Sara, morrer pela sua religião.

Acabei por ser espancado, tombando no chão. Ali pontapearam-me repetidas vezes, procurando, na inconsciência das suas ações, a morte de alguém que lhes era estranho. Estranho na ignorância que os alimentava no desejo único de destruir e negar tudo aquilo que não compreendiam. Acabei por perder os sentidos, mergulhando na escuridão ensurdecida pela dor. Mas não tinha morrido.

Logo despertei, mantendo-me consciente na distorção de um olhar pouco firme. Estava caído sobre uma mancha de sangue. Tinha que me levantar! O que iria pensar Sara se não me encontrasse? Mas não conseguia me deslocar. Ainda tentei me mexer, mas nada! Acabei por desmaiar, cedendo às feridas que me atormentavam numa dor insuportável. Momentos depois, os sentidos regressaram na força contrária que me alimentava. Talvez fosse ela que me chamasse... Tinha que me levantar!

Motivado por essa força, arrastei o corpo até uma rua de maior movimento, apesar das feridas e das fraturas. Atrás de mim, um rastro de sangue media o tamanho do meu esforço, reforçando a vontade de continuar. Só que a dor era difícil de suportar, sobrepondo-se ao chamado que ouvia dentro de mim. Já na rua principal, voltei a perder os sentidos.

Quando despertei, senti um ligeiro trepidar pelo corpo. Era como se a terra tremesse de uma forma constante, embora não fizesse sentido. Ainda tentei abrir os olhos para testemunhar a natureza daquele estranho fenômeno, mas a luz intensa de um sol forte os fizeram fechar. Momentos depois, num despertar contínuo, ouvi o som dos cascos de um cavalo. Sabia estar caído numa das ruas, no entanto, algo estranho passava.

O som permanecia constante. Era como se o cavalo andasse sem sair do lugar. O que estava acontecendo?! À medida que os sentidos regressavam ao normal, fui percebendo outros sons. Ouvia agora o barulho das rodas de uma carroça que se sobrepunha aos demais. Acompanhava o som dos cascos de uma forma sincronizada. Tentei, então, abrir os olhos, forçando o olhar sobre a intensidade da luz. Uma jovem, de expressão terna, tratava das minhas feridas.

– Como se sente? – ela perguntou, sorrindo.

– Quem é você? Onde estou? – perguntei, com olhos semicerrados.

– O meu nome é Sofia e você está numa carroça.

– E o que eu estou fazendo numa carroça?

– O encontramos caído no chão, desmaiado.

– E para onde vamos?

– Para Cesareia.

– Cesareia?! Não, não posso ir... ela está à minha espera. Tenho que voltar!

Tentei me levantar, mas a dor sufocou o meu esforço.

– Tenha calma. Quando estiver melhor regressará.

– Você não compreende – estava desesperado. – Se eu não a encontrar agora, nunca mais a encontrarei.

– Tenha fé no destino – ela disse, sorrindo. – Quem está predestinado a se encontrar, se encontrará.

– Tenho medo do destino, sabe? – confessei, repleto de dores. – Se ele me pregou esta peça é porque não quer que nos encontremos.

Voltei a perder os sentidos, mergulhando na sonolência forçada que as feridas provocavam sobre mim. Quando recuperei a consciência,

senti o mesmo trepidar e, depois, num despertar contínuo, o som dos cascos do cavalo e das rodas da carroça. Abri os olhos.
— Como se sente, agora? – perguntou a mesma jovem.
— Cheio de dores.
— É natural.
— Está escurecendo ou sou eu que ainda não despertei por completo?
— Sim, está escurecendo.
— Deixe eu ver o pôr do sol.
— Você não pode se mexer!
— Por favor! Ajude-me a erguer a cabeça. É muito importante que eu veja o pôr do sol.
Ela ficou relutante em aceitar, mas acabou por ceder perante a minha insistência. A luz do sol revelava um rosto que não conhecia, mostrando-me a natureza contrária da minha própria existência. Sabia que ela olhava o sol, sentindo a minha presença nos espargidos de luz como se fossem uma extensão do meu amor por ela; um afago terno que lhe chegava como se tivesse saído das minhas próprias mãos. Ali, diante dos meus olhos umedecidos, estava o olhar de alguém que também era eu. As lágrimas acabaram por jorrar dos meus olhos, revelando, na salinidade da sua natureza molhada, a saudade que nos separava na ausência de uma voz que tudo significava para mim.
— Por que chora? – perguntou, quase comovida.
— Porque fui amputado da parte que mais amo de mim mesmo.
Senti nela um arrepio. Era como se ela conhecesse aquelas palavras.
Durante a viagem caí num estado febril, provocado pelas feridas malcuidadas, embora a mulher de ar jovial fizesse o melhor que podia. Quando despertei por completo do estado alucinatório que me atormentava, não ouvi o som dos cascos do cavalo nem das rodas sobre os caminhos de pedra, nem tampouco senti o trepidar constante. Compreendi então que já não me encontrava na carroça, pois

assim que abri as pálpebras o meu olhar foi interrompido pela proximidade a um teto de madeira. Estava num quarto, deitado numa pequena cama. Diante de mim, a mesma jovem sorria-me com uma expressão tranquila.
— Bom dia.
— Onde estou?
— Está na minha casa.
— E onde fica a sua casa? — perguntei, confuso.
— Fica numa pequena aldeia perto de Cesareia.
— Cesareia?! Como vim parar aqui?
— Não se lembra da viagem?
— Vagamente.
— Encontrei-o caído no chão quando eu passava de carroça.
— Não deveria estar aqui — disse com olhar distante. — Ela está à minha espera.
— Não está mais — e aproximou-se com o semblante triste.
— Como sabe?
— Porque já passaram sete dias desde que deixamos Antioquia.
— Não, não é verdade. Como sabe sobre ela?
Sofia ficou em silêncio, sentando-se a meu lado.
— Porque encontrei a Sara na saída da prisão.
— Verdade? — os meus olhos abriram-se de emoção. — Encontrou mesmo a Sara?
— Sim. Conheci-a no primeiro dia em que fui presa.
— E como ela é? — perguntei num entusiasmo crescente. — Como é o seu rosto, os seus cabelos?
— Ela é muito bonita. Mas a sua maior beleza vem do olhar penetrante que nos envolve num abraço caloroso.
— Sim, eu sei — sorri-lhe. — Essa beleza eu conheço como ninguém. Mas como sabia que ela era a pessoa de quem falava?
— Porque quando conversava com ela na saída da prisão, ouvi-a dizer algo que você repetiu momentos depois.

– O quê? – perguntei erguendo levemente a cabeça.
– Que se sentia amputada da parte que mais amava de si mesma.
– Ela disse isso?
– Sim.

Sabê-la tão perto nas palavras que partilhávamos tranquilizava-me. E agora estava diante de alguém que a tinha visto, que havia testemunhado a sua presença física, o olhar que eu apenas podia ver no brilho de um sol poente.

– Estava triste? – perguntei.
– Sim. Mas era uma tristeza risonha.
– Acho que compreendo – disse, sorrindo. – Estaremos sempre um no outro... é que nós somos um só, entende? Um só.

Ela sorria, deliciada com aquela nossa história.

Com o passar dos dias, fui recuperando as forças, conhecendo melhor Sofia e sua família. O pai, homem de postura formal e olhar vincado, era comerciante de produtos agrícolas e a mãe, mulher modesta, cuidava da casa e da família, ajudando, sempre que podia, nas tarefas do campo. Existia ainda a serva, comprada de uma caravana ismaelita que por ali passara rumo a Cesareia, e que ajudava em casa e no campo. A Sofia, filha única, era o bem mais precioso da família. Um casamento com um mercador rico era tudo o que o pai desejava.

Todos os dias, ao entardecer, a Sofia ajudava-me na caminhada junto a um pequeno morro, onde observava o sol. Ali, de expressão distante e saudosa, tudo se tornava presente nas palavras que recordava. Em cada raio, podia sentir os gestos que sempre lhe imaginara; expressões delicadas que recordava sem delas ter memória. Sabia que em nós nada era passado e que o futuro chegava nas recordações de um sentimento maior que o tempo e o espaço. Naquele sol que nos unificava num abraço impossível de separar, era como se continuássemos juntos; divididos pela parede que não fora capaz de calar o nosso amor. Sofia fitava-me de olhos umedecidos, sorrindo de uma forma tênue.

— Por que me olha assim?
— Porque esse seu amor me encanta.
— Mas isso não é razão para chorar.
Ela limpou as primeiras lágrimas.
— Sim — concordou num longo suspiro. — Talvez desejasse viver algo semelhante, não sei.
Um breve silêncio preencheu os momentos seguintes.
— Como foi parar na prisão? — perguntei.
— Tinha ido visitar a comunidade de Antioquia quando fui presa. Mas não me arrependo, sabe? Foi muito bom este último ano. Tive a oportunidade de fortalecer a minha fé e de conhecer pessoas como a Sara. Ela me ajudou muito nos primeiros dias. É uma pessoa muito especial.
— Olha para quem está falando!
— Eu sei. Vocês são um só, não é? — ela comentou num sorriso doce que me arrepiou, pois aos poucos começava a vê-la, também, como alguém muito especial. O seu rosto era lindo e a sua expressão calorosa. Tinha o carisma de poucos e a alegria que nos fazia sentir bem. Quando falava, parecia que tudo se calava à sua volta, respeitando tamanha majestade. Como era fácil ser motivado pelas suas palavras, pelos seus gestos ternos e delicados.
— Fala-me um pouco da tua comunidade.
— É uma comunidade próspera. Temos como líder espiritual Orígenes.
— Orígenes? É curioso! A Sara dissera-me certa vez que foram as suas palavras que a fizeram se converter ao cristianismo.
— É uma pessoa única, Dionísio. Tem que conhecê-lo. Embora muitos o considerem um herege, para mim ele é o maior sábio cristão dos tempos atuais. Um mestre como poucos.
— E ele me receberá?
— Claro que sim!
— E quando é que partimos? — perguntei, sorrindo.

– Ainda não está recuperado, Dionísio – ela replicou.
– Estava brincando. Mas já me sinto bem, sabe? Conversar com você é o melhor dos bálsamos.
Ela baixou os olhos, enrubescendo. O silêncio que se instalou me fez temer aquilo que aos poucos se tornava claro. Ela era a imagem perfeita da pessoa com quem sempre sonhara. Há um ano diria mesmo ser a mulher da minha vida... só que, entretanto, conhecera Sara.
– É melhor partirmos – disse, levantando-se. – Já está escurecendo.
A casa ficava logo ali, no sopé do pequeno monte. Em volta, as outras casas da aldeia estendiam-se na monotonia de um povoado simples e pacato. E não se via ninguém na rua. Pela chaminé, saía o fumo que o vento torcia em serpenteados expressivos, anunciando o jantar. A luz entrecortada pelas candeias pronunciava-se nas janelas, estendendo-se pelo alpendre de madeira. Em volta da casa, acobertas por uma cerca, um rebanho de cabras descansava sobre o olhar dos cães de guarda.
– Como se sente? – perguntou-me sua mãe assim que entramos.
– Muito bem! – respondi sentando-me com a ajuda da Sofia.
– Com a sua hospitalidade, não me poderia sentir melhor.
– Mas isso é ponto de honra – disse-me seu pai. – É a hospitalidade que define as boas famílias. Quem não recebe bem não é boa pessoa. Aliás, não é bom em coisa alguma.
– Não precisa exagerar, meu pai.
– Mas é assim como eu digo – retorquiu sentando-se à mesa.
– Um homem que não sabe receber bem não é homem honrado. Mais valia que lhe cegassem a vista.
– Não diga essas coisas, meu pai! Temos que saber respeitar todos.
Ela afastou-se, indo ajudar a mãe e a serva.
– Sirva-se! – disse apontando para o queijo e para o pão.
– Obrigado.

– Não tem que agradecer. A casa é sua.
– É que nós, atenienses, não estamos habituados a tanta gentileza.
– Não sabia que era ateniense – ele disse abrindo o pão. – Pois agora já tem uma coisa a ensinar aos seus compatriotas.
– Estou certo que sim.
– Mas me fale um pouco de você.
– O que posso dizer?
– É filho de quem, por exemplo?
– Era filho de um rico mercador de Atenas.
– Verdade?! E o que aconteceu para deixar de ser?
– É que meu pai morreu...
– Sinto muito... mas continua a ser seu filho, não se esqueça.
Sofia aproximou-se com a comida, colocando-a sobre a mesa.
– Sabia que o nosso amigo é filho de um rico mercador?
– Não, meu pai.
– É um bom partido para você.
– Pai!!! – exclamou, surpreendida com a ousadia.
– Ficaria muito satisfeito se vocês dois se casassem.
Ela virou-se para mim, embaraçada.
– Desculpe, Dionísio. Ele não sabe o que diz.
– E por que não? – insistiu. – São ambos solteiros.
– Não insista, meu pai. O Dionísio é comprometido.
– É verdade?
Assenti-lhe.
– Então desculpem.

Fiquei sem dizer uma palavra, embora a ideia não me soasse mal. Nunca mais iria ver a Sara, enquanto a Sofia estava ali tão perto, doce e encantadora. Casar com alguém como ela era tudo aquilo com que sempre sonhara. Sabia que entre nós crescia algo de muito especial, algo apenas ao alcance de duas pessoas apaixonadas e eu estava me apaixonando.

E os dias foram passando ao ritmo de uma vida campestre, tornando visível a minha recuperação. Fomos nos conhecendo melhor, acentuando aquele amor que germinava na frescura de um sentimento puro como a água. Ela surgira diante de mim como a pessoa que sempre desejara conhecer, embora soubesse que essa pessoa era Sara... que estava cada vez mais distante. Já não assistia a todos os pores do sol, ou porque estava envolvido em conversas com a Sofia, ou porque já não existiam razões para tentar procurar alguém que lentamente se diluía nas recordações cada vez mais ausentes.

Durante uma tarde, alguns dias depois, deslocamo-nos a Cesareia. Fomos na carroça de seu pai, viajando ao ritmo de um asno sem pressa. A viagem foi demorada, embora a conversa que nos seduziu todo o caminho tivesse tornado escasso o tempo que por nós passou sem nos tocar.

O som arenoso de uma brisa salgada anunciava o mar que rugia feroz na sua natureza rebelde. Ao longe, junto do porto da cidade, algumas embarcações ondulavam ao ritmo hipnótico das águas que lhes davam sentido, aguardando o soltar das amarras para cumprirem um destino sempre incerto.

Lentamente, o burburinho da cidade invadiu-nos com sua melodia dissonante de pregões e arruaças, dando-nos testemunho de um lugar repleto de vida. Sofia conduziu-nos até à escola de Orígenes, onde diariamente se realizavam palestras. Ali pude ver homens e mulheres, todos motivados por uma mesma fé. Uma fé que tinha aprendido a respeitar desde que vi Sara soltar a pomba no alto do templo. Uma visão única, que nunca esquecerei, que me deu a força necessária para segui-la nesse gesto poético e corajoso.

Como estava grato ao voo dessa ave e às mãos que lhe deram a liberdade. Mas Sofia crescia a meus olhos num sentimento cada vez mais intenso, apagando aos poucos a imagem verdadeira desse ser maravilhoso que nunca vi, mas de quem tudo sabia.

As pessoas tomaram lugar numa sala vazia de adornos, aguardando o seu guia. E ele entrou monopolizando o olhar de todos. Era um verdadeiro ancião, de postura firme e olhar simpático.

— Inicio esta palestra abordando um tema delicado. Um tema que me fez ser considerado, por muitos, um herege. Apesar de tudo, não me posso acomodar ao conforto de nada dizer, pois um dia poderia ser chamado à razão pela ignorância de todos vocês. Este conhecimento foi abordado no livro *Sobre os princípios*, que escrevi há alguns anos e tem sido comentado por muitos cristãos. Quero lhes lembrar, no entanto, que o conhecimento é como o mar; liberto de amarras e suficientemente maleável para contornar a terra.

Ele fez uma breve pausa.

— Começo por vos falar do Universo que, ao contrário do que julgamos, está cheio de vida. O sol, a lua, os planetas e as estrelas foram criados por Deus e, desse modo, tal como qualquer um de nós, dotados de vontade própria. Haverá de chegar um dia em que o sol dirá: "Desejo ser dissolvido e retornar a Cristo, que é muito melhor". E então partirá, tornando-se uno na sua essência.

"Tende presente que o mundo foi criado para a educação das almas, possibilitando a longa viagem de regresso a Deus, ao mundo do espírito, que fora a nossa morada original e que é o nosso objetivo último. Um processo que envolve todo o cosmos. É que os nossos corpos não passam de um vestido para as almas que existem desde antes da criação.

"O céu e a terra, como vem escrito nos versículos do Gênesis que todos tão bem conhecem, são um lugar imaterial, puramente espiritual. Aí recuperaremos o paraíso perdido desde os tempos em que o nosso espírito consumiu o seu foco incandescente e, por um processo de arrefecimento, foi mudado de espírito para alma, caindo do mundo imaterial no mundo da matéria. O processo de ascensão remirá todos os seres. Até os condenados e o próprio demônio serão salvos."

— Mas essas palavras, mestre, não estão nos textos sagrados — replicou alguém pouco à vontade com o que ele dizia. — Lembre-se de que os textos sagrados são a forma direta de transmitir uma verdade. E, por ser direta, não pode expressar conhecimentos difíceis de serem compreendidos. Tudo tem que ser inteligível para as pessoas, porque se não seria como se as páginas estivessem em branco. Jesus teve esse cuidado quando falava por parábolas, pois era a forma mais simples de passar os seus ensinamentos.

A isso, respondeu Orígenes:

– Contudo, os textos escondem nas suas entrelinhas segredos que poucos conhecem, pois para tal há que despertar em nós a chave que os decifrará. Esse conhecimento não é herdado, nem tampouco pode ser ensinado. Os profetas conheciam-no, mas guardaram-no, pois de nada serviria revelá-lo enquanto o mundo não tivesse a chave que o pudesse decifrar. Deixem-me, no entanto, ajudar-lhes a olhar para as escrituras com outros olhos.

"Existem três níveis de significado num texto sagrado: o literal, o moral e o espiritual. O significado literal, ou exterior, é para os outros dois níveis, o que o nosso corpo é para alma e para o espírito, uma cobertura efêmera. O significado moral é a alma do texto, aquilo que ele nos ensina para a nossa vida do aqui e do agora. O nível espiritual é o âmago do texto, aquele que põe cada um de nós em contato consciente com a presença de Deus. É nesse terceiro nível que todos os segredos ocultos de um texto sagrado nos são revelados, pois não é apenas a palavra que lá está escrita a dar-nos testemunho da verdade, mas as mesmas palavras que existem dentro de nós.

"São essas palavras que nos ajudam a compreender que a verdade está na essência de nós mesmos e não nas letras inscritas de um pergaminho, seja este um rolo ou um livro. Porque, embora muitos possam considerar este meu pensamento como herege, todos nós também somos Deus. Somos Deus porque existimos unidos a ele."

Ele levantou-se, terminando a palestra.

– Já acabou? – perguntei, murmurando.

– Sim, Dionísio. Ele diz que não devemos ocupar a mente com muitas ideias de uma só vez, pois deixamos de ser capazes de as interiorizar.

– Será que eu poderia falar com ele?

– Sim. Mas deixe os nossos irmãos saírem.
E todos saíram ordenadamente, deixando-nos a sós.
– Mestre!
– Sofia! Há quanto tempo não a via.
– Há mais de um ano.
– É verdade.
– Quero lhe apresentar um amigo. Chama-se Dionísio.
Ele assentiu, cumprimentando-me.
– O que achou da nossa palestra, Dionísio?
– Foi algo surpreendente. É que sou filósofo por vocação, e essas ideias que expressou parecem-me mais filosóficas que religiosas.
– Será que existe assim uma diferença tão grande entre a filosofia e a religião? Não será a filosofia também uma religião? Talvez a única diferença que encontre esteja no fato de as divindades da filosofia serem por vezes abstratas, enquanto a religião concretiza-as na expressão real de seres palpáveis.
– Existem outras diferenças – contrapus. – Os filósofos vivem libertos de cultos ou rituais.
– Tem a certeza disso? Não será essa suposta liberdade um culto em si mesmo?
– Talvez – admiti, sorrindo.
– Lembre-se que a verdade não se expressa por palavras, conceitos ou ideias. Ela é como o vento: liberta das amarras que o homem inventa; mais forte que as barreiras que lhe queiramos impor. Tanto um filósofo como um homem de religião, assim como um camponês ignorante dessas palavras que pouco valem, podem despertar para a verdade que não descrimina ninguém.
"Ela é intuição, consciência, amor. Não está limitada a nada, nem a alguém em particular. Cristo mostrou-nos essa verdade dialogando com as palavras que podíamos compreender, contudo, a verdade Dele não está nas palavras, mas na vontade e na ação que somos capazes de expressar por meio delas. Ele não quer que saibamos

todos os seus ensinamentos como quem recita de memória as palavras de um livro, mas que os pratiquemos na continuidade do seu amor.

"Cristo mostrou-nos o caminho, mas somos nós que temos que o percorrer. Assim, se a verdade despertar na consciência de um homem, que ele não se sinta vinculado a qualquer filosofia, religião ou doutrina. Apenas quem caminha sem fé e adormecido, como grande parte da humanidade caminha, é que tem a necessidade de moldar os seus caminhos à imagem dessas filosofias e religiões.

"E essa é a verdadeira importância dessa nova doutrina, pois sem Cristo muitos estariam condenados à ignorância, não porque não haja alternativa, mas porque se recusam a ouvir. Há que lhes gritar ao ouvido para que despertem."

– Você não é, então, cristão? – perguntei, confuso.

– Sou cristão desde a minha juventude, assumindo um compromisso com uma verdade que não pode mais ser ignorada. Seria tão bom que não fosse necessário religiões, que as pessoas despertassem por elas próprias... Que o conceito de amar a todos por igual fosse natural como respirar. Mas esse não é o mundo que temos.

"Se é certo que a verdade não necessita de ser mostrada ao homem para se tornar presente na consciência de cada um de nós, também é certo que esta humanidade nunca despertará por ela própria. Essa foi a missão de Cristo: ajudar num despertar espontâneo, mas que, pela decadência crescente de toda uma civilização, não pode mais ser adiado.

"Sou cristão, sim. Sou cristão por amor a uma causa que no final remirá toda a humanidade. Nem o próprio demônio deixará de ser salvo, pois também a ele devemos amor."

E despediu-se de nós, saindo da sala.

No dia seguinte, parti com o pai de Sofia rumo a Cesareia. Iria ajudá-lo a vender os produtos que cultivava no terreno em volta da sua casa, já que, segundo ele, o negócio não estava bom. O mercado encontrava-se

repleto de comerciantes, que logo pela manhã montavam as suas tendas na incerteza de mais um dia, afinando as vozes nos pregões que iriam aliciar as pessoas para a compra das suas mercadorias.
— Não monte ainda a bancada — disse, olhando em volta.
— Como não? Se não me apressar, os outros venderão por mim.
— Não tem o que recear.
— Mas eu vim ao mercado para vender! Como é que você me diz para não montar a bancada?!
— Primeiro, vamos dar uma volta.
— Dar uma volta! — ele enrugou a testa. — Não tenho tempo para passear. O negócio está mau!
— Não é um passeio. É uma volta de reconhecimento.
— O que quer dizer com isso?
— Quero dizer que antes de começarmos a vender os nossos produtos, devemos saber o preço praticado pelos nossos concorrentes.
Ele acabou por aceitar, caminhando a meu lado por entre a multidão crescente. Minutos depois, regressamos ao nosso lugar.
— E agora o que quer que eu faça?
— Que venda os seus produtos mais barato que todos esses que aqui estão.
— Mas assim vou ter prejuízo! — ele não estava muito seguro.
— Vai ver que não. Se no fim do dia vender todas as laranjas a uma moeda cada, fará mais dinheiro do que se vender apenas dez laranjas a três moedas.
— Não estou muito certo disso, mas se você que é mercador está dizendo...
E nunca o negócio lhe correra tão bem.
Depois do almoço, Sofia passou pela nossa bancada.
— Olá, Dionísio.
— Sofia! Não sabia que vinha hoje a Cesareia.
— Não viria, mas foram me avisar que Orígenes parte hoje para Alexandria e por isso vim me despedir.

– Verdade? Logo agora que tomei gosto pelas suas palestras.
– Por que não vem comigo?
– Não posso, Sofia. Prometi ao seu pai que o ajudaria.
– Não se preocupe comigo – ele replicou. – O negócio está correndo muito bem!
– Se lhe fiz a promessa de vender todos os produtos, vou cumpri-la. Faço questão de não levar nada de volta.
– Eu transmito-lhe suas saudações – disse, deixando-nos com a pequena multidão que tinha tomado de assalto a bancada. O dia ainda não terminara e já não tínhamos produtos para vender.
– Não disse?
– Tenho que convencer a Sofia a te aceitar como marido – replicou com um sorriso rasgado. – Não posso deixá-lo partir.

Não era uma ideia ruim tal proposta, pois a Sofia era tudo aquilo com que eu sempre sonhara. Bonita, inteligente, carismática, encantadora... seria difícil enumerar tantas qualidades.

Mas a Sara estaria sempre presente e nem mesmo a Sofia conseguiria apagar esse sentimento.

Quando estávamos a desmontar a bancada, vi Orígenes passar com os seus alunos rumo ao porto da cidade. Era a oportunidade para esclarecer as dúvidas que me atormentavam. Caminhei na sua direção, aproximando-me timidamente. Ele percebeu minha chegada, dando-me um largo sorriso.

– Como vai, amigo Dionísio? – perguntou, sem parar de caminhar.
– Bem, e você? – perguntei, acompanhando-o.
– Mesmo que estivesse em sofrimento estaria bem.
– Soube que partirá para Alexandria, é verdade?
– Sim, é verdade. Ficarei lá por seis meses. É a cidade onde nasci, o lugar onde as minhas forças são renovadas. Embora seja aqui em Cesareia que irei terminar os meus dias, é lá que repousa a minha consciência.
– Gostaria de conversar com você sobre um assunto que me perturba.

– É um prazer em conversar sobre todos os assuntos.
– Não sei muito bem por onde começar.
– É sobre a Sofia, não é? – perguntou, interrompendo-me.
– Sim, é verdade – respondi surpreendido. – Ela é uma parte importante daquilo que quero contar.
– Diga, então.
– É que eu conheci alguém especial quando estive preso. Alguém que nunca vi, mas que amo como a ninguém. No entanto, começou a crescer em mim um amor pela Sofia que eu não julgava possível de acontecer depois de ter conhecido a Sara. Estou tão dividido...
– Deve ouvir a voz da consciência. Verá que a sua sabedoria tudo compreende.
– Mas a minha consciência nada me diz. O seu silêncio confunde-me na incerteza de uma decisão difícil de tomar. Por um lado, tenho a Sofia tão perto. Sei que posso ser feliz junto dela, só que a Sara é a razão da minha existência.
– Tem que saber equilibrar as vontades e as necessidades; escolher o caminho que pacificará a sua consciência.
– Não sei que caminho é esse. Sinto que não posso arruinar a minha vida por alguém que nunca mais irei ver e, no entanto, se não o fizer, nunca terei paz.
– Só lhe resta a fé.
– Sim. Aos poucos começo a compreender melhor o significado dessa sua palavra. Apenas a fé poderá justificar a minha insistência com Sara.
– A fé é a razão de tudo, Dionísio. Se tem fé nesse amor por Sara, não o deve desperdiçar seguindo pelo caminho mais fácil.
– Mas poderei nunca mais encontrá-la.
– Os caminhos da fé não são fáceis. Acreditar naquilo que não se vê ou que está distante é a mais difícil das provas. Mas se essa for a sua força, nada lhe poderá desmotivar.
– E a Sofia?

— A Sofia ficará bem. Ela também tem fé.
— Mas eu a amo!
— Deve saber fazer sacrifícios. Sem eles nada se conquista.
— Mas sacrificar o amor que sinto pela Sofia é desperdiçar uma vida.
— Nada é desperdiçado neste mundo de Deus. Segui o seu caminho e o tempo se encarregará de dar testemunho das suas razões.
— Acho que sim – concordei olhando as pedras da calçada. – Apesar de poder nunca mais ver a Sara, ela será sempre a razão de tudo.
— E sabe por quê?
— Porque somos almas de uma mesma maternidade.
— É uma forma simpática e bonita de dizer. Na realidade, quando o seu espírito aqui atracou, vindo de Deus, as duas almas contrárias que lhe dão expressão projetaram-se num homem e numa mulher, encarnando no mundo da matéria. Aqui viverão separados até o dia em que se unificarem de novo no espírito e depois em Deus.
— É isso mesmo que sinto – disse, sorrindo.
— Então não se deixe emaranhar nas ilusões apaixonadas que este mundo alimenta sobre nós. Caminha pelos trilhos certos da intuição e da fé, seguindo a sua consciência que já se decidiu.

Ele caminhou para a embarcação acompanhado pelos alunos. Antes que entrasse no barco, ainda lhe perguntei:
— Toda esta nossa conversa teria sido idêntica se estivéssemos falando de Cristo, não teria?

Ele sorriu.
— Mas nós estávamos falando de Cristo.

E o barco partiu, trilhando o reflexo que o sol de fim de tarde lançou sobre as águas calmas. Aquela imagem do barco navegando rumo ao pôr do sol fez despertar em mim a certeza de um momento igual, que apenas podia recordar como algo ainda por vir. Eram memórias que o futuro trazia sobre a brisa salgada que me acariciava o rosto, tentando-me mostrar algo que ainda não conseguia compreender.

Murmúrios de um tempo anunciado

– Desculpe, Sara – disse com lágrimas nos olhos, olhando o sol que se punha. – Desculpe-me por todas as vezes que não estive diante deste sol; diante de ti. Desculpe por ter duvidado...

CAPÍTULO XI

A lareira iluminava a sala com sombreados expressivos deixados pelos objetos, aquecendo a casa do frio que gelava a serra naquela época do ano. Estava sentada sobre o tapete, pensando na segurança que aquela pequena casa de montanha me dava. Comprei-a logo que terminei o curso de Belas-Artes, refugiando-me do mundo e da letargia de uma vida esquecida de si mesma. Ali vivia perdida da civilização, recolhida nos braços fraternos de um lugar que tão bem sabia receber. Era como se tivesse regressado a casa, ao lugar da minha infância, às memórias de um passado anterior àquele que podia recordar.

Esse diálogo, feito monólogo na unidade de todas as coisas, ajudava-me a crescer na consciência espiritual de mim mesma, fortalecendo a existência que procurava completar na ausência de alguém que ainda não conhecia. Os meus quadros resumiam, em parte, essa procura, pois em todos eles uma figura masculina predominava sobre todo o resto. Desde criança, ainda pouco sabedora dos mistérios da vida, cultivava o sonho de tornar real essa utopia alimentada pelo romantismo místico de duas partes em uma só. Sempre fugi daqueles que me cortejavam na esperança de um namoro, mantendo-me fiel a esse sonho.

Murmúrios de um tempo anunciado

Assim que as chamas desapareceram sobre as brasas incandescentes, desdobrei o sofá transformando-o em cama. Lá fora, a lua cheia espreitava pela porta corrida que dava para a varanda, inundando a sala com a sua luz inebriante. Adormeci logo depois. Nessa noite, sonhei com um lugar bonito; um lugar onde caminhava junto às margens de um lago de águas tranquilas, vendo-me de mãos dadas com uma criança. Ao meu lado, segurando na outra mão da criança, caminhava alguém de quem eu não conseguia ver o rosto. Sabia que era ele, o ser que predominava em muitos dos meus quadros. A criança, de sorriso rasgado, caminhava entre nós dois. Era como se fôssemos uma família.

No dia seguinte acordei com uma disposição rara. O sonho tinha me inspirado um quadro que desejava iniciar com a força das imagens que saltavam na minha mente como água numa cascata. Fui até o banheiro e tomei uma ducha rápida. A água vinha de uma cisterna colocada na parte de trás da casa, sendo puxada do furo por um motor a gasolina que também servia de gerador.

Já na sala, que também era cozinha, preparei um suco de laranja e umas torradas. Os quadros espalhavam-se pela casa, grande parte deles colocada no chão por falta de espaço. Ao fundo, por cima da lareira, um pôr do sol pintado sobre as águas do mar. À direita, uma pomba branca voando liberta sobre o deserto e, do outro lado, uma jovem a chorar diante de um homem sem rosto que lhe estendia a mão para ajudá-la. Queria agora iniciar aquele novo quadro que o sonho tinha me inspirado.

Assim que terminei o café da manhã, abri a porta de vidro que dava para a varanda e logo fui assaltada por uma brisa fresca que gelou os meus cabelos molhados, arrepiando-me num abraço que dei a mim mesma. Junto do parapeito que se precipitava sobre a falésia, podia ver o lago, que, lá embaixo, se estendia por entre os morros, recebendo no seu ventre as águas do ribeiro que desciam em cascata desde a serra. Uma névoa úmida dissipava-se sobre a superfície do

lago e refletia o sol que espreitava na timidez de uma manhã de inverno. E foi então que ouvi chamar:
— Menina Vera!

Era o senhor Joaquim que vinha montado no seu burro, trazendo, tal como tínhamos combinado, lenha para a lareira, gasolina para o gerador, uma botija de gás para o fogão e as mercearias que comprara na loja da senhora Mariana.

— Bom dia, senhor Joaquim. Como tem passado?
— Como Deus quer, menina. Vamos indo!
— E a dona Ana, como está do reumatismo?
— Um pouco melhor... a menina sabe como é... a idade!
— Dê-lhe as melhoras da minha parte.
— Darei, menina — disse enquanto prendia o burro a uma árvore.
— E quando é que vai nos visitar?
— Um dias desses passo pela aldeia. É que tenho estado tão absorvida nos meus quadros que nem percebo o tempo passar.
— É sempre bom ter algo para fazer. Ficar estendido de barriga para o sol é que não dá rendimento algum.
— Concordo... mas deixe-me ajudá-lo — repliquei depois de vê-lo pegar um punhado de lenha.

Assim que descarregamos o burro, convidei-o para um chá.
— Obrigado, menina, mas não posso. Ainda tenho que arar a terra. É que ela é caprichosa, sabe? Se não lhe damos atenção, não produz nada.

Paguei as mercadorias e o trabalho, vendo-o partir. Regressei à varanda e preparei uma tela e as tintas, iniciando o quadro que parecia já estar feito. Era como se a tela estivesse coberta de pó e eu, ao passar o pincel, revelasse as suas cores e formas.

A manhã acabou por se precipitar sobre um sol que subia lentamente, aquecendo o ar que corria pela serra nos braços do vento que, por vezes, na rebeldia da sua natureza nada constante, soprava com mais força. Lá embaixo, coberto nos montes que o ladeavam e que se prolongavam por toda a sua extensão, o lago guardava muitos segredos no silêncio das suas águas de paz e nas fragrâncias que anunciavam uma nova ordem. Um pequeno riacho desaguava nele, vindo da serra que se erguia do outro lado, serpenteando com o reflexo prateado das suas águas claras e serenas. Foi então que avistei um homem que descia a serra por um atalho de cabras, parando junto ao lago. Das costas tirou uma mochila, montando a tenda junto às margens arenosas. Logo depois acendeu uma fogueira com a lenha que recolheu, lembrando-me que também eu tinha que preparar o almoço.

Enquanto fazia uma salada, pus-me a imaginar que rosto pintar no espaço que deixara em branco, mas como em tantas outras vezes, nada surgiu a meus olhos. Acabei por passar a tarde a retocar o quadro, deixando o rosto por pintar. O sol preparava-se para pousar no horizonte distante. E ali estava eu, diante do sol que se punha; um momento único que cultivava desde criança e cujo mistério nunca fui capaz de entender.

Uma brisa gelada levantava-se com a expressividade agreste daqueles montes, soprando palavras que não conseguia ouvir, mas que tudo anunciavam na presença de alguém que eu tanto desejava encontrar. Ali, de olhar fixo num rosto sem imagem, sentia-me como uma árvore vergando-se sob a força do vento que se manifestava. O meu cabelo dançava com as suas carícias, dando voz a um futuro ainda por revelar, como se fosse a extensão de um sentimento tão antigo quanto o próprio tempo e maior que todo o espaço, fazendo convergir sobre mim a voz uníssona de uma vontade impossível de calar.

Quando desviei os olhos do sol, reparei que o homem que havia montado a tenda nas margens do lago também o observava. Mas certamente seria por outras razões que não as minhas, embora nada soubesse das dele.

CAPÍTULO XII (254 d.C.)

Já se passara três anos desde que deixei a prisão. Durante esse tempo, os imperadores sucederam-se como as estações do ano: Décio, que morreu numa batalha contra os godos no norte da Trácia, foi sucedido por Galo, que renovou as perseguições contra nós, embora brandas e esporádicas. Foi depois substituído por Emiliano, que o destronou e que veio a ser, também ele, destronado por Valeriano. A comunidade, essa, duplicara de fiéis, todos eles motivados pela fé que os absorvia pela alegria sincera de ser cristão. Meus pais, assim como todos os que tinham sido expulsos da igreja, foram readmitidos após a eleição de Cornélio para bispo de Roma, o que pacificou toda a comunidade.

Durante esse período, Dionísio esteve sempre presente, como nos tempos em que apenas uma parede nos separava. Presente nos momentos vividos em cada gesto partilhado com a imagem contrária de alguém que eu era. Sabia que nunca mais iria ouvir a sua voz, no entanto, apesar de estarmos separados pela ilusão da distância, ele estaria sempre junto a mim e isso bastava-me.

A pequena Maria caminhava a meu lado pelos estreitos corredores do mercado. Estava linda e cheia de vida. Era uma criança encantadora, agora com sete anos. Vê-la pacificada dos traumas do

passado – a imagem de seus pais levados pelos soldados e a minha partida depois de ter prometido nunca abandoná-la – trazia paz ao meu coração. Hoje ela era uma criança feliz e saudável.
– Acho que já deve chegar, irmã Sara.
– Sim, Simeão.
Simeão era um dos membros mais ativos da comunidade, o mendigo que encontrei anos antes a me pedir comida.
– Podemos partir.
Foi então que, no meio da multidão, vi os meus pais de sangue. Tinha sido expulsa de casa há dezessete anos, depois de lhes ter comunicado que me convertera ao cristianismo e desde então nunca mais os vira.
Aproximei-me.
– Pai! Sou eu, a Sara.
Ele virou-se para mim, encarando-me.
– Desculpe, mas não a conheço – disse com um olhar firme.
– Como não? Sou a sua filha.
– Deve haver algum engano... não tenho filhas – e afastou-se.
– Mãe! – chamei, virando-me para ela. – Veja, é a sua neta.
Ela agachou-se junto a Maria, beijando-a na testa. Ergueu-se depois, sorrindo-me levemente, e logo se afastou sem dizer uma palavra. O seu sorriso acabou por me tranquilizar, pois sabia que aquela atitude não era de sua vontade, mas sim por respeito a meu pai, que sempre fora um judeu devoto. Ver a sua filha convertida ao cristianismo era a maior das ofensas e, por isso mesmo, não o censurava. Daquele encontro, no entanto, ficara algo de positivo e libertador: a certeza de que aqueles laços do passado tinham sido definitivamente quebrados.

Subi com Maria e Simeão para a carroça repleta de comida. Muitas pessoas dependiam daquela refeição, a única a que podiam ambicionar. Tínhamos por honra ajudar aqueles que a sociedade romana ignorava, tornando vidas humanas dignas, merecedoras de todo o respeito e atenção. Grande parte deles não era cristã, no entanto, apesar da nossa fé não os alimentar, sentiam-se bem junto de nós. Com o tempo acabariam por se converter, embora nada fosse forçado, tinham liberdade de fazer as suas escolhas conscientemente. Só depois das refeições é que realizávamos encontros onde falávamos de Cristo, dando total liberdade àqueles que não quisessem participar.

Horas depois, quando o sol anunciava o meio-dia, a igreja encheu-se de mendigos. A cada dia que passava, viam-se novos rostos entre os que já eram habituais, revelando o estado decadente a que chegara o império. Ali, diante das mesas de madeira que corriam pela extensão da igreja, dezenas de pessoas procuravam conforto para o estômago. Talvez saíssem com algo a mais, mas isso só elas poderiam determinar. E toda a comunidade se mobilizava para os servir, incluindo Maria, que andava pelo meio das mesas distribuindo o pão. Quando a refeição terminou, alguns deles se deslocaram para a sala anexa, onde se realizavam os encontros. E sempre havia gente nova, algo que me alegrava profundamente.

– Fico muito satisfeita com a presença de vocês. O interesse que revelam por Cristo é o testemunho certo de que ele se encontra bem vivo entre nós. Não quero, no entanto, que se sintam obrigados a vir a estes encontros. A verdade não pode ser martelada na mente de um homem, pois ele nada compreenderá. Tem que nascer na interioridade de cada um, motivada pela força concreta de um caminho por nós iniciado. De nada serve todo o conhecimento que aqui apresento se em vocês não existir a vontade necessária para lhe dar forma e conteúdo. As palavras, o vento leva. Apenas quem as segurar na pureza da sua natureza mais profunda, cultivando-as como sementes de uma árvore por germinar, poderá verdadeiramente compreender todos os ensinamentos que proponho. E estes, como muitos já sabem, resumem-se a um único mandamento: "Amar a todos como a nós próprios". Se compreendermos que na existência de outras vidas que não a nossa tudo se harmoniza numa mesma identidade, facilmente poderemos aceitar a ideia de que essas vidas, afinal, não são assim tão contrárias às nossas.

"Todos somos seres humanos e nisso nada nos distingue. É essa unidade que para nós se resume a Cristo, que devemos cultivar diante dos homens. No fundo, todos somos um só. Deixar de amar alguém é não amar uma parte de nós, pois essas pessoas também são um conosco. É dizer que eu amo a minha mão direita, mas não amo a minha mão esquerda e, se eu não amo a minha mão esquerda, então não posso amar o corpo por inteiro.

"Iludem-se aqueles que julgam que é possível amar uma mão e não amar a outra, pois se é verdadeiro amor que sentimos pela primeira, forçosamente teremos que amar a segunda, caso contrário nada sabemos do amor. Amor que não pode ser repartido segundo as nossas necessidades: amor para isto, amor para aquilo; amor de mãe, amor de filho. Ele é único na sua essência, pois nada existe para além dele.

"Digo-vos que o amor é a razão que motiva tudo aquilo que existe, a força vital inerente a toda a criação. É único, indivisível. Desse modo, e insisto, o amor só existe se for pelo todo. É isso que Cristo tentou nos ensinar. Amar a todos, pois só assim é que poderemos verdadeiramente senti-Lo e compreendê-Lo."

Um dos nossos irmãos aproximou-se, murmurando-me algo.

– Tenho que pedir desculpas, irmãos – avisei –, mas hoje temos que terminar mais cedo. Não quero, no entanto, que saiam sem ouvir algumas palavras do nosso irmão Paulo. Dizia ele numa das suas cartas à igreja de Corinto: "E ainda que eu falasse as línguas dos homens e dos anjos, e tivesse o dom de profecia, e conhecesse todos os mistérios e toda a ciência, e ainda que tivesse toda a fé, e distribuísse toda a minha fortuna para sustento dos pobres, e não tivesse amor, eu nada seria".

Eles saíram ordenadamente, deixando-me só. Momentos depois, dois irmãos vindos de Jerusalém, cujas expressões revelavam grande preocupação, entraram na sala. A comunidade cristã da cidade estava a passar por grandes dificuldades, segundo o que me disseram. Mandei que chamassem todos os membros abastados da igreja de Antioquia para discutirmos o problema. Horas depois, estávamos todos reunidos.

– Que acha que devemos fazer? – perguntei, depois de o problema ter sido exposto.

– Só há uma coisa a fazer – disse meu pai, levantando-se.

– Todos nós somos membros abastados da comunidade e, por isso mesmo, os únicos que poderão solucionar o problema. Acho que devemos contribuir, e muito, para tentarmos aliviar o sofrimento dos nossos irmãos. Para que serve, afinal, o dinheiro se este não for colocado a serviço de Deus? Se Ele nos fez homens ricos, é porque espera que saibamos usar essa riqueza em sua honra. E que melhor forma que esta, irmãos!

Todos concordaram.

– Eu mesma irei a Jerusalém acompanhar os nossos irmãos – concluí, levantando-me. – Talvez eu seja mais útil lá, junto de quem sofre, do que aqui, onde tudo parece correr bem.

Depois de o problema ter sido solucionado, desloquei-me com Maria até à muralha ocidental da cidade. E ali fiquei, como sempre, diante do sol que se punha. A brisa murmurava-me palavras que eu recordava, anunciando a presença do Dionísio nos espargidos alaranjados que o sol estendia pelo meu olhar saudoso e presente.

Quando chegamos em casa a mesa já estava pronta para o jantar.

– Olá, filha – disse minha mãe, beijando-me.

– O pai já chegou?

– Ainda não. Mas deve estar para chegar... como correu a reunião?

– Bem, mãe. Resolvemos ajudar financeiramente a comunidade de Jerusalém.

– Fico contente.

– Eu mesma irei levar o dinheiro... talvez resolva ficar por lá algum tempo.

— Acho que faz bem, filha. Mas é melhor deixar a Maria aqui.
— Não, mãe! Eu prometi-lhe que nunca mais nos separaríamos e desta vez vou cumprir.
— Mas é uma viagem tão cansativa.
— Eu quero ir! — Maria disse, ouvindo a nossa conversa.
— Mas, querida... — insistiu minha mãe.
— Não, Vó... — ela abraçou-me. — Eu vou com a mãe.
— Sim. Vamos as duas — sorri-lhe num afago carinhoso.
Nesse meio tempo, meu pai chegou.
— Desculpem o atraso, mas estivemos recolhendo o dinheiro. Trouxe os nossos irmãos de Jerusalém que vão passar esta noite conosco.
— Fez bem, meu pai. Assim amanhã de manhã partiremos juntos.
Eles entraram, cumprimentando-nos com o ósculo santo. Sentamo-nos à mesa, rezando o Pai-Nosso e depois seguiu-se a distribuição do pão que meu pai partira em pequenos pedaços.
— Como está a situação em Jerusalém? — perguntou minha mãe.
— Está mal — respondeu um deles. — Passamos por muitas necessidades, o que nos afastou da sociedade local. É que a fome é muita, e a fé, apesar de ainda nos manter, escassa.
— Estou certo que este dinheiro irá ajudar muito — replicou meu pai enquanto comia. — Foi uma boa quantia.
— Nem sei como agradecer.
— Não tem que agradecer — eu disse. — Nada mais fizemos que a nossa obrigação, irmão. É que nós também estamos no seu sofrimento.
— É curioso! — retorquiu um deles. — Quando estivemos em Cesareia alguém nos disse algo semelhante.
— Sei que Orígenes é o líder espiritual da comunidade de lá.
— Sim, mas não foi ele. Quando partimos ele tinha acabado de ser preso. Foi alguém que não era cristão, mas ajudava na comunidade.
— Orígenes foi preso? — perguntei, parando de comer.
— Sim. Os soldados levaram-no.
— Mas eu pensei que as perseguições tivessem terminado...

– Acho que nunca chegaram a terminar. Valeriano continua a intimidar o povo, prendendo alguns dos nossos líderes.
– Aqui em Antioquia não sentimos isso, não é, meu pai?
– Não. Não tenho notícia de prisões.
Na manhã seguinte, bem cedo, partimos finalmente para Jerusalém. A viagem demoraria vários dias numa paisagem seca e pouco povoada. Por ali, apenas o vento dava sinal da sua existência, espreguiçando-se sobre uma terra despida de alma. E pouco mais se via além dos abutres que espreitavam à procura de um cadáver ou as caravanas que passavam por nós vindas de Palmira.
Várias aldeias cruzaram o nosso caminho, revelando a extrema pobreza daquela gente. E em todas elas, sem exceção, apesar da miséria, as crianças corriam para nós com sorriso no rosto. A população, com faces enrugadas pelo tempo, que ali pesava em dobro, tudo largava para nos servir. Senti uma necessidade extrema de ajudar aquelas pessoas, de usar parte do dinheiro para aliviar o seu sofrimento, mas ele estava reservado aos irmãos de Jerusalém.
E foi numa dessas noites, quando pernoitamos numa estalagem de beira de estrada, que tive um sonho. Nele, eu encontrava-me junto às margens de um lago, quando aquele ser feminino, de corpo esbelto e longos cabelos brancos, apareceu novamente. Ela aproximou-se de mim, sorrindo delicada e, ao mesmo tempo, imperativamente.
– Por que nega dinheiro àqueles que dele precisam? – perguntou-me.
– Porque está reservado aos nossos irmãos – respondi.
– E quem são os seus irmãos?
– São aqueles que fazem parte da comunidade de Jerusalém – respondi sem compreender o alcance da pergunta.
– E não serão todos os outros também seus irmãos?
Fiquei em silêncio.
– Lembre-se, Sara, que está no mundo para servir a Deus e não aos homens. E, assim sendo, não deve fazer nenhuma distinção entre aqueles que partilham esta terra contigo. Todos são teus irmãos.

– Sim... peço desculpas por não ter compreendido – baixei a cabeça, mas logo olhei em volta, contemplando a paisagem circundante. – Este lugar é tão vivo... é como se existisse mesmo.
– Mas ele existe – respondeu com um leve sorriso. – Existe num tempo futuro no qual você também estará presente. Aqui, neste mesmo lugar, junto das águas deste lago, lhe contarei muitos segredos sobre Cristo e sobre mim.
– E quem é você?
– Diga, Sara. Quem sou eu? – seus olhos fixaram-se nos meus, despertando no meu coração um fogo que tudo preencheu. Senti então uma profunda paz, ficando num estado de consciência para além de tudo aquilo que já experimentara.
Era como se tivesse noção de cada detalhe daquele lugar, como se vivesse dentro de cada partícula, de cada ser, de cada momento que ali podia experimentar. E então, de olhos fixos nos seus, soube quem ela era.
– É Maria Madalena! – afirmei sem duvidar, com uma certeza que estava além de toda a razão.
– Sim, já tive esse nome. E você é minha discípula amada.
E com essas palavras acordei, ainda sentindo aquele fogo no peito e aquela paz que não me deixou por longas horas.
A partir de então, e em cada aldeia por onde passávamos, fui deixando um pouco do dinheiro destinado aos cristãos de Jerusalém, até que nada restou. Os irmãos que me acompanhavam não censuraram aquele meu gesto, embora sentisse neles uma profunda tristeza. É certo que tinham o dinheiro recolhido noutras cidades, mas era a nossa contribuição que iria aliviar o sofrimento de toda a comunidade. Quando chegamos, pedi para que juntassem os cristãos mais influentes da cidade numa sala anexa à igreja matriz.
– Encontro os desmotivados perante Deus. Sei que esperavam uma forte contribuição da Igreja de Antioquia e esse dinheiro foi

posto ao seu dispor. Mas quando eu vinha para cá, não pude ignorar o sofrimento das gentes que cruzavam o nosso caminho. Era como se as suas lágrimas trilhassem o meu rosto, ferindo-me de dor impossível de calar. Digo-lhes, contudo, que não devem recear o futuro.

Abri um dos pergaminhos, o do Evangelho de Lucas, e li uma das passagens:

– "E dizia Cristo aos seus discípulos: 'Não estejais apreensivos pela vossa vida, sobre o que comereis, nem pelo vosso corpo, sobre o que vestireis. Mais é a vida do que o sustento, e o corpo mais do que as vestes. Considerai os corvos, que nem semeiam, nem ceifam, nem têm despensa, nem celeiro e Deus os alimenta; quanto mais valeis vós do que as aves? Considerai os lírios, como eles crescem; não trabalham, nem fiam; e digo-vos que nem ainda Salomão, em toda a sua glória, se vestiu como um deles. E, se Deus assim veste a erva que hoje está no campo, e amanhã é lançada no forno, quanto mais a vós, homens de pouca fé? Não pergunteis, pois, que haveis de comer, ou que haveis de beber, e não andeis inquietos. Buscai, sim, o reino de Deus e todas essas coisas vos serão acrescentadas'."

– Mas como podemos procurar o reino de Deus se nossos estômagos estão vazios? – perguntou alguém na plateia.

– Acham que são os únicos sacrificados? Pois eu digo-lhes que mais sacrificados são aqueles que não conhecem Deus. Que vivem na ignorância de vidas obscurecidas pelas ilusões desta civilização, martelando onde não há pedra, bebendo onde não há água. Infelizes são as suas vidas, mesmo que disso não tenham consciência, pois caminham em círculo, numa viagem que os levará a lugar nenhum. Agora têm Cristo em Jesus. São abençoados pela fé que os alimenta. Não ambicionem mais que isso, pois já têm o seu sustento.

– Mas continuamos com fome! – insistiu o mesmo homem.

Murmúrios de um tempo anunciado

E pouco mais lhes poderia dizer. Nos dias que se seguiram, visitei as casas dos mais pobres, testemunhando a dor que os tocava numa agonia difícil de suportar. Sentia-me responsável, culpada pela pobreza que se prolongava apesar de todas as promessas. Sabia que aquele dinheiro tinha ajudado muitos outros, mas isso não me tranquilizava, pois ali, diante dos meus olhos úmidos, toda a comunidade sofria por minha causa. Acabei por dar comigo diante do sol que se punha, implorando por uma solução.

– Ajudem-me! Não sei o que fazer.

O meu queixo tremia e as lágrimas escorriam pelo rosto fechado, contagiando a pequena Maria que me abraçou de ar compassivo.

– Não chore, mãe.

E antes que o sol dobrasse os morros, a solução surgiu em mim como um sussurro deixado pelo vento. Durante dias não saí do quarto, ficando em jejum. Se aquela situação tinha sido provocada por mim, mesmo conscientemente, então iria sofrer com toda a comunidade, rezando por uma solução. E a solução chegou ao sétimo dia, quando um dos irmãos entrou no quarto de olhar radioso.

– Irmã Sara!

– Sim, o que se passa?

Ele colocou um baú diante de mim.

– Veja! – retorquiu, abrindo-o. – Encontrei-o na porta da igreja.

Dentro do baú, várias moedas de ouro e prata cintilavam, abundantes.

– Obrigado, meu Deus! – agradeci com lágrimas nos olhos. – Agradeço-Vos profundamente este gesto.

– Foi um milagre! – replicou ele com o olhar transbordante.

– Este será um segredo nosso, irmão.

– Mas por quê? Toda a comunidade irá gostar de saber deste milagre!

– Não, irmão! Os milagres não se anunciam, pois isso só alimentará superstições e idolatrias. Deixe que a comunidade frutifique com a semente deste milagre, pois isso é tudo aquilo que Deus espera deste gesto de amor.

Madalena, que se apresentara no sonho como minha mestra direta, tinha me dado uma lição de fé, mostrando-me que tudo caminhava pelas mãos de Deus e não pelas nossas. Podia agora regressar em paz.

CAPÍTULO XIII (254 d.C.)

Já tinham se passado três anos desde que Sofia me encontrara caído numa rua de Antioquia. Três anos que me ajudaram a solidificar aquele sentimento único que nutria por Sara. Durante esse período, acabei por ser aceito como filho pelos pais de Sofia, vendo nela, apesar de tudo aquilo que sentira, apenas uma irmã. Passava as manhãs no mercado com o seu pai e as tardes na comunidade cristã. Embora o conhecimento formal do cristianismo eu tenha aprendido o com Sara, ali tive a oportunidade de pôr em prática muitos dos preceitos. Não era cristão e talvez nunca o viesse a ser, mas me sentia pacificado dentro da comunidade.

Estava no alto do pequeno monte a observar o sol, quando a Sofia se aproximou, sentando-se a meu lado.

– Os seus irmãos de Jerusalém já partiram? – perguntei.

– Sim, Dionísio. Partiram hoje de manhã.

– Espero que tenham conseguido recolher dinheiro suficiente.

– Não foi muito, mas vai ajudá-los.

Fizemos um breve silêncio.

– Sabe que me custa muito te ver sofrer todos os dias diante desse sol. Por que não vai procurá-la?

– Nem sei onde ela mora. Parecia algo tão pouco importante

quando estávamos presos que nem sequer nos preocupamos em perguntar da morada de cada um.
– Sabe pelo menos que mora em Antioquia.
– Sim, mas a cidade é enorme. Como eu vou encontrá-la?
– É bem fácil encontrar um cristão em tempo de paz. Tenho a certeza de que qualquer pessoa da comunidade a conhece.
– Mas já se passaram três anos. Será que ela...
– ... te esqueceu?
– Sim – confessei baixando os olhos.
– Você sabe que não, Dionísio.
Ficamos novamente em silêncio e eu continuei.
– Deixe-me contar-lhe algo que tenho vontade de falar há muito tempo – ela disse, finalmente. – Quando te vi pela primeira vez, caído na rua, senti logo algo muito especial. Ao cuidar das suas feridas, não pude deixar de pensar como seria bom se um dia pudéssemos partilhar uma mesma vida. Só que, entretanto, você despertou, e as suas palavras, que identifiquei com as da Sara, fizeram-me compreender que não existia outra pessoa além dela. Acabei por aceitar, respeitando o seu amor. Com o passar do tempo, compreendi que amar alguém é querer o melhor para essa pessoa, mesmo que seja longe de nós. E eu te amo. É por isso que sei que o melhor para você é partir em busca da Sara.
– Sabe que no princípio vacilei entre vocês duas?
– Não sabia – ela desviou o olhar, fixando o horizonte.
– É verdade – sorri. – Quase aceitei aquela proposta do seu pai, lembra? – ela assentiu, retribuindo o sorrindo. – Foi pena não termos nos encontrado antes, pois poderíamos ter sido muito felizes.
– Eu sei, Dionísio. Mas, entretanto, conheceu a Sara. É por ela que deve empenhar essa felicidade.
– Vou-me aconselhar com Orígenes. Ele tem sempre a palavra certa para nos fazer compreender os nossos próprios caminhos.
– Não vale a pena – a sua expressão fechou-se.
– Por que diz isso?

– Os soldados levaram-no ontem à noite.
– Levaram-no preso!? Mas por quê?
– E eles lá precisam de uma justificativa para prender um cristão?
– Será tudo isso um presságio? – perguntei, olhando-a.
– Não sei... mas é certamente mais uma razão para partir.
– Começo a achar que tem razão. Ele foi a pessoa que levou Sara a converter-se. E você, Sofia, a pessoa que a viu olhos nos olhos.
– Acabaram-se suas razões para vivenciar a Sara por meio de outras pessoas. Chegou o momento de a procurar.
– Sim – concordei com um sorriso rasgado. – Vou procurá-la.

Na manhã seguinte, quando o sol ainda espreitava por trás dos morros, eu já fazia a trouxa, despedindo-me dos pais de Sofia, que choraram minha partida. Para eles, já era como um filho.

– Fique com este dinheiro – disse-me seu pai, entregando-me um saco com moedas.
– Não posso aceitar, obrigado.
– Claro que pode! Este dinheiro pertence-lhe por direito. Se hoje sou um homem rico, devo tudo a você.

Acabei aceitando, despedindo-me de ambos. Já fora de casa, pousei um olhar molhado em Sofia.

– Adeus, Sofia. Foi muito bom te conhecer – não consegui conter as lágrimas diante do seu rosto umedecido.
– Vai, Dionísio. Não se demore com despedidas – e beijou-me nos lábios, afastando-se sem olhar para trás.

Parti rumo a Antioquia sem que mais alguma palavra fosse dita. A viagem demorou vários dias, embora a motivação que me alimentava tornasse escassa tamanha distância. As memórias que eu guardava, na limpidez de um rosto que imaginava, fortaleciam-me ainda mais. Sara seria sempre a razão de tudo. Estivesse onde eu estivesse, seria o que eu fosse. Ali, diante da natureza que me cercava, podia senti-la nos gestos deixados pelo vento, nas linhas dobradas do horizonte que o meu olhar trilhava na sonolência de uma paisagem árida e vazia.

Murmúrios de um tempo anunciado

Tê-la tão perto nas coisas que me envolviam tornava presente aquele momento único em que o Nós se tornaria Eu e o Eu, a eternidade.

A cidade de Antioquia pronunciava-se num horizonte coberto de pó. Era a capital da província; o terceiro foco de um império perdido na demência crescente de um povo esquecido desua identidade. Ali, dentro das muralhas que a circundavam na robustez de uma cintura de pedra maciça, um rosto, encoberto pela espessura de uma parede, aguardava o testemunho de alguém que lhe desse significado. Quando transpus o portão da cidade, uma sensação de inquietação invadiu-me em forma de tristeza profunda e difícil de explicar. Era como se eu tentasse me desmotivar da procura. Mesmo assim não desisti, entrando na primeira igreja que encontrei.

– Em que posso ajudá-lo? – perguntou uma mulher de ar jovial.

– Ando à procura de alguém chamada Sara.

– Há muitas pessoas com esse nome. Ela é cristã?

– Sim.

– E como é sua aparência?

– Não sei – sorri. – Nunca a vi, entende? Conhecia-a na prisão, depois de a ter visto libertar uma pomba branca no alto do templo.

– Ah! A nossa irmã Sara – ela disse com uma alegria contagiante. – Quem não a conhece?

– E sabe me dizer onde posso encontrá-la?

– Talvez a encontre na igreja matriz – disse, chamando um jovem que se aproximou. – Leve este senhor até à igreja matriz.

– Sim, irmã.

– Obrigado – agradeci, despedindo-me.

– Foi um prazer.

Caminhamos por ruas, ruelas, praças e terrenos antes de chegarmos à igreja. A fachada erguia-se com simplicidade de adornos, passando assim despercebida a olhares pouco tolerantes. Agradeci ao jovem, oferecendo-lhe uma moeda, mas ele recusou. Disse-me para dá-la a quem tivesse necessidade. E ali estava eu diante da igreja, ansioso por encontrá-la e assim poder dar significado a toda uma vida.

Entrei. O silêncio que se podia respirar entre o cheiro leve do incenso tocou-me profundamente, mas aquela sensação forte, que senti logo após ter entrado na cidade, continuava presente na forma de uma tristeza incompreensível.

Um homem de certa idade aproximou-se, sereno.

– Veio à procura de Deus? – perguntou, sorrindo.

– Não. Vim à procura de mim mesmo.

– Então veio à procura de Deus. Em que posso ajudá-lo?

– Desejo encontrar alguém de nome Sara. Disseram-me que a poderia encontrar aqui.

– Sim, é verdade. Só que ela partiu hoje de manhã para Jerusalém.

– Partiu?! – o meu rosto fechou-se perante tal notícia. – Irá ficar muito tempo em Jerusalém?

– Só Deus sabe!

Talvez aquele nosso reencontro não fosse para acontecer. Quanto mais desejava encontrá-la, mais longe ficava dela. Era como se o destino se esforçasse por nos distanciar no espaço e no tempo, adiando uma união que apenas ele poderia concretizar.

Depois de deixar a igreja, caminhei para uma das muralhas da cidade, contemplando o sol que se punha. Estávamos agora em posições opostas. Era como se me fundisse com o feminino da nossa consciência, personificando-a. Ali, possivelmente no mesmo lugar onde ela olhava o sol, pude sentir a força contrária da minha própria consciência; estar dentro do meu reflexo e, neste, olhar o mundo pelos olhos de uma natureza não mais invertida. Eu era ela, e ela, lá longe no horizonte de tons alaranjados, eu próprio.

Na manhã seguinte, parti para Jerusalém, chegando dias depois. A cidade arrastava-se nas ruínas que as sucessivas guerras foram esculpindo no sofrimento daquela gente, desmotivando todos da alegria, que os abandonara. E sempre que entrava numa igreja e perguntava pela Sara, ninguém me respondia. Ignoravam-me como se ali eu não estivesse. Por mais que procurasse, nada encontrava. Decidi então ficar sem comer nem beber diante da igreja matriz. O desespero tinha tomado conta de mim por vê-la cada vez mais distante. Ali, sentado junto à igreja, aguardava por um olhar que tudo despertasse em mim. Nada sabia do seu rosto, no entanto, apesar de ignorar os contornos da sua expressão, tinha a certeza de que a reconheceria quando a visse pela primeira vez.

E ali fiquei sete dias, sem comer nem beber, sentindo-a a meu lado como se ela jejuasse comigo, acompanhando-me naquele gesto. Mas nada aconteceu!

Numa das noites, enquanto dormia sobre o chão de pedra, tive um sonho que me envolveu numa névoa espessa e fresca, e me vi junto a um lago. Das águas saiu um ser feminino muito belo, de longos cabelos brancos e expressão iluminada.

— Olá, Dionísio.

— Quem é você?

— Não é importante saber quem sou.

— E qual é o seu nome?

Ela sorriu.

— O meu nome é igual ao vento que sopra, aos pastos que se curvam à sua passagem. É como as nuvens que trilham o azul do céu, como o sol que nos alimenta com o seu brilho incandescente.

— Não compreendo o que diz! A única coisa que sei é que não consigo encontrá-la.

— Há que esperar que cada momento amadureça na continuidade da sua natureza já predestinada.

— E Sara? Sabe onde ela está?

— A Sara está em você. Estará sempre onde estiver.

— Eu sei... — baixei a cabeça. — Mas a distância física é tão difícil de suportar.

— A distância é uma ilusão fabricada pelos seus sentidos terrenos, pois o espaço e o tempo são simultaneamente um único momento.

Um baú repleto de moedas materializou-se diante de mim.
– E isto, o que é?
– Isso é a resposta a um pedido sincero que alguém nos fez na fé que soube demonstrar. Deve deixá-lo na porta principal da igreja matriz.
– E depois?
– Depois deve partir.
– Partir?! Para onde?
– O tempo encarregará de dar testemunho dos caminhos que irá trilhar. Só tem que abrir a mente para a intuição e o coração para o amor. Verá como tudo se concretizará...

Assim que abri os olhos, reparei que diante de mim se encontrava um baú... não tinha sido um sonho?! Sem questionar as razões do sonho, logo me levantei, colocando o baú na porta principal da igreja. Talvez a resposta para o nosso encontro, adiado constantemente pela força de um destino que nos mantinha distantes, estivesse na minha conversão. Só assim poderia compreender os caminhos que ela trilhava para a eles me unificar. Mas eu não era cristão e talvez nunca seria. Era filósofo, isso sim, consciência livre de todo o tipo de amarras. Tornar-me cristão era como prestar sacrifício aos deuses pagãos, já que seria negar a divindade que sempre tive como única e que transcendia todas as religiões.

Contudo, sentia uma necessidade extrema de saber tudo sobre essa religião. Uma religião que conhecia profundamente, não apenas nas palavras que Sara partilhara comigo em um ano de cativeiro, mas também na sabedoria, para muitos hereges, de Orígenes, que me ajudara a construir uma ponte entre o cristianismo e a filosofia. Mas por mais que isso me custasse, não era cristão e essa talvez fosse a razão que nos mantinha separados.

Resolvi então partir em peregrinação pelos caminhos que Jesus tinha percorrido, procurando uma resposta que pudesse me orientar. Com a ajuda de outros peregrinos fui conduzido a Belém, Nazaré e Cafarnaum. Convergi depois para o rio Jordão, entrando pelo deserto. Ali, num terreno repleto de pedras que lembravam pequenos pães, Jesus jejuara durante quarenta dias e quarenta noites. Mas quando cheguei ao Monte das Bem-aventuranças, uma paz imensa me preencheu. E logo o discurso da montanha se materializou ao sabor das palavras que Sara me dedicara. O som da sua voz tornou-se presente na memória desses tempos, tornando verdadeira a imagem que guardara dela.

"Bem-aventurados vós, os pobres, porque vosso é o reino dos céus. Bem-aventurados vós que agora tendes fome, porque sereis fartos..."

Mas aquelas palavras não me pertenciam. Por mais que as desejasse ter como parte integrante de mim mesmo, nada podia fazer para forçar uma natureza diferente da minha.

"Mas a vós, que ouvis, digo: Amai a vossos inimigos, fazei bem aos que vos aborrecem; bendizei os que vos maldizem e orai pelos que vos caluniam..."

Eram palavras repletas de sabedoria, mas não as tinha como minhas, e isso doía-me profundamente.

"E, como vós quereis que os homens vos façam, da mesma maneira lhes fazei vós, também..."

— Não se desespere — disse um homem que se aproximava.

— Como não? — Encarei-o. — Nada sei dos caminhos da minha existência... é tudo tão confuso.

— Talvez a resposta esteja na meditação e na contemplação.

— É difícil meditar num mundo repleto de sofrimento. E, depois, ela estará sempre presente... como esquecê-la?

— Por que não vem comigo? Parto para Alexandria e depois para os desertos do Egito onde há uma comunidade próspera de monges ascetas que medita e reza pelo mundo.

— Partir para o deserto?! — fiquei pensativo diante daquela proposta.

— Deixe sua consciência decidir sobre isso que proponho, pois estes poderão ser os caminhos que lhe foram predestinados.

– Aquilo que me prende a este lugar, a esta civilização, sei que me foi negado.
– Então por que não vem comigo?
– Vou, sim – respondi, determinado.

E assim, parti com aquele homem de paz rumo aos desertos do Egito. Talvez encontrasse no ascetismo e na sabedoria daqueles monges o caminho que me levaria de volta a Sara, a mim, a nós. Os dois como partes de uma só consciência e, quem sabe, numa fé que poderia despertar a Cristo.

CAPÍTULO XIV (272 d.C.)

Havia se passado vinte e um anos desde que eu fora libertada. Vinte e um anos de uma saudade insuportável que eu tentava preencher em cada pôr do sol que nunca deixei de assistir. Sentia por Dionísio algo tão grande que nem a distância conseguira abafar, um sentimento que continuava presente como no primeiro dia em que ouvi a sua voz.

Regressava a Antioquia numa carroça puxada por um burro, depois de ter visitado com Maria a comunidade de leprosos. Ela conduzia a carroça, com expressão serena e em paz. Tinha agora vinte e cinco anos. Era uma mulher bonita e saudável, abdicando, tal como eu fizera na sua idade, de uma vida dedicada a um marido. Era a Cristo que ela desejava servir. Servir na fé que sempre demonstrara, seguindo os passos que outros traçaram em caminhos de muitos sacrifícios. Era o caso de meus pais, que tinham morrido anos antes.

No caminho de regresso à cidade, pudemos testemunhar a violência da batalha que ali fora travada no dia anterior. O imperador Aureliano, eleito pelos soldados após a morte de Cláudio II, enfrentara a rainha Zenóbia que se rebelara contra o império, reclamando para si todas as terras da Síria e do Egito. Era uma guerra perdida que apenas o orgulho da rainha de Palmira poderia justificar. E todos aguardavam com impaciência o desfecho daquele confronto, já que muitos dependiam dos seus favores. Era o caso do bispo de Antioquia, Paulo de Samosata, que para alimentar os seus desejos e a sua luxúria tornara-se ministro da rainha, corrompendo toda a sua fé em Cristo.

Paramos junto a um pequeno riacho, refrescando-nos do calor insuportável. Alguns despojos da batalha bloqueavam a água que subia sobre eles, caindo em cascata, enquanto outros flutuavam na corrente, serpenteando pelo leito arenoso.

– Mãe, você acha que este conflito poderá trazer problemas? – perguntou Maria enquanto mergulhava as mãos na água.

– Espero que não, filha. Se Zenóbia vencer, o que é pouco provável, ficaremos como estamos.

– Não teme novas perseguições se Aureliano vencer?

– Não. A nossa comunidade de Roma não tem tido problemas.

E foi então que ouvimos gemidos vindos de um arbusto. Incertas sobre o que encontraríamos, aproximamo-nos, afastando a folhagem seca. Era um soldado. O seu corpo sangrava sob as roupas manchadas, prolongando o gemido de dor que facilmente nos fez achá-lo. Com algum cuidado, viramos seu corpo, revelando um rosto parcialmente afundado na lama.

– O que faremos, minha mãe?

– Temos que o levar. Aqui ele morrerá.

Aquele rosto não me era estranho e compreendi momentos depois que se tratava do carcereiro que me mandara chicotear quando fui presa anos antes, mas nada disse à Maria para não provocar a sua indignação. Assim que o colocamos na carroça, partimos para a cidade.

O vento elevava no ar as areias finas que ladeavam o caminho, transportando os destroços da batalha. Era como um presságio arrepiante que nos intimidava, revelando a decadência de uma civilização construída sobre filosofias e doutrinas nada esclarecidas, sobre a demência e a cegueira de imperadores tornados deuses pelo medo e pela superstição de todo um povo.

A cidade repousava na sonolência forçada das suas muralhas envelhecidas pelo tempo e pelo desmoronar dos sonhos, que fizeram dela escrava de um império estranho. Quando transpusemos os seus portões, alguns jovens cristãos correram para nós.

– Irmã, Sara! Pode nos dar carona?

– Não posso. Trago um ferido na carroça.

– Podemos ver? – eles debruçaram-se sobre a carroça, espreitando. – Mas é um soldado romano!

– É verdade.

– O bispo não vai gostar, irmã.

– E por que não vão à frente anunciar a nossa chegada?

– Sim, irmã.

E partiram, desaparecendo na multidão que enchia as ruas da cidade. Momentos depois, chegamos à igreja matriz, parando na entrada principal. Logo avistamos o bispo, que saiu ao nosso encontro, encarando-me.

– Como se atreve a trazer um soldado romano para dentro da nossa igreja?!

– Qual soldado, Sua Eminência? – perguntei serenamente.

– Este que traz na carroça, claro! – ele disse apontando.

– Não trago soldado algum na carroça.

– Como não?

Ele acercou-se da carroça, espreitando.

– O que é isso, então? – o seu rosto desfigurou-se perante a raiva que demonstrava.

– "Isso", Sua Eminência, é um ser humano.

– Mas é um soldado romano!

– É apenas mais um filho de Deus, tal como qualquer um de nós.

– Como se atreve a dizer tal heresia?! Este homem é um assassino, filho do diabo. Não tem lugar na nossa igreja.

– Pois eu digo que tem. Que mesmo contra a sua vontade vou recolhê-lo no seio da nossa comunidade e cuidar dele como se fosse um cristão.

– Se o fizer, serei forçado a expulsá-la da igreja.
Um dos nossos irmãos que ouvia a discussão interferiu:
– Então terá que nos expulsar a todos. Sabe muito bem que a irmã Sara é como uma santa para nós. Se mexer com ela, mexerá com toda a comunidade.
O bispo engoliu em seco, partindo furioso. Eram poucos aqueles que o respeitavam. Todos sabiam da sua ligação com a rainha Zenóbia e da luxúria que alimentava uma vida repleta de pecados. Talvez com a derrota da rainha pudéssemos o destituir do cargo que nunca lhe pertencera.
Alguns dos nossos irmãos vieram nos ajudar a transportar o soldado, colocando-o numa pequena cela da igreja. Saíram depois, deixando-me com Maria.
– A mãe sabe que me custa muito cuidar dele, não sabe?
– Eu sei, filha. Mas esse é um sentimento que você deve superar. Este homem não tem culpa de ter nascido romano, de ter sido educado como tal. Julgá-lo pelo seu comportamento é como julgar um leão por devorar suas presas. Como ensinar um leão a não fazê-lo, se essa é a sua natureza? Cabe-nos, Maria, aceitar as diferenças como partes distintas de um todo que se completa na diversidade de muitos caminhos – sorri-lhe. – Será que consegue me compreender se eu disser que você também é este homem?
– Sim, mãe. Eu compreendo. Mas mesmo assim é difícil.
– Não deve negar esse sentimento, mas sim educá-lo. Educá-lo na fé que tem em Cristo, pois é por meio dela que todos nós amadurecemos para a verdadeira consciência de Deus que reside dentro de nós.
Ela sorriu, colocando um pano úmido sobre a testa daquele homem que aos poucos deixava de ser um soldado romano para se tornar um irmão. Deixei-a sozinha, deslocando-me até a nave principal da igreja, onde a missa da tarde já tinha iniciado. O Bispo, numa prepotência que o cegava, não permitia que a comunidade cantasse

hinos a Cristo, tendo criado para si um coro de mulheres que cantavam, a ele próprio, salmos de louvor. Anos antes, um sínodo de bispos chegara mesmo a condená-lo por heresia, exigindo que fosse destituído, mas a rainha Zenóbia recusara-se a abdicar dos serviços do seu fiel servidor.

Logo após ter deixado a igreja, e enquanto todos cantavam em louvor do bispo, desloquei-me até a muralha ocidental da cidade. O sol afundava-se num horizonte coberto de pó, pintando o céu de laranja e violeta, enquanto o vento acordava agreste de redemoinhos feitos de areia.

– Olá, Dionísio.

O meu cabelo comprido dançava solto ao vento. Era como se o vento fosse a extensão de um gesto deixado por Dionísio, de um afago pronunciado no amor que sentíamos e que o vento transportava nos seus braços repletos de saudade. Já nos conhecíamos há vinte e dois anos, embora nada soubéssemos do corpo físico de cada um.

E os dias foram passando ao ritmo de uma comunidade desmotivada pela prepotência do bispo, que, mesmo sabendo da possibilidade de Zenóbia perder a batalha contra Aureliano, continuava a demonstrar arrogância cega e embriagada por uma vida de luxo e de prazer.

Estava preparando as mesas para o almoço aos pobres quando Maria se aproximou.

– Como está o nosso paciente? – perguntei-lhe.

– Muito melhor, minha mãe. Não quer falar com ele?

– Tudo a seu tempo, filha. Se ele puder se deslocar, traga-o hoje para o almoço comunitário, está bem?

– Sim, minha mãe.

– E como é que está vivendo esta nova situação?

– Sabe que pensei que não iria conseguir ultrapassar esses traumas do passado? Mas está correndo tudo muito bem. Já não o vejo como um soldado romano, mas sim como um irmão.

— Fico contente por você, filha.
— A mãe fez de propósito, não fez? – ela perguntou.
— O quê?
— Deixar eu cuidar dele sozinha.
— É verdade – sorri-lhe. – Era importante que conseguisse superar o ódio do passado. Só assim poderia ser verdadeiramente cristã. É que ser cristão, filha, não é aceitar passivamente a doutrina, mas construir em cada momento esse caminho que Cristo nos mostrou. Construi-lo na fé e na vontade de sermos como ele nos gestos que partilhou conosco, e isso se consegue apenas com o tempo.

Ela afastou-se, deixando-me com os pratos que distribuí pelas mesas. Momentos depois, toda a sala estava repleta de pessoas. Pessoas ignoradas pela sociedade que ali procuravam um sustento para o estômago. Alguns assistiam diariamente aos encontros que realizava após a refeição, procurando, igualmente, um sustento para a alma. Encontros que ajudaram a converter muitos ao cristianismo, embora nada fosse forçado. Alguns ajudavam os que chegavam, motivando-os com a própria experiência de ter chegado ao outro lado e assim testemunhar uma fé que a todos podia tocar. No meio deles, vi aquele que há tempos fora carcereiro, depois soldado e agora apenas mais um irmão.

Quando a refeição terminou, alguns passaram para a sala anexa. Muitos correram com pressa para pegar os melhores lugares, pisoteando os demais. Aquele que já era como um irmão sentou-se timidamente na última fila, procurando fugir do meu olhar. Teria me reconhecido?

— Essa pressa me faz lembrar uma das parábolas de Cristo, que gostaria de partilhar convosco – eu disse, encarando-os. – E dizia Cristo aos convidados: "Quando, por alguém, fores convidado às bodas, não te assentes no primeiro lugar, não vá acontecer que esteja convidado outro mais digno do que tu; e, vindo o que te convidou a ti e a ele, te diga: 'Dá o lugar a este'; e então, com vergonha, tenhas de tomar o derradeiro lugar. Mas, quando fores convidado, vai, e assenta-te no derradeiro lugar, para que, quando vier o que te convidou, te diga: 'Amigo, sobe mais para cima'. Porquanto, qualquer que a si mesmo se exaltar, será humilhado, e aquele que a si mesmo se humilhar será exaltado".

Chamei então o irmão que acompanhava aquele grupo, pedindo-lhe uma cadeira. Aproximei-me depois do homem que já não era carcereiro, nem soldado, sorrindo-lhe.

– Amigo, sobe mais para cima.

Ele olhou-me confuso e embaraçado. Levantou-se depois, em silêncio, sentando-se no lugar junto a mim. Teria me reconhecido?

–Gostaria agora de falar sobre Deus. Muitos são aqueles que se interrogam sobre a natureza e a origem do Criador. Quem é afinal esse ser que nos motiva na fé de tantas religiões?

"Digo que Deus não é uma ideia, nem uma teoria. Se O procurarmos na racionalidade dos nossos próprios preconceitos, nada poderemos vivenciar. Deus não é para ser vivido em dogmas que se cristalizam, mas interiorizado na fé que soubermos expressar diante dos homens, usando a intuição como ferramenta no esculpir da nossa própria sabedoria.

"Se procuram Deus, devem olhar para si mesmos, compreendendo que em vocês estão todas as respostas. Mas quem é Ele, afinal? - sorri-lhes. – Digo que Ele é a água que corre em cascata nos riachos da montanha, é as árvores que se curvam sobre a brisa das planícies, dando voz ao vento que nelas se torna presente. Deus é o voo suave dos pássaros, é a voz cristalina de uma manhã deliciosamente pronunciada com saudade de um tempo onde tudo era perfeito.

"Ele é a luz espreguiçada de um sol que nos alimenta, a espuma de um mar tornado consciência. Ele somos nós; cada um na natureza contrária de todos os outros. Conhecer a Deus é sabê-Lo no amor que motivou toda a criação, compreendendo que todos somos um só. Um único ser, uma mesma consciência. Se procuram Deus, devem saber que Ele é convosco e sempre o será. Que de nós apenas espera uma coisa: que saibamos amar a todos por igual, pois se não o fizermos, estaremos negando uma parte de nós próprios."

As crianças que ali se encontravam expressavam o ar aborrecido de quem não compreendia, ainda, o significado daquelas palavras. Chamei-as então para junto de mim, deixando que me cercassem na curiosidade dos seus olhares repletos de vida.

– Deixem-me contar uma história que se passou com o apóstolo João e que eu sei que irão gostar de ouvir – sorri-lhes. – Quando ele e os seus companheiros de viagem descansavam numa estalagem abandonada, depois de muito terem caminhado, o apóstolo ficou com a única cama, que estava repleta de insetos. Os discípulos riam-se quando de noite o ouviam gritar: "Ordeno-vos, bichos, que vos porteis bem e abandoneis por esta noite a vossa habitação".

As crianças riam ao ritmo dos meus gestos e palavras.

– Na manhã seguinte, os companheiros de João viram uma fila de percevejos aguardando pacientemente fora da porta.

Novas gargalhadas ecoaram na sala, animando o ambiente.

– Quando João acordou, disse: "Uma vez que vos haveis portado bem, voltai ao vosso lar", ao que os insetos rastejaram de volta à cama.

E também os adultos riram, embora fosse nas crianças que a história ganhava vida e cor.

– Pronto, irmãos! Hoje ficamos por aqui. E vocês – eu disse olhando para as crianças –, não deem trabalho aos seu pais, sim? – elas assentiram, afastando-se. – Gostaria de falar com você – eu disse para o homem que já era como um irmão e que se preparava para sair.

– Comigo?! – perguntou intimidado.

– Sim. Gostaria de saber como está se recuperando das feridas.

– Graças aos cuidados da menina Maria, tenho me recuperado bem.

– Fico contente.

Ele fitou-me com a curiosidade asfixiante que o atormentava.

– Você se lembra de mim? – perguntou, finalmente.

– Claro que sim! Você era carcereiro quando fui presa.

— E mesmo assim trata-me como um irmão?
— Por que não? Você é meu irmão.
— Não a compreendo! Depois de tudo aquilo por que passou...
Sorri-lhe.
— Acha então que eu deveria ter ódio de você, é isso?
— Sim — respondeu levemente embaraçado.
— Mas esses não são os ensinamentos que Cristo nos propôs. Ele disse para amarmos os nossos inimigos, embora não o veja como um inimigo, e para perdoarmos aqueles que nos ofendem, embora não me considere nem me sinta ofendida — aproximei-me um pouco mais, encarando-o. — O que vê em meus olhos?
— Como assim?! — perguntou, confuso.
— Olhe bem fundo em meus olhos e diga aquilo que vê.
— Vejo... o meu reflexo?
— Exatamente. Nos meus olhos está o seu reflexo e nos seus, o meu. O que acha que significa isso?
— Não sei...
— Esforce-se um pouco.
— Que... talvez... eu exista dentro de você?
Sorri-lhe uma vez mais.
— Fico feliz por ter compreendido. É isso mesmo. Todos nós existimos na consciência de cada um e, por isso mesmo, ignorar alguém por ódio é ignorar uma parte de nós mesmos. Como poderia não amá-lo se todos somos um só?
Ele retribuiu e sorriu, compreendendo.
— Ainda bem que não ignorei o sonho que tive no mesmo dia em que lhe mandei para a cela reservada aos cidadãos romanos.
— E que sonho foi esse? — perguntei.
— Eu caminhava por uma planície, encontrando um homem que ordenhava uma ovelha. Ele disse-me que a jovem que eu tinha enviado para a cela reservada aos cidadãos romanos um dia salvaria minha vida.

— Foi então por isso que nunca mais me chamou?
— Sim. Sempre fui uma pessoa supersticiosa.
— Se foi abençoado com esse sonho, então é porque Deus quer algo mais de você. Esteja atento. Novos caminhos poderão surgir. Não os ignore.

Ele saiu satisfeito e confortado com as palavras que partilhei. Novos caminhos se anunciavam diante dele. Caminhos que apenas o tempo poderia amadurecer na certeza de os ter lançado como prova a uma vontade que aos poucos iria despertar na sua consciência, agora em paz.

No dia seguinte, o bispo dirigia a missa quando um homem entrou na igreja correndo.

— Como se atreve a me interromper? – ele gritou, furioso.
— Irmãos! – exclamou o homem, tentando recuperar o fôlego, e elevando os braços em sinal de agradecimento. – A rainha Zenóbia rendeu-se a Aureliano.

O bispo, perante aquela notícia que o desfavorecia, caiu sobre os joelhos, cobrindo o rosto com as mãos.

— Já não temos que obedecer aos caprichos do bispo – insistiu o mesmo homem, tentando incendiar a igreja com as suas palavras repletas de ódio. – Podemos expulsá-lo, se não, mesmo linchá-lo.
— Sim. Vamos fazê-lo pagar por tudo aquilo que nos fez passar – disse um outro irmão enquanto caminhava na direção do bispo.

Coloquei-me entre ambos, encarando todos.

— Mas, afinal, o que passa aqui? Não estou lhes reconhecendo! Querem linchá-lo?! Onde está o amor que Cristo nos ensinou, o perdão? Lembrem-se das suas palavras quando a população se preparava para linchar uma mulher adúltera: "Aquele que de entre vós não tiver pecados, que atire a primeira pedra...". Será que existem santos nesta igreja?

O tom da minha voz era desafiador, embora não fosse intencional.

— É verdade que ele fez muitas coisas erradas, todos sabemos disso, mas não nos cabe julgá-lo. Deus se encarregará disso. A vocês, compete perdoar e amá-lo, apesar de tudo. Só assim poderão aspirar ao céu que nos foi prometido por Cristo — e todos saíram da igreja de cabeça baixa.

Ajudei o bispo a se levantar, caminhando com ele até seus aposentos.

— Obrigado, irmã.

— Não me agradeça, mas sim a Deus. — a expressão dele estava triste e o olhar umedecido. — O que vai fazer agora?

— Talvez parta para a minha aldeia, não sei...

— Sim. Acho que é o melhor a fazer. Se Aureliano chegar e o encontrar, certamente o prenderá.

— Eu sei.

— Eu o ajudo a partir.

Ele encarou-me.

— A tratei tão mal nestes últimos tempos. Talvez por inveja, não sei. Sempre fora mais respeitada que eu.

— Não se preocupe com isso.

— Se fosse permitido por Roma, acho que deveriam elegê-la bispo desta comunidade.

— Não tenho tais pretensões.

— Eu sei. É uma verdadeira cristã: humilde e caridosa. Tudo aquilo que eu nunca fui.

— Ainda há tempo de ser.

— Não creio, irmã. Já estou velho e cansado.

— Deixe Deus ajudá-lo.

— Seja como for, já não me resta muito tempo.

Ele fez a trouxa, deixando para trás todas as riquezas, o que era um sinal que algo nele estava mudando. Ajudei-o depois a partir rumo à sua aldeia, acompanhando-o até os portões da cidade para que ninguém o retaliasse por tudo aquilo que tinha feito. E lá partiu, diante do sol que se punha. Um sol que me falava de um lugar

perdido no espaço, despertando em mim cada momento dos tempos em que apenas uma parede separava eu e Dionísio.
– Quantas saudades, Dionísio!
E o meu sorriso molhado apagou o sol, que desapareceu, levando-me rumo a minha casa. Quando cheguei, encontrei Maria à entrada do portão.
– Mãe! Disseram-me que o bispo foi expulso, é verdade?
– Não foi expulso, filha. Apenas resolveu partir.
– Contaram-me que as pessoas queriam linchá-lo.
– Sim, mas eu não deixei. Seria um ato nada cristão, que envergonharia todos nós.
Assim que entramos em casa, desloquei-me para o quarto, rezando a noite inteira pela pacificação da comunidade. Não queria que o ódio pusesse a perder tudo o que tínhamos construído ao longo de muitos anos.
No dia seguinte, após o café da manhã, alguém bateu à porta.
– Sofia! – eu disse admirada.
– Ainda se lembra de mim?
– Claro que me lembro.
– Vim visitá-la – ela disse, sorrindo.
– Entre! Como tem passado?
– Bem. E você?
– Também – sorri-lhe. – Venha! Vamos até ao jardim.
– Espero não tomar muito do seu tempo.
– O que é isso, Sofia? Claro que não! Só lhe peço para não me tratar de um modo tão formal – ela sorriu.
Tinha conhecido na prisão e a encontrando um ano depois, à saída. O seu rosto mostrava a idade que o tempo foi esculpindo, revelando um olhar que, apesar de tudo, se mantinha confiante e seguro como naqueles tempos. Já no jardim, sentamo-nos num dos bancos que estava virado para a pequena fonte, onde a sombra de uma laranjeira nos protegia do sol que aos poucos ia aquecendo o ar da manhã.

– Como está a comunidade de Antioquia? – ela perguntou com um sorriso suave e doce.
– Próspera.
– Lá também. Temos cada vez mais fiéis.
– É bom saber disso, Sofia. Significa que as palavras de Cristo estão chegando ao coração das pessoas.
– E o Dionísio, como ele está?
– O Dionísio?! – perguntei, perplexa. – De que Dionísio está falando?
– Ele não conseguiu encontrá-lo? – o seu rosto fechou-se num olhar umedecido. – Pensei que estivessem juntos.
Ela levantou-se, aproximando-se da fonte.
– O que está acontecendo, Sofia? – perguntei, indo ao seu lado. Percebi que escondia as lágrimas que lhe cobriam o rosto. – Por que está chorando?
– Julguei que estivessem juntos... assim tudo deixa de ter sentido.
– Mas o que quer dizer com isso? – estava confusa. – E como sabe do Dionísio? Eu nunca falei dele.
– É que o encontrei quando deixei a prisão – ela limpou as lágrimas.
– Encontrou-o?! – o meu coração acelerou bruscamente com a emoção daquele momento inesperado. – É melhor contar essa história desde o princípio.
Sentamo-nos no mesmo banco. O seu rosto umedecido revelava uma tristeza tão profunda quanto aquela que senti no dia em que compreendi que nunca mais o veria.
– Lembra do dia em que saímos da prisão? – ela perguntou.
– Sim. Conversamos durante alguns minutos e depois você partiu.
– Momentos depois encontrei-o, caído numa rua.
– Verdade? – estava estupefata com tudo aquilo que ela me contava. – O que tinha acontecido?
– Foi espancado por julgarem que era cristão.
– Foi então essa a razão do nosso desencontro... – conclui.

— Sim, Sara. E nem sabe o quanto lhe custou. Doeu-lhe mais que as feridas que sangravam.

— E depois, o que aconteceu? – perguntei, impaciente.

— Quando o recolhi, ainda não tinha relacionado ele à pessoa, até que, em determinado momento, já depois de estarmos a caminho de Cesareia, ele fez questão de olhar o sol, dizendo-me que se sentia amputado da parte que mais amava de si mesmo. Lembra-se de ter me dito o mesmo?

— Sim – respondi com olhos cintilantes. — E fico feliz por saber que ele também o disse.

— Com o tempo, acabei por me apaixonar por ele. Foram três anos de convívio constante, mas você estava sempre presente. Era a razão de tudo e apenas por você a vida fazia sentido. Foi então que o aconselhei a partir à sua procura. Sabia que essa era a minha missão; estar junto dele para confortá-lo da perda que sentia. Mas agora vejo que ele não te encontrou... é como se... se tudo tivesse sido em vão...

As suas lágrimas, escorrendo de um olhar saudoso e distante fizeram-me ver nela a minha própria imagem. Parecíamos duas patetas de expressão trêmula e olhar ensopado. Acabei por abraçá-la, consolando-a e ao mesmo tempo procurando consolo.

— Mas se ele veio à minha procura, o que terá acontecido? – perguntei momentos depois, enxugando as lágrimas.

— Parece que o destino não quer ajudá-la.

— E você poderia ter sido feliz com ele!

— Não, Sara. Ele nunca seria capaz de te esquecer. Todos os dias subia o pequeno monte junto à nossa casa para observar o pôr do sol – sorriu. – É verdade. Ficava ali sozinho, olhando para a única imagem que tinha de você. Era um amor impossível de ser destronado... aliás, nem sequer me atrevi a tal. Até porque esse amor que sentia por ele com o tempo foi se transformando em algo mais maternal... não sei explicar muito bem... era como se desejasse apenas sua felicidade, tal como uma mãe que deseja a felicidade de um filho.

– E o que será que aconteceu com ele?
– Não sei. Desde o dia em que partiu nunca mais tive notícias suas.
– Eu sinto que ele está bem, embora às vezes me interrogue se essas sensações não são provocadas pelo desejo de o sentir próximo a mim.
– Não, Sara. Eu acompanhei-o de perto durante três anos. Sei que esse sentimento é único, capaz de comunicar à distância.

Como aquelas palavras me inspiravam!

– Vem, Sofia – disse, pegando-lhe na mão. – Quero mostrar o trabalho que estamos fazendo na nossa comunidade.

Saímos rumo à igreja, caminhando pelas ruas estreitas que cruzavam o bairro cristão. Quando chegamos, fomos ao encontro de Maria.

– Esta é minha filha.
– Sua filha?! Não sabia que tinha uma filha – cumprimentaram-se com o ósculo santo. – E já com esta idade!
– É verdade. Ela tinha três anos quando fui presa.
– É um prazer conhecê-la – disse Maria, afastando-se na pressa dos seus afazeres.
– É linda, não é?
– Sim, é muito bonita. E quem é o pai?

Sorri perante a pergunta.

– Ela é adotada. Encontrei-a sozinha na rua depois de seus pais terem sido levados pelos soldados... Ou então considera o Dionísio como o seu pai.
– Sim, Sara. Acho que é o melhor pai que lhe poderia arranjar, embora o mais provável é que ela nunca o conheça.
– Só Deus sabe – retorqui. – Mas deixe-me lhe mostrar o resto da igreja.

Sofia passou vários dias conosco, ajudando nas tarefas rotineiras da comunidade, mas logo teve que partir. Nessa mesma tarde, depois que ela nos deixou, encontrei o nosso mais recente irmão junto a porta da igreja.

– Poderia falar com você, irmã?
– Também irá embora?
– Sim. Mas não queria partir sem agradecer.
– Não tem o que agradecer.
– Gostaria também de partilhar o sonho que tive esta noite, que não consigo compreender.
– E como foi esse sonho?
– Foi muito semelhante àquele que tive anos antes, só que agora era eu quem ordenhava a ovelha. Entende o significado?
– Sim. Mas deixe que o tempo lhe dê testemunho das razões desse sonho.
– São pelo menos coisas boas?
– Ah, sim! – sorri-lhe. – Muito boas.

E partiu. Senti-me então ser transportada para um outro lugar. Por momentos, tive a sensação de me encontrar num jardim; um jardim florido, com abundância de cores e a frescura dos regatos e lagos. Ele caminhava de costas viradas, afastando-se sobre um caminho de pedra calcetada. Maria, com três anos de idade, aproximou-se de mim, deixando os pássaros de penas exuberantes que passeavam pelo jardim.

– Mãe!
– Sim, querida.
– Ele vai voltar?
– Sim. Ele prometeu.
– Fui eu que cuidei das feridas dele, sabia?

As imagens desapareceram, trazendo-me de volta ao tempo presente. O que significaria tudo aquilo? Que imagens eram aquelas onde via Maria com três anos de idade? Assim que ele dobrou uma das esquinas, entrei na igreja, não pensando mais no assunto. Tinha toda uma comunidade para ajudar a cuidar e preparativos a fazer para receber o novo bispo.

CAPÍTULO XV (272 d.C.)

Estava há três dias sem comer nem beber, em meditação no deserto. Era ali que conseguia aprofundar o conhecimento de mim mesmo, ouvindo, nos murmúrios areados do vento, a voz contrária de alguém que sempre esteve presente no amor que nunca deixei de sentir. Procurava uma resposta nas entidades que me olhavam de cima, tentando compreender as razões de uma vida ainda incompleta.

Ali estava já há dezoito anos, levado pela mão fraterna do homem que conhecera no Monte das Bem-aventuranças, o mestre naquele lugar. E assim tornei-me membro de uma comunidade asceta de monges cristãos que procuravam, no silêncio dos desertos, o caminho principal de uma existência a todos destinada.

Embora fosse considerado como um irmão, ainda não era cristão. Faltava-me o elo principal de uma corrente que só o tempo poderia prover; o elo de um sentimento que apenas na união de nós dois seria pleno e completo. Mas do cristianismo sabia tudo: cada palavra, cada gesto, cada entoação expressada na vontade de uma fé que me encantava, mas não era cristão, e isso doía-me profundamente. Como eu desejava que uma voz celestial despertasse em mim as razões de uma existência separada em duas partes de uma

só; que um anjo se materializasse diante de mim pela vontade de Deus e me desse testemunho de um destino que eu não compreendia. O sol desaparecia lentamente por detrás das dunas.
– Quantas saudades, Sara!
As lágrimas não chegaram a escorrer, secando nos limites dos meus olhos umedecidos. Recordar tais momentos feria-me numa dor maior que a saudade. Mas tinha que aceitar as razões de um destino que tudo fizera para que assim fosse. Não cabia a mim questioná-lo, mas me conformar com uma vontade maior que a minha, à qual me resignava, embora nada soubesse das razões que a motivavam.

No dia seguinte, mal o sol se ergueu atrás de mim parti rumo ao canto do deserto, onde a comunidade tinha se instalado. Os meus pés afundavam-se na areia quente, dificultando aquela caminhada de muitos anos à procura de um anjo que tudo me revelasse. Atrás de mim, o vento cobria as pegadas que eu deixava pelo esforço do andar, mostrando-me, de uma forma sábia, que não havia passado para onde retornar.

O espaço da comunidade tinha sido escavado numa rocha, formando galerias e pequenos santuários. Ali vivíamos isolados da civilização, rezando pela salvação dos homens. Vários discípulos chegavam na regularidade de uma fé crescente, desejosos de se juntarem a nós como eremitas do deserto. Acreditavam que se saíssem vitoriosos das provações físicas e espirituais de uma vida asceta, seriam abençoados com o dom de falar diretamente com Deus. E estavam certos. Era esse dom que eu procurava nos jejuns que fazia e nas meditações que realizava diariamente.

Quando cheguei, um dos monges dirigiu-se a mim:
– Como se sente, irmão Dionísio?
– Bem. Já estou habituado a essas caminhadas.
– E conseguiu se comunicar com Deus?
– Ainda não. Mas um dia conseguirei.

Caminhei com ele até a cela onde comíamos, olhando, depois de me sentar no chão, o horizonte que se alongava pela abertura que servia de janela. Ele foi buscar a comida e me entregou, deixando-me com aquela refeição feita de tâmaras, raízes secas e gafanhotos.

Enquanto comia, não pude deixar de pensar em Sara, materializando, como por magia, cada som, cada gesto, cada sorriso partilhado. Ali, sentado de olhos nas nuvens, tentava imaginar um rosto que não conhecia, uma expressão que ignorava. Aqueles anos que ali passara foram todos à procura de uma resposta que confirmasse a predestinação do nosso amor. Mas a distância parecia negar essa evidência.

Quando terminei de comer, recolhi-me aos aposentos, meditando todo o dia. Esperava que uma luz se acendesse na minha consciência, como farol em águas turbulentas, revelando-me o caminho que me levasse de volta a ela e a mim mesmo.

Nessa mesma noite, sonhei com uma casa no alto de um monte, vendo, dentro dela, uma criança que chorava enrolada no seu corpo frágil. Aquele era um sonho que se repetia constantemente, confundindo-me com as imagens estranhas e a razão por detrás das mesmas.

– Por que chora? – perguntei à criança.

– A minha mãe abandonou-me – respondeu com lágrimas nos olhos.

– E para onde foi sua mãe?

– Foi com a pomba branca que a levou.

Depois, a imagem da criança desaparecia no brilho incandescente de uma luz que tudo preenchia, revelando dois jovens que se abraçavam junto a um lago. Ela surgia então dentro de uma bola de luz que se aproximava, fundindo-se no ventre da mulher...

Na manhã seguinte, a noite ainda floria o céu com os seus botões de estrelas, já eu acordava cheio de energia. Era a minha vez de ir buscar água no oásis a uma caminhada de várias horas, fornecendo à comunidade água necessária à sua subsistência. E o dia surgiu por entre as dunas, cobrindo a noite com a tonalidade crescente do azul que despertava. Alguns monges deixavam suas celas com a aurora, divergindo para o deserto onde iam rezar por toda a humanidade.

    Preparei um jumento para a viagem, colocando sobre os alforjes duas enormes vasilhas de barro. Depois, parti com o animal pela mão, atravessando o deserto que parecia esconder o oásis como desafio à persistência de uma caminhada que se avizinhava longa e penosa. E o sol despertou por entre as sombras que se alongavam em serpenteados de areia, dando voz ao vento que soprava na solidão dos desertos. Iria demorar um dia inteiro naquela viagem, que realizava regularmente como uma das tarefas que repartíamos, levando água para o dia seguinte.

    Quando o sol atingiu o ponto mais alto, aquecendo-me o corpo, e o suor escorria pelo rosto queimado, avistei finalmente o oásis. Ali, diante dos contornos pouco expressivos de um verde pálido, brotava a água que sustentava aquele lugar feito paraíso, dando voz à natureza que ali brotava com a luxúria provocante de uma realidade excessivamente prepotente com o deserto circundante.

    Chegado ao oásis, repararei a presença de um monge vindo de outra comunidade.

    – Bom dia, irmão – cumprimentei, sorrindo.
    – Bom dia.
    – Nunca o vi por aqui.
    – Sim, é verdade. É a primeira vez que faço esta viagem.
    – É então novo na comunidade que o acolheu, é isso?
    – Sim. Cheguei recentemente de Antioquia.
    – De Antioquia?! – lembrei-me logo da Sara. – E como está a cidade?
    – Após a vitória de Aureliano, as coisas parecem ter melhorado.
    – E o que fez procurar o deserto?
    – Vim motivado pela história de um santo homem que dizem existir por aqui.

– Nunca ouvi falar em tal pessoa. Qual é o seu nome?
– Chama-se Paulo de Tebas. Fugiu durante as perseguições de Décio, refugiando-se numa gruta em algum lugar no deserto, onde vive como eremita. Dizem que uma fonte o abastece de água, enquanto um corvo lhe leva todos os dias metade de um pão. Pelo menos, essa é a história que me contaram.
– Desconhecia essa história – disse com curiosidade crescente. – E onde fica essa gruta?
– Ninguém sabe ao certo. Mas dizem que quem encontrar esse homem será abençoado por Deus.

Aquela história aguçou minha curiosidade. Talvez esse santo homem pudesse elucidar-me sobre as razões do meu destino. Ajudei aquele irmão a carregar o seu jumento, sendo ajudado por ele logo em seguida. Antes de partir, fiz ainda uma refeição de raízes e tâmaras, despedindo-me daquele jovem asceta.

Tinha ainda meio dia de caminhada que se alongaria com o fardo pesado que o pobre jumento carregava. Na parte final da viagem, sentei-me no alto de uma duna, contemplando o sol que se punha. A areia adornava-se com os sombreados que a luz dourada realçava, deificando a paisagem. Ali, apenas o vento se atrevia a marcar passagem, fazendo chegar até mim as palavras que dela recordava.

Mais uma vez o som da sua voz fez-se ouvir na minha consciência. Naqueles momentos, que o tempo repetia na cadência da sua natureza, Sara tornava-se presente como se tivesse encarnado o próprio sol. Olhar para aquele disco dourado era vislumbrar um rosto que eu apenas podia imaginar.

Fiz o resto do percurso sob a luz branca de uma lua crescente, chegando à comunidade já de noite. Apenas as chamas de uma fogueira de sinalização marcavam presença sobre a escuridão. Alguns monges saíram ao meu encontro assim que cheguei, retirando as pesadas vasilhas que levaram para o interior da rocha. Depois de dar repouso ao jumento, recolhi-me aos aposentos, meditando antes de adormecer.

Murmúrios de um tempo anunciado

Na manhã seguinte, fui recebido pelo ancião. Um mestre para todos nós, pois na idade que o tempo delineara em seu rosto muita sabedoria tinha acumulado.
– Mestre! Vim consultar-me com você.
– Em que posso ajudar, irmão Dionísio?
Sentei-me diante dele.
– Ontem, quando fui buscar água para a comunidade, encontrei um jovem asceta que me falou de um homem sábio de nome Paulo de Tebas. O que sabe sobre esse homem?
– Sei que é um homem santo que habita uma gruta no meio do deserto. Passou pela nossa comunidade anos antes de ter chegado, fugindo dos romanos que o perseguiam.
– E como posso encontrá-lo?
– Se deseja verdadeiramente encontrá-lo, terá que seguir a voz da sua consciência, motivando-a com a fé que for capaz de expressar.
Agradeci, deixando o mestre com suas meditações. Se era apenas fé que necessitava para encontrar esse santo homem, então nada poderia me desmotivar nessa procura, pois fé era tudo aquilo que eu tinha. Parti então pelo deserto. Nada sabia do lugar onde se encontrava essa gruta, no entanto, não parei um único momento para questionar sobre quais caminhos tomar. Só o pôr do sol era capaz de conter os meus passos, mas logo eu partia, com a certeza de tudo encontrar.
E os dias sucederam-se ao ritmo sonolento de um lugar que nunca mudava a paisagem, dificultando aquela caminhada longa que aos poucos se tornava pesada e cansativa. Mas eu não podia parar! Tinha que continuar esforçando o meu corpo, que parecia querer abandonar-me, reforçando a vontade de chegar ao lugar que me propus alcançar. Foi então que se levantou uma violenta tempestade de areia, deitando-me por terra. Já não tinha forças para continuar. Naquele momento sofrido, enquanto a morte se pronunciava como abutre em campo destroçado, apenas a imagem de Sara se fez presente.

– Amo-te – disse num esforço que quase me sufocou. – Esperar-te-ei do outro lado.

E logo desmaiei, mergulhando na escuridão de uma mente delirante. Vi-me então ser levado nos braços de areia que o vento soprava, observando um oásis onde alguém me esperava. Compreendi que era Sara, embora o seu rosto estivesse coberto por uma névoa espessa que o ocultava de mim. Os seus braços estavam abertos para me receber, mas a distância era impossível de transpor. O vento parecia querer forçar o nosso encontro, mas nada conseguia perante a força de um destino determinado.

Vi-me então num cais, olhando para ela que partia num barco rumo ao pôr do sol, mas logo depois, num instante tão pequeno quanto o piscar de olhos, estava dentro do barco a olhar para o vulto que se tornava pequeno no cais e que eu sabia ser eu próprio. Quando deixei o seu corpo, pude observá-la a um palmo de distância. A névoa dissipava-se lentamente, revelando o rosto. E qual não foi o meu espanto quando reparei que o rosto que tanto desejava conhecer era o meu... naquele momento mágico, quando eu me tornei ela e ela, eu próprio, um sentimento maior despertou na minha consciência.

Eu era o barco e o cais, a água e o vento. Em nós nada nos distinguia, pois éramos um só. Uma entidade perfeita em harmonia com um universo criado por Deus e a Ele unificado. Acabei por despertar, libertando-me da areia que parecia querer sepultar-me. Com algum esforço, virei-me de costas, olhando o céu. A tempestade tinha desaparecido, e eu retornava aquela caminhada na certeza de a completar.

Na minha frente erguia-se agora uma pequena rocha, cercada por uma vegetação rasteira. Sem que as pernas pesassem sob o esforço de uma longa viagem, dirigi-me para a rocha com a certeza de estar no lugar certo. Depois de a contornar, avistei o homem que diziam ser santo. Ele estava junto da gruta, meditando na tranquilidade do ambiente que o cercava. Apenas o som da água que brotava da fonte se fazia ouvir.

— Como vai, Dionísio? — ele perguntou assim que me aproximei.

— Sabe o meu nome? — perguntei, surpreso.

— Claro que sim! Não estava me procurando?

E bastou um olhar seu para que a minha consciência ficasse pacificada. Era sem dúvida um homem santo.

— Vim lhe procurar para saber das razões do meu destino, mas agora já nada desejo saber.

— Eu sei. O sonho que teve o ajudou a compreender um pouco da natureza divina que habita a consciência de todos os homens.

— É verdade. Já não sinto a necessidade de procurar razões para o meu destino.

— Fico feliz que assim seja, caro irmão. É que embora o destino nos pareça por vezes traiçoeiro, as suas razões são sempre as melhores.

Baixei os olhos.

— Mas mesmo assim é difícil suportar a distância.

— Temos que dar voz à nossa consciência para que as distâncias sejam anuladas.

— E como faço isso?

— Através do silêncio.

— Do silêncio?!

— Sim, Dionísio. O silêncio é a voz da eternidade.

Ele levantou-se, desaparecendo no interior da gruta. Sentia agora uma paz e uma leveza difícil de explicar, já que sabia que Sara estaria em mim para sempre; que nada poderia nos separar. Nada!

CAPÍTULO XVI

No dia seguinte, acordei no meio de um nevoeiro espesso e úmido. O frio gelava a vegetação em uma geada que cobria a paisagem, queimando a erva rasteira. Com o despertar do sol, por entre a névoa que se dissipava, o gelo foi derretendo em pequenas gotas escorridas. Dentre as pedras, retirei o carvão molhado do jantar, colocando lenha seca que guardara na tenda. Peguei depois a garrafa de água vazia, enchendo-a nas margens do lago. Verti a água para dentro de um pequeno tacho de alumínio, preparando um chá com a salva-brava que apanhara nos morros.

Depois de ter terminado aquela pequena refeição, arrumei tudo dentro da tenda, subindo pelo monte contrário à casa de madeira. Lá no alto, sentei-me na ponta de uma falésia, abraçado aos joelhos e com o olhar perdido no horizonte. Os meus cabelos dançavam sob a brisa fresca que vinha desde o lago, acentuando a expressão nostálgica que cobria todo o meu rosto.

Quando me deixava levar por essas memórias, mergulhava sempre naquele estado de suspensão. Era como se tudo parasse para que eu pudesse recordar o passado sem perder um único momento do presente. Mas como podia recordar aquilo que ignorava? Aos poucos ia me identificando cada vez menos com as coisas daquele mundo. Eu era agora o pássaro que vi voar para um ninho no alto de um penhasco. Era o coelho que corria com as suas crias pelo meio do mato, fugindo da cobra que também fazia parte de mim. Era a erva que crescia rasteira da terra vermelha. Era os arbustos que cobriam a encosta com um cheiro agreste e as árvores que se espreguiçavam no vento que eu lhes soprava. Era tudo aquilo e isso me fazia sentir pleno num mundo que sempre me ensinara que eu nada era perante a imensidão do universo. Como esse mundo estava errado... eu era o próprio universo!

Quando o sol atingiu o ponto mais alto, regressei à tenda, preparando uma refeição rápida. Minutos depois, enquanto lavava o tacho nas águas do lago, alguém se aproximou de mim.

– Espero não incomodá-lo.

– Claro que não incomoda – disse, fixando o seu rosto sorridente. – É sempre bom falar com alguém de vez em quando.

O meu estômago pareceu gelar assim que os meus olhos pousaram sobre os dela. Como ela era linda! E não era pelos contornos do rosto, pela disposição dos olhos e do nariz sobre uma boca de linhas suaves... Não! Era mais que tudo isso. Era uma beleza que me trespassou devido a profundidade do seu olhar, devido a força que nele reconheci e que me arrepiou por completo.

– É tão raro encontrar pessoas por aqui, não resisti.

– E o que faz sozinha por estas paragens? – perguntei.

Pude finalmente respirar, controlando a emoção que fizera disparar o coração de tal forma que se notava no tremelicar da mão que segurava o tacho.

– O mesmo que você, julgo eu! – ela retribuiu o sorriso.

– Eu vim fugindo da civilização.

– Eu também. Moro naquela casa lá em cima.

Ela apontou.

– E por que escolheu este lugar? – perguntei, olhando para o tacho.

– Que outro lugar se não este para nos esquecermos do mundo? Como lhe dava razão.
– Sim, é verdade – parei de lavar, olhando o horizonte. – Gosto muito de caminhar por estes montes, de poder ouvir a voz da minha consciência nos murmúrios que a natureza me inspira. Acho que sou um solitário por vocação.
– Vou deixá-lo terminar a sua atividade. Não quero atrapalhar.
– Qual é o seu nome? – perguntei.
– Vera!
– Eu me chamo João e prometo ser breve – sorri-lhe.
Ela afastou-se, caminhando até junto da tenda de mãos atrás das costas. Momentos depois aproximei-me, pedindo desculpas pela demora.
Agachei-me então junto ao manto onde me sentava, entregando-lhe o livro que estava sobre ele para que pudesse desdobrá-lo e arranjar espaço para ambos sentarmos.
– Obrigada! – ela agradeceu sentando-se a meu lado com o livro na mão.
Tudo nela me era familiar. Mais que um rosto, que uma voz; mais que uma postura ou um gesto... era a sua presença por inteiro que me preenchia com uma emoção difícil de controlar; uma silhueta que vinha da alma e que me fazia ver nela a minha própria imagem.
– *O Evangelho de Maria*, traduzido por Jean-Yves Leloup – ela leu em voz alta a capa do livro. – Vejo que se interessa por Maria Madalena.
– Achei interessante o tema, mas fiquei um pouco desapontado com o fato de o Evangelho cobrir apenas algumas páginas do livro. Eu pensei que fosse o livro inteiro.
– O chamado *Evangelho de Maria* – ela disse, assumindo uma postura mais formal – é um texto pequeno, sendo que dez das dezenove páginas estão perdidas.

– E qual é a sua origem? – perguntei interessado, percebendo que ela sabia do assunto.

– É um texto provavelmente do século II ou III, encontrado no Egito, que faz parte dos denominados *Códices de Berlim*, juntamente com os *Apócrifos de João* e outros textos. A principal personagem do *Evangelho* é Maria. Muitos ainda não têm a certeza se ela é Madalena. Para mim, não há dúvida alguma que é, tanto pelo fato de ser referenciada várias vezes no texto como "discípula amada", como pelo conteúdo.

– O texto é muito interessante, pois mostra uma superioridade de Maria sobre os outros discípulos. E isso é algo completamente diferente da imagem católica que temos dela – disse entusiasmado com a conversa e fascinado com a explicação dela.

– Ela apresenta-se nesse texto como a portadora da Gnose, sendo a única que recebeu determinados ensinamentos de Jesus. E, como tal, tem uma autoridade inquestionável sobre os demais discípulos, apesar de que, também nesse texto, Pedro e os outros não aceitem de bom grado a sua sobrepujança sobre o grupo. É ela que envia os apóstolos para o mundo, representando novamente a consciência interior de cada um deles, lembrando a todos as palavras do Cristo para que pregassem o Seu Evangelho. Para muitos, ela é, além da Apóstola dos Apóstolos, a Companheira do Cristo, a Centelha Anímica dentro de nós, que anseia pela sua reunião como o Salvador.

– E como justificar a visão da prostituta que é passada pela igreja atual? – perguntei.

– Alguns estudiosos veem o Papa Gregório, em cujo pontificado a Inglaterra foi convertida ao cristianismo, como o responsável por essa imagem, por ter utilizado esse conceito como forma de justificar o trabalho da Igreja nesses países e como forma de mostrar que as mazelas do mundo eram causadas pelos pecados dos homens. Dessa maneira, apenas a Igreja Católica de Roma seria a portadora da salvação.

"Foi em um sermão seu para o povo de Roma, que passava por enormes dificuldades devido à fome, à guerra e à peste, que ele utilizou o exemplo de Maria Madalena como a prostituta que se arrependeu, e só por isso foi curada, passando o resto da vida em penitência. Foi também nesse sermão que Gregório pontificou que Maria Madalena, Maria de Betânia e a pecadora de Lucas eram a mesma mulher, quando na verdade são mulheres diferentes.

"Maria Madalena nunca foi prostituta, pelo contrário. Além da companheira de Jesus, de quem era esposa e com quem teve uma filha, ela teve um papel que muito poucos conhecem."

– E que papel foi esse?

– Para os gnósticos, ela é a discípula que ama o mestre acima de tudo e é a testemunha da Sua Ressurreição, sendo a portadora da Boa-Nova. Por isso, ela pode ser considerada a primeira Apóstola. Também dentro da tradição gnóstica ela possui um papel de suma importância como transmissora da Gnose, como portadora da Luz e como símbolo do verdadeiro adepto.

"Para muitas seitas cristãs originais, Maria Madalena era uma Mestra e seus ensinamentos oralmente transmitidos. Por ter sido escolhida como a mensageira da Ressurreição para os discípulos, representa o fato de que apenas pela Alma eles poderiam receber o Evangelho. Como figura feminina arquetípica, ela representa a recuperação da via feminina, ou da Sofia, como forma de reintegração à Divindade. O Cristo passa a nascer, não mais numa alma concebida virgem, mas em toda a alma que se purifique e que se torne virgem.

"Conforme dizia Gustav Jung, a encarnação de Deus na humanidade envolve a elevação do princípio feminino e seu retorno ao *status* divino ou semidivino. Nesse contexto, a Virgem Maria e Maria Madalena representam os dois aspectos encarnados pela Sofia dos Gnósticos, para que o Cristo pudesse se manifestar na matéria e na alma de todos os homens: a mãe do Cristo e a noiva do Cristo. A

Virgem Maria e Maria Madalena representam então a possibilidade de restauração do ser andrógino original.

"Maria Madalena é a discípula que mais interroga o Mestre, é a que melhor compreende seus ensinamentos e é em quem Ele deposita a maior confiança e amor. Ela é considerada pelos gnósticos o protótipo do perfeito adepto. Ela amava Cristo sobre todas as coisas, tinha Fé, foi a testemunha de sua Ressurreição e tinha uma capacidade plena para receber a Gnose ou o Conhecimento Divino.

"Através do arquétipo feminino que Maria representa, a Alma é plena para receber a Gnose Divina. Maria Madalena também ascendeu aos céus, segundo essa corrente, levada pelos Anjos até sua morada junto ao Cristo. Tanto ela como a Virgem Maria são a Eva redimida, e novamente o ser andrógino original tem a possibilidade de se tornar Uno. Ela é descrita, então, como "aquela que vê", que é capaz de discernir a Luz no escuro, e que é a Companheira de Jesus, sua Consorte. É a Sofia Celeste, que, por meio do casamento alquímico, é capaz de transmutar seu corpo material em um corpo de glória e que é preparada pela Gnose para ascender ao Reino Eterno."

Estava encantado com o seu conhecimento, com a forma tranquila, serena e precisa de expressá-lo.

– Vejo que é uma estudiosa de Madalena – disse sorrindo.

– Sou mais que isso – ela pousou o livro sobre o manto.

– Considero-me uma discípula direta da linhagem que ela representa.

– E que linhagem é essa?

Ela semicerrou os olhos, ficando em silêncio. Respeitei, perguntando em seguida:

– Até agora, Vera, me falou daquilo que algumas correntes espirituais e alguns estudiosos pensam sobre Madalena, mas qual é exatamente o seu pensamento sobre ela, já que se considera sua discípula?

– Ah! Isso é outra história – ela sorriu.

– Gostaria muito de conhecer essa história.

– Vejo que ficou curioso... Ótimo! – gargalhou. –Isso significa que se convidá-lo para almoçar amanhã em minha casa você não recusará.
Gargalhei de volta.
– Não recusaria de jeito nenhum.
Ficamos por alguns momentos em silêncio, olhando o lago. Havia uma serenidade no ar, um fluir com a vida como nunca antes tinha experimentado e isso era algo que ela inspirava em mim.
– Gostaria de saber um pouco sobre você, João – disse, finalmente.
– E o que gostaria de saber sobre mim?
– Um pouco de tudo.
– Nem sei por onde começar. Posso dizer, por exemplo, que abandonei o curso de Filosofia pela metade.
– E por quê?
– Não sei muito bem. Talvez tivesse compreendido que não era ali que iria encontrar a verdade.
– E que verdade é essa que procurava?
– Acho que aquilo que procurava era um caminho que me levasse a Deus. Como sempre fui ateu, tentei procurar esse caminho, de uma forma inconsciente, na filosofia e na ciência. Mas algo mudou em mim, o que me fez deixar tudo isso. Aos poucos fui me deixando seduzir por Deus sem perceber aquilo que estava acontecendo. Era como se fosse a mão anônima que guia um cego anônima.
"Nessa altura comecei a tomar conhecimento dos ensinamentos de muitas religiões e a elas fui moldando o meu pensamento. Só que depois de ser seduzido nessa procura, senti uma ausência que me perturbou. Era como se a mão deixasse de me guiar, lançando-me sobre um caminho do qual nada conhecia. Foram tempos difíceis, pois sentia-me abandonado, confuso... era como se tivesse atravessado o deserto, desconhecendo o rumo que tomara. Mais tarde, no entanto, compreendi que essa travessia tinha sido importante para a solidificação da verdade que em mim acabou por despertar."

Murmúrios de um tempo anunciado

O tempo deslizava sem percebermos. Era como se tivéssemos entrado numa realidade paralela, onde tudo estava em suspensão. Como era estranha aquela sensação que trazia consigo uma profunda paz.

– Ainda não sei nada de você – disse, finalmente. – Fez faculdade?

– Sim. Fiz o curso de Belas-Artes.

– E pratica?

– Pratico todos os dias, João. Essa foi uma das razões, entre outras, que me fizeram vir morar aqui. Que outro local para pintar do que este lugar magnífico?

– Concordo plenamente.

No fim da tarde, levantamo-nos sincronizados com o sol que se punha, contemplando-o. O seu reflexo distorcia-se sobre o ondular sereno do lago, pintando-o de dourado. Que visão única!

– Reparei que ontem também olhava o sol – ela disse.

– É verdade, Vera. Este é um momento muito especial para mim.

– Para mim, também – ela encarou-me.

O seu olhar acelerou o meu coração, gelando o meu estômago. Desviei.

– E por que é especial para você? – perguntei.

– Não sei. Desde criança me deixo seduzir por essa luz. É como se... se o sol falasse, me acarinhasse... não sei explicar.

– Compreendo o que sente – concordei, sorrindo. – É como se o sol fosse testemunha de algo que não recordo.

Ela assentiu, fixando o seu olhar no disco dourado que lentamente descia sobre o horizonte. Logo que se pôs, olhei-a com um sorriso nos lábios que se tornava constante. Ela retribuiu.

– Tenho que ir, João, se não daqui a pouco não saberei voltar – começou a andar de costas, com os olhos nos meus.

– Gostei muito de conversar com você – eu disse.

– Então amanhã continuaremos. Espero você para almoçar.

– Lá estarei.

E partiu com um sorriso que ficou como uma doce fragrância deixada ao vento, desaparecendo por entre os arbustos da serra.

CAPÍTULO XVII (282 d.C.)

Enquanto os imperadores sucediam-se em assassinatos e traições várias, a comunidade cristã florescia com a força de uma fé difícil de ser calada. Apesar da vitória de Aureliano sobre Zenóbia, dez anos antes, tudo permanecia numa paz que nos tranquilizava. E eram cada vez mais as pessoas que procuravam nas palavras sábias de nosso mestre um caminho que as resgatasse do sofrimento daquele mundo inventado pelos homens.

Estava uma vez mais no topo da muralha ocidental, olhando o sol que se punha. Só desta vez, tal como imagens numa mente delirante, vi-me envolta num nevoeiro denso que tudo cobriu. Parecia que flutuava, por mais absurdo que isso me parecesse. Pude então observar os contornos de uma paisagem campestre e, no alto de um pequeno monte, a forma linear de uma casa feita de madeira. Lá dentro, encontrei um homem e uma mulher. Ele estava deitado numa cama, chamando-a para junto de si.

– Vera! Ajuda-me a levantar.

– Mas você não pode sair da cama, João.

– Você sabe que não tenho mais muito tempo... as dores são difíceis de suportar... ajude-me a caminhar até o alpendre. Quero ver o pôr do sol uma última vez.

Murmúrios de um tempo anunciado

A jovem chorava com emoção profunda por aquele momento tão sofrido. Acabou por ajudá-lo a levantar-se, caminhando com ele até o alpendre que se debruçava sobre o lago e lá embaixo se pintava de dourado. Sentaram-se os dois, aguardando o pôr do sol. Ela estava grávida de vários meses, fato que parecia sustê-la na tristeza que o seu rosto não conseguia esconder.

– Me dê a sua mão, Vera – ele disse com extrema dificuldade.

– Deixe-me senti-la uma última vez.

Estendi a mão, chorando em lágrimas contínuas. Coloquei depois a mão dele sobre o meu ventre, olhando o sol. O mais estranho, no entanto, era sentir aquela dor como minha, pois no seu rosto molhado também estava eu. Quem seriam eles?

O nevoeiro levou-me de novo aos seus braços, transportando-me até um vale de um verde forte e brilhante. Ali encontrei a mesma jovem que caminhava com uma criança pela mão, aproximando-se de outras crianças que as observavam curiosas.

As crianças pareciam deliciadas com a presença de ambas.

– Como é o lugar de onde vem? – perguntou uma delas.

– É um lugar muito triste – disse a mãe baixando os olhos.

– O que é "triste"?

– Triste é um mundo onde as pessoas se matam umas às outras.

– O que é "matam"?

– Matar é tirar a existência de outra pessoa – respondeu a mãe com o olhar sério.

– E por que é que se tira a existência no seu mundo?

– Porque é um mundo doente.

– O que é "doente"?

– Doente é existir com dificuldade.

Aos poucos começava a ver nela mais que uma simples estranha, pois no seu olhar, na sua expressão, existia algo que me era familiar. Quem seria ela?

– As crianças do seu mundo também existem com dificuldade?

– Sim. É um mundo tão doente que grande parte das crianças morre de fome.
– O que é "fome"?
– Fome é não ter o que comer.
– No teu mundo as árvores não dão frutos?
– Dão, sim – ela sorriu.
– Então por que é que as pessoas não comem esses frutos?
– Porque os frutos são apenas de alguns.
Elas pareciam confusas.
– E por que é que aqueles que têm os frutos não os dão aos outros que não os têm?
– Porque são gananciosos e egoístas.
– O que é "egoístas"?
– É querer tudo só para si.
– No seu mundo as pessoas vivem sozinhas? – a menina perguntou, tentando compreender as razões daquele lugar tão estranho para suas mentes puras e inocentes.
– Não. Mas é como se vivessem.
– É um mundo estranho, o seu.
E logo partiram, deixando mãe e filha.
Caminharam então as duas de mãos dadas pelas margens de um lago, circundando-o. Ao fundo, uma casa com a forma de uma esfera cortada pela metade sobressaía na paisagem. Algumas janelas espreitavam para o exterior, refletindo parte da vegetação que a cercava. E foi ali, caminhando em sentido contrário, que ela encontrou o jovem que lhe pedira para ver o pôr do sol.
– Que saudade, João! – abraçou-o com lágrimas nos olhos.
– Sim, Vera. Esta pequena ausência pareceu durar uma eternidade.
– Mas agora estamos juntos – e desfez o abraço, olhando para ele com um sorriso molhado. – E espero que seja para sempre.
– Sim. Será para sempre.
Ele olhou depois para a criança, agachando-se junto a ela.

– Maria? – chamou, sorrindo.
Falariam da minha Maria?
– Me dá um abraço? – ela assentiu, abraçando-o calorosamente.
– Embora nesse outro mundo tenhamos sido pai e filha, aqui somos apenas irmãos.
– Eu sei – ela disse. – Nós somos todos irmãos. A mãe também é irmã da gente, não é?
– É, sim – ele respondeu, beijando-a na testa.
E partiram de volta para casa de mãos dadas com a criança, entre os dois. E nada mais soube... Quando abri os olhos, um soldado tentava me reanimar.
– Está se sentindo bem?
– O que é que aconteceu? – perguntei, confusa e ainda atordoada.
– Não sei. Encontrei-a caída no chão.
Ele ajudou-me a levantar.
– Que coisa mais estranha! Estava olhando o sol e de repente... não sei... devo ter desmaiado.
– Tem certeza de que não precisa de ajuda?
– Não, obrigada. Já estou melhor.
Ele afastou-se, deixando-me com o sol que acabava de se pôr. E logo voltei para casa, confusa com a razão daquele desmaio. Num dado momento, estava olhando o sol, e no momento seguinte o soldado já estava debruçado sobre mim. O que teria acontecido?
O violeta do céu desaparecia lentamente na escuridão de um sol que lá não estava mais, diluindo-se sobre o crepúsculo da noite estrelada. Pelas ruas despidas de gente, apenas o vento brincava com um ruído pouco expressivo, abafando as gargalhadas embriagadas que se ouviam nas tabernas. O cheiro da comida provocava-me fome que, apressando o meu passo no desejo de chegar em casa.
– O que lhe aconteceu, minha mãe? – perguntou Maria logo depois que entrei em casa, reparando na ferida que havia em minha testa.

– Nem eu sei explicar muito bem, filha. Estava na muralha olhando o sol quando desmaiei... devo ter batido a cabeça no chão, não sei.
– Está tudo bem agora?
– Sim. Agora está tudo bem.
– Então, venha. O jantar já está servido.

Sentamo-nos em volta da enorme mesa que se estendia pelo vazio de uma sala despida dos adornos de outrora. Após a morte dos meus pais, vendi tudo aquilo que era supérfluo, investindo o dinheiro nas obras sociais da igreja.

– Está tudo tão silencioso! – eu comentei, olhando a sala.
– Está como sempre esteve desde que o vovô e a vovó morreram, minha mãe.
– É verdade. Mas há dias em que damos mais atenção às coisas. Acho que tenho saudades dos tempos em que a casa estava cheia de vida, repleta de pessoas.
– Foi a mãe quem dispensou os servos.
– Eu sei, filha. Não suportava a ideia de ser senhora de alguém. Todos somos iguais diante de Deus.
– Deixa para lá, minha mãe. Ainda temos a igreja, nossa verdadeira família.
– Fico feliz que pense assim – olhei-a com ternura. – Ainda há tão pouco tempo era uma criança e agora já tem trinta e cinco anos... Como o tempo passa, filha!
– Ainda bem que passa, minha mãe. Não desejaria viver eternamente um mesmo momento.
– Sim. Esse seria o verdadeiro inferno. Assim como viver nesta casa... sinto-me deslocada aqui, não sei... é grande demais para nós duas.
– Há tanto tempo que a ouço dizer isso, minha mãe – ela sorriu. – E até agora ainda não conseguiu desfazer-se dessa casa.
– É verdade, filha. Por um lado, sinto-me mal numa casa tão grande... mas as memórias falam sempre mais alto. Foi aqui que fui acolhida depois de ter sido expulsa pelos meus pais de sangue, sabe?

– O mesmo posso dizer – e sorriu uma vez mais.

– Sim. Quando a vi chorar no alpendre daquela casa, não pude deixar de me colocar em seu lugar, lembrando-me da época em que seus avós me acolheram. Foi a forma mais amorosa de retribuir a bênção que Dele recebi.

E ficamos em silêncio o resto da refeição.

Quando terminamos, despedi-me dela, subindo até os aposentos. A lua cheia iluminava o quarto com a tonalidade azul dos sombreados que dela se escondiam, acentuando o ar nostálgico que me cobria a alma em lágrimas. Fui depois até a varanda, contemplar as estrelas.

Estava tudo tão calmo... Nem um ruído vindo da cidade, que se estendia diante de mim; apenas um silêncio murmurado que tudo parecia querer anunciar. E ao sabor da melodia que as estrelas faziam chegar até mim, deitei-me sobre a cama sem desdobrar os lençóis: assim adormeci.

CAPÍTULO XVIII (282 d.C.)

A areia esvoaçava nos redemoinhos traiçoeiros que o vento soprava no deserto. O ondular dos seus contornos, em vastas dunas que se perdiam à distância, estendia-se para além do horizonte numa pintura de tons quentes, realçando as sombras que davam um ar melancólico àquele lugar sem vida. Para trás, deixara o rasto do meu andar nas marcas pouco profundas daquela caminhada tão particular.

Estava agora sentado sobre a areia quente, no alto de uma duna, de olhos fechados. Já nada procurava na tentativa de justificar a separação forçada entre mim e Sara, pois ela estaria sempre a meu lado. Ali, naquele lugar moldado à imagem das tempestades constantes, apenas os murmúrios que o futuro soprava na promessa de um reencontro conseguiam me tranquilizar, pacificando-me profundamente.

Na imagem dourada do sol, que mergulhava sobre aquele mar vasto de areia, via um rosto de palavras que sempre soube preservar; a expressão de um olhar nunca encontrado, mas que em mim se tornava presente pela força de um sentimento profundo, e cuja voz, manifestada num passado que se prolongava pela eternidade, subjugava o tempo a um único momento. Um momento que despertava na saudade que sempre senti, tornando-se o espaço de uma história ainda por encenar.

Murmúrios de um tempo anunciado

No som do vento, podia sentir os aromas de uma época que tudo parecia querer me revelar. Era como se o sentido do tempo estivesse invertido, revelando-me o futuro e não o passado.

E foi então que me vi envolto num nevoeiro denso. Já não estava no deserto, nem em mim mesmo. Era como se tivesse saído do tempo, tornando-me um ponto consciente no meio do vazio. Ali, como num despertar para mim mesmo, fui delineando contornos que aos poucos se tornavam mais nítidos, vendo-me sobre uma montanha. Lá embaixo, uma casa de madeira sobressaía no alto de um pequeno planalto.

No alpendre da casa, dois jovens encontravam-se sentados, com uma tristeza que senti como minha, embora não os conhecesse. Ele conservava a mão sobre o ventre da jovem, observando o sol que se punha e que tudo refletia nas lágrimas que cobriam os seus rostos molhados. E foi quando o sol se pôs por detrás dos montes que uma parte dele se deslocou na minha direção. Lá embaixo a jovem, grávida de vários meses, chorava convulsivamente, abraçando-o numa dor que me trespassou em lágrimas que não consegui conter.

– Adeus, Vera – ele disse num tom comovido, junto de mim.

– Até que a Vida nos volte a juntar de novo.

E logo mergulhei num tempo de muito sofrimento, vendo o futuro que estava reservado à humanidade. Diante dos meus olhos atônitos, o destino do planeta se traçava. Vi guerras devastadoras que tudo destruíam. Vi pessoas morrendo de fome, de sede, de pestes várias. Ouvi o grito desamparado de populações em pânico, o terror que os seus rostos transfigurados expressavam na ausência de alguém que as pudesse ajudar. Vi cidades, que mais pareciam montanhas, ruírem como areia. Vi o céu cobrir-se de negro, apagando o sol, a lua e as estrelas. Vi a terra fender-se em rios de fogo, os mares subirem em ondas que tudo devastavam. E, quando já nada mais que os destroços havia sobrado, vi o céu clarear sobre a presença de esferas que voavam mais rápido que o vento. Das suas auras veio a luz que fez germinar todo o planeta, destruindo o dragão, que desapareceu como miragem nos olhos de quem não tem mais sede. E foi então que encontrei uma vez mais o jovem que se despedira ao pôr do sol.

Ele caminhava descalço sobre um tapete de erva suave. A cada passo do seu andar solto e firme, a energia daquele lugar fluía por todo o seu corpo, impregnando-o de uma paz profunda. Era um sopro de vitalidade que se podia respirar, envolvendo-nos nas fragrâncias perfumadas que a natureza luxuosa traçava sobre nós. E foi ali que vi dois unicórnios que deslizavam no seu galope, correndo pelos prados como nuvens no céu azul.

Por todo o lado o cintilar da natureza iluminava a consciência de um lugar mágico. Ali podia sentir-se o verdadeiro amor. O amor que em mim tinha despertado quando compreendi que o meu reflexo estava em tudo e que tudo se refletia em mim. Quando olhei para a minha essência, encontrei nela a essência de todo o resto. Quando senti o pulsar da vida eterna dentro dos limites da minha existência física, reconheci o infinito nos limites do Homem e os limites do Homem na eternidade da consciência de Deus.

O jovem caminhava pelo chão sagrado daquele lugar tão especial. Era como se estivesse no limiar de um novo despertar; num mundo radicalmente novo, liberto dos pecados que o passado fazia pesar sobre cada um de nós, das paixões e dos vícios que nos inebriavam sobre a força de uma realidade que sempre nos quis abortar. Ali pude ter vislumbres de uma memória que me transcendia, sentindo-me unido com Sara, que sabia estar próxima a mim. Era como se tivéssemos encarnado o mundo inteiro, assimilando em nós as energias opostas do planeta. E como testemunho disso, vi-o sair do seu corpo, encarnando uma flor que crescia junto a um lago.

Senti o sol penetrar nas suas novas formas, vitalizando aquela existência que ele e eu passamos a personificar. Deslizou depois da flor para o lago, pingando no cintilar de uma gota. No ondular do manto de círculos concêntricos que se formou, o sol encontrou um caminho que o levou até à margem, que também lhe pertencia. Fundiu-se depois no reflexo curvado de uma criança, que junto da margem colhia uma flor, interiorizando aquela alegria pura e fresca que a inocência do seu olhar fazia refletir em toda a natureza.

Depois de colher a flor, caminhou na direção do seu antigo corpo, que se encontrava agachado com os pés na água, entregando-lhe a flor perfumada que ele recebeu com um sorriso aberto e iluminado. E a criança afastou-se, correndo para junto dos seus irmãos que a esperavam. Foi então que o olhei além do seu rosto, sentindo um arrepio gelado que me inquietou. Quem seria ele? Uma mulher aproximou-se, sentando-se junto. Falaram por longos minutos e logo se levantaram, caminhando pela margem. Ela apontou então para duas pessoas que se aproximavam, sendo uma delas uma criança. Ele, sorridente, aproximou-se da jovem e da criança. Era a mesma jovem que eu vi a seu lado no alpendre da casa de madeira.

– Que saudade, João! – ela abraçou-o com lágrimas nos olhos.

– Sim, Vera. Esta pequena ausência pareceu durar uma eternidade.

– Mas agora estamos juntos – ela desfez o abraço, olhando para ele com um sorriso molhado. – E espero que seja para sempre.

– Sim. Será para sempre.

Ele olhou depois para a criança, agachando-se junto a ela.

– Maria? – chamou, sorrindo. – Me dá um abraço? – ela assentiu, abraçando-o calorosamente. – Embora nesse outro mundo tenhamos sido pai e filha, aqui somos apenas irmãos.

– Eu sei – ela disse. – Nós somos todos irmãos. A mãe também é irmã da gente, não é?

– É, sim – ele respondeu, beijando-a na testa.

Foi só então que compreendi que aqueles dois jovens éramos nós num tempo futuro...

CAPÍTULO XIX (304 d.C.)

E o tempo passou com a fluidez própria da sua natureza. Agora, tenho setenta e nove anos. Em Roma, Diocleciano assumira o poder, criando uma tetrarquia. Considerava o governo um fardo demasiado pesado para um só homem, dividindo-o com seus três amigos mais chegados: Maximiano, Constâncio e Galério. Conseguiram trazer alguma estabilidade militar ao império, embora em termos econômicos tenha sido um desastre completo.

A inflação tornara-se insuportável e os impostos, excessivos, levando muitos a deixar casas e lavouras. E foram estes gestos de revolta por parte do povo que lançaram as sementes da servidão, pois Diocleciano obrigara os lavradores a manter-se nas terras e os artesãos nos seus ofícios, chegando mesmo a ordenar que os filhos seguissem a profissão dos pais. Decretou, também, o congelamento dos salários e preços, esperando com tal medida estimular a produção e conter a inflação.

Mas os efeitos foram contrários, levando à estagnação do pouco mercado livre que ainda funcionava. Durante esse período negro da história do império, as nossas igrejas encheram-se de novos fiéis que vinham à procura de um caminho para os aliviar de tanto sofrimento. Foram tempos de conversões constantes e apelos desesperados à caridade que sempre praticamos. Mas os presságios de novas perseguições pairavam no ar como abutre de olhar arregalado.

Diocleciano sempre venerara os deuses tradicionais, tendo escolhido Júpiter como protetor; contudo, não era fanático no seu paganismo, como muitos outros. Era o caso de Galério, o seu césar do leste, ferozmente anticristão. Embora o imperador fosse tolerante com as nossas crenças – dizendo até mesmo que a mulher e a filha, assim como muitos do seu séquito pessoal, simpatizavam com os que professavam a nossa fé – Galério persistia, acabando por convencê-lo que os cristãos eram os responsáveis pelas desgraças do império. Foi elaborado então um édito para demolir igrejas e queimar livros sagrados, e demitia todos os cristãos que exercessem cargos públicos.

Meses depois, um segundo édito proclamado condenava à morte os membros do clero que recusassem prestar sacrifício aos deuses pagãos. Era o retorno das perseguições de cinquenta anos antes e o ressuscitar da intolerância, um período em convulsões várias. Embora o segundo édito fosse apenas dirigido aos clérigos, um outro, mais duro, iria certamente obrigar o povo ao ritual do sacrifício.

Hoje eu era o membro principal da comunidade, depois do bispo. Todos me viam como uma santa, embora fosse igual a eles. Igual nos pecados que surgiam ao sabor de uma natureza também humana, igual nas memórias e nos desejos que partilhávamos na vontade de alcançar a felicidade. E nessas memórias estava Dionísio. Apesar da idade, que nele reconhecia em rugas iguais às minhas, o nosso amor não tinha se diluído na aridez do tempo. Ele continuava tão vivo como na primeira vez em que o ouvi do outro lado da parede; tão perto como um estender de mão, pois tinha-o comigo na essência unificada de nós dois.

Estava agora reunida em minha casa com alguns dos nossos irmãos, já que a igreja tinha sido destruída por um império obscurecido de irracionalidade. Maria, agora com cinquenta e sete anos, amparava-me na caminhada pesada rumo à cadeira de onde iria falar a todos os presentes.

As suas expressões mostrava tristeza, revelando as incertezas de um futuro que se anunciava difícil. Mas isso também era ser cristão.

– Irmãos – eu disse, encarando-os com olhar tranquilo. – Não devem temer as dificuldades que se avizinham. Sei que muitos sempre viveram em tempos de paz. Aqueles que passaram, no entanto, pelos tormentos das outras perseguições, e vejo aqui alguns, devem saber que esses momentos são muito importantes para a solidificação da nossa fé. São provas às quais não devemos fugir, já que da sua experiência muito temos a aprender.

– Foram tempos difíceis de prisão? – perguntou a jovem Madalena, interrompendo-me.

– Não foram difíceis, Madalena. Bem pelo contrário. Aprendi muito no ano que lá passei. Quando me levaram era como um fruto ainda verde, amargo e pouco desenvolvido. Mas quando de lá saí, era como um fruto maduro em árvore robusta.

"Tinha feito minhas as palavras que me ensinaram desde os tempos em que me converti, interiorizando-as na verdade intuitiva que aos poucos fui descobrindo em mim mesma. Só mais tarde vim saber que a palavra deve ser vivida na continuidade de gestos feitos de amor, valorizada pela ação e não pela sonoridade. As palavras não são letras, nem sons, mas gestos que tudo transportam com a liberdade da sua essência."

Era curioso como as palavras se repetiam de outras vezes, embora não fosse intencional.

– Não sei se conseguirei suportar a prisão – a jovem insistiu de olhar caído.

– Não se inquiete com isso, irmã. Quando o tempo chegar, saberá o que fazer. Se decidir prestar sacrifício aos deuses pagãos, dessa decisão não virá mal algum. O importante é que não perca sua fé, pois é ela que nos dá força para continuarmos a caminhar pelos trilhos deste mundo.

– Mas quem se negar ao sacrifício não será privilegiado aos olhos de Deus?

– Claro que não, Madalena! Para Deus não existem privilegiados, pois todos somos iguais diante Dele. Até os pagãos não estão em desvantagem em relação a nós, pois também eles são filhos de Deus. Talvez demorem mais tempo a chegar ao reino dos céus, mas dele não poderão ficar privados. Todos somos um só, não se esqueça disso. Um só.

Foi então que um jovem cristão entrou na sala, ofegante.

– Irmãos! – exclamou, respirando fundo. – Galério acabou de distribuir um édito em que obriga todos os cristãos a prestar o sacrifício. Os soldados já andam na rua à nossa procura.

Um leve burburinho levantou-se na sala.

– Não se inquietem, irmãos – eu disse, sacudindo a mão. – Já esperávamos por isso. Quero que saibam, contudo, que ao contrário daquilo que aconteceu há cinquenta anos, ninguém será expulso da igreja se decidir prestar tal sacrifício. Por isso, deixem a consciência decidir sobre o caminho que deverão seguir, pois só assim conseguirão a verdadeira paz.

Momentos depois, os soldados bateram à porta, que lhes foi aberta sem medo. Logo entraram como água liberta das amarras de uma represa.

– Esta é uma casa de paz – disse. – Aqui são todos bem-vindos.

– Calem-se! – gritou o chefe daquele batalhão, ordenando em seguida que os livros e pergaminhos fossem levados para ser queimados.

– De nada servirá tal atitude, irmão – eu insisti, serena. – As palavras desses livros estão gravadas dentro de nós não há como queimá-las.

Ele desenrolou o édito proclamado por Galério e leu-o em voz alta.

– Pela letra desde édito, os cidadãos do império são obrigados a prestar sacrifício aos deuses romanos. Quem se recusar, morrerá – encarou-me com um riso sarcástico. – Como vê, sempre posso apagar essas palavras que dizem estar gravadas dentro de vocês.

— E julga mesmo que a morte seja suficiente para tal tarefa? – sorri-lhe tranquilamente. – Digo que é na morte que essas palavras se tornam carne da nossa carne, sangue do nosso sangue... todos somos um com essa palavra, caro irmão.

— Já chega! – gritou. – Não tenho paciência para tantos disparates. Soldados! Levem todas para a praça do templo.

Maria ajudou-me a levantar, caminhando a meu lado. Lá fora, na rua, a multidão gritava ao ritmo dos arrombamentos, fugindo dos soldados. Muitos eram arrastados à força até a praça, enquanto outros se resignavam, caminhando em meio aos soldados. Maria chorava com as mesmas lágrimas de outrora. Era como se voltasse a ter três anos. Ainda me lembrava do seu rosto magoado na época em que quebrei a promessa de nunca a abandonar, no alto templo.

Junto do templo, entregaram-nos os animais para o sacrifício.

E numa daquelas doces ironias, foi-nos passado para as mãos uma pomba branca, que seguramos junto do peito. Subimos então as escadas do templo sobre a força dos gritos da população que nos achincalhava, parando diante do sacerdote que lavava as mãos sujas de sangue do sacrifício anterior. Estávamos prontas para cumprir um destino porém desta vez não iríamos nos separar.

— Está preparada, filha? – sorri-lhe.

— Sim, mãe – seu olhar cintilava de uma felicidade difícil de conter. – E nem sabe a alegria que sinto por poder acompanhá-la.

As pombas saíram de nossas mãos, voando libertas sobre a praça. Os mais jovens, que assistiam pela primeira vez àquele gesto quase mitificado nas memórias de cinquenta anos, não conseguiram conter as lágrimas, que jorraram pela emoção profunda daquele momento. E nenhum deles prestou o sacrifício. Levaram-nos depois para as catacumbas que nada tinham mudado desde a última vez.

As escadas estendiam-se ao longo de corredores abertos na pedra dura onde o musgo crescia por entre a água que gotejava em fios escorridos pelas paredes. Na cela, os cristãos que tinham chegado antes de nós refugiavam-se nos cantos mais secos, fugindo do olhar dos soldados e da presença dos ratos que por ali existiam em abundância. E assim passamos os dias, aguardando que viessem nos buscar para sermos executados.

Madalena mostrava uma tristeza que não conseguia disfarçar.

– Por que está triste, Madalena? – perguntei-lhe.

– Porque não sei se quero morrer – confessou chorando convulsivamente.

Maria aproximou-se, abraçando-a contra o peito.

– Não chore, Madalena – ela disse, afagando-lhe os longos cabelos. – Cristo estará sempre conosco.

– Mais que é isso, filha – retorqui. – Cristo está sempre conosco.

– Mas tenho... medo. Não... não quero sofrer.

– Não se inquiete, jovem irmã. Quando o momento chegar nem perceberá o sofrimento. Uma força maior tomará conta de nós, você verá. O importante é que saibamos que essa força tudo pode suportar, pois tem por base o mais puro dos sentimentos e o mais nobre dos sacrifícios. Sabê-la expressar como murmúrio de uma voz que nos alimenta na esperança de um caminho a todos destinado, é compreender o sentido da verdade que Cristo nos ensinou com a sapiência das suas palavras inspiradas, na harmonia de uma realidade que nos transcende e que ao mesmo tempo nos abraça.

– Ouvindo a senhora falar assim... – ela enxugou as lágrimas. – ... não sei... parece que somos tomados por algo tão...

– Somos tomados pela presença de Deus. Ele que nos alimenta com a sabedoria de seu filho, mostrando-nos em cada momento o quanto nos ama.

Foi então que um soldado entrou juntamente com o carrasco, levando dois dos nossos irmãos. Tinham-se iniciado as execuções. Mas em todos nós apenas a tranquilidade se fazia presente. Até mesmo a jovem Madalena, que tinha tantas dúvidas, mostrava, com um olhar cintilante e expressivo, a certeza de um destino que nos levaria junto a Deus. Logo depois, outros dois irmãos foram levados para ser executados. Todos rezavam pelas almas já encaminhadas, fortalecendo-nos com a paz de espírito que nos chegava de cima. Era como se Cristo estivesse entre nós; mais que isso: como se Cristo fosse nós. E era! Quando regressaram, apontaram para Maria e para Madalena, que se encontravam num dos cantos. Tinha chegado a vez delas. Maria levantou-se, agachando-se junto a mim.

– Adeus, mãe. Te amo muito.
– Adeus não, filha. Estaremos juntas quando nos encontrarmos diante de Deus, não se esqueça disso.
– Sim, mãe. Eu esperarei por você.

Ela despediu-se, partindo. Em breve estaríamos todos juntos; libertos das amarras do mundo. Mas foi então que, para surpresa de todos, os soldados trouxeram-nas de volta minutos depois, atirando-as para dentro da cela. Com alguma dificuldade, levantei-me, caminhando até junto delas. Tinham sido espancadas; os seus corpos, repletos de sangue.

– Que se passou, filha? Por que é que lhes trouxeram de volta?
– A mãe nem vai acreditar – ela disse num sorriso dolorido pelas feridas do rosto. – Quando o carrasco se preparava para nos enviar de volta a Deus, um soldado entrou na cela com uma lei proclamada por Maximiano Daia que ordenava que a pena de morte fosse transformada em trabalhos forçados nas pedreiras do Egito.

Todos se levantaram com um entusiasmo que transbordava.
– Quer dizer que não vamos morrer? – perguntou um deles.
– Não, irmão – respondeu Madalena, abraçando todos.

Nunca tinha visto tanta alegria quanto a expressão deles. Nesse mesmo dia agradecemos a Deus cantando vários salmos em seu louvor. Quando a noite chegou, adivinhada pelo peso das pálpebras sobre os meus olhos cansados, deitei-me num canto da cela. E

foi então que senti Dionísio junto de mim, por mais estranho que isso parecesse. Quase que por instinto, levantei a cabeça.
– Dionísio!? É você?
Olhei os nossos irmãos que dormiam pelos vários cantos; mas ele não estava ali. Tinha sido uma doce ilusão fabricada pela minha mente sedenta de tal encontro. Voltei a deitar a cabeça nos trapos que serviam de almofada, fechando os olhos. Mas continuava a sentir a sua presença. Era como se ele estivesse ali, olhando para mim, tocando de leve o meu rosto, com carícias ternas e suaves.

Semanas depois, fomos conduzidos para fora da prisão e colocados em carroças puxadas por bois. A população pagã abeirava-se das ruas por onde passávamos, gritando com a fúria de uma vontade que lhes havia sido imposta, pois se tínhamos vivido tantos anos em paz, por que aquele ódio súbito e irracional? Apesar de tudo, amava-os de igual forma, pois neles estávamos todos nós. Eram também filhos de Deus, mesmo que O negassem perante as superstições que os cegavam.

Levaram-nos até ao porto fluvial da cidade, onde algumas embarcações nos aguardavam. Colocaram-nos no porão de um dos barcos que logo partiu. Pelas pequenas janelas laterais podíamos ver as margens deslizarem em sentido contrário, enquanto o barco rumava ao sabor do vento e das correntes. Já era tarde quando entramos no mar ao ritmo das ondas, que pareciam nos hipnotizar. Ao longe, na ponta de um longo cordão dourado, o sol descia lentamente, tocando de leve o horizonte vestido de ouro.

E ali estava eu diante dele. O seu olhar, expressado pela luminosidade daquele sol tão familiar, revelava o amor que os seus espargidos lançavam em torrentes de luz e cor. Os reflexos na água pareciam querer me mostrar um novo caminho como passagem para um reencontro prometido desde os tempos em que nos separamos.

CAPÍTULO XX (304 d.C.)

Estava na praça, no meio da multidão, quando vi Sara largar a pomba no alto do templo. Mas desta vez foi diferente. Ali, de olhar fixo na pomba que voava, não estava mais o jovem de vinte e cinco anos, mas o velho com setenta e nove que agora personificava. Lá no alto, a pomba voou das suas mãos, pousando no meu braço estendido. Foi só então que percebi que eu era a pomba, voando na liberdade de um horizonte feito de areia. O deserto alongava-se como passagem estendida, dizendo-me, nos murmúrios deixados pelo vento agreste, que nós éramos uma só pomba, um só destino.

Assim que acordei daquele sonho tão estranho, levantei-me com a ajuda de um cajado, matutando sobre o significado das imagens que tinha visto. Com alguma dificuldade, deixei a cela, saindo da rocha onde morava. Era hoje o mestre daquele lugar, embora ainda não fosse cristão.

O jovem Tiago era quem cuidava de mim, tentando remediar as falhas e as necessidades de um velho homem. Tratava igualmente das refeições, da roupa, ajudando-me nas caminhadas que fazia com frequência pelo deserto.

– Não acha que é um pouco cedo para se levantar, mestre? – ele comentou.

– Deixe disso! – resmunguei, abanando a mão. – Sempre me levantei com o sol.
– Mas pela sua idade já não é muito saudável, mestre.
– Está me chamando de velho? – perguntei, carrancudo. – Pois fique sabendo que ainda estou aqui para muitos anos.
– Sim, mestre. Não vou contrariá-lo.
– Então acompanha-me até ao deserto. Quero meditar um pouco.

Os outros membros da comunidade encontravam-se recolhidos nos seus aposentos, copiando textos antigos e rezando ao Deus único. Apenas o irmão José passou por nós naquela manhã limpa de nuvens. Tinha preparado o jumento com as vasilhas de água, parando junto a mim.

– A bênção, mestre.
– Que Deus te abençoe, meu filho.

E logo partiu rumo ao oásis. Caminhamos em sentido contrário, na direção das dunas. Todas as manhãs, meditava pelo mundo. Era naqueles momentos de silêncio que a eternidade se fazia ouvir como murmúrio infinito de um espaço sem tempo e de um tempo sem lugar. Era como uma voz ecoada na profundidade de um sentimento cujos limites se estendiam na consciência de um olhar feito universo, tornando presente cada momento de uma só vontade.

Quando me sentei sobre a areia quente, vi uma pomba branca voar na minha direção. Desta vez não se tratava de um sonho, pois senti suas unhas quando pousou no meu braço estendido. Compreendi então que aquela era a pomba que eu vi sair das mãos de Sara, percebendo que esse sonho nada mais era que a revelação do que tinha acontecido.

Ela estava de novo presa. Presa num mundo que não era capaz de compreender as suas razões; que não conseguia vislumbrar o infinito no horizonte nem a luz na nebulosidade densa de paixões e vícios inebriantes. Acabei por não conseguir conter as lágrimas, que trilharam o meu rosto, pingando na essência de uma existência maior que a minha. Amava-a de uma forma que não julgava possível. Era como se algo dentro de mim tivesse despertado para um amor mais vasto e abrangente que todos os conceitos alguma vez inventados.

Como eu queria estar preso junto com ela, partilhar do seu sofrimento com afagos carinhosos. Queria ter a cabeça dela no meu regaço, o sorriso dela no meu olhar. Queria amá-la num momento sem tempo nem lugar, deixando o mundo desfalecer num renascer uníssono de eternidade. Queria sentir no seu coração, respirar nos seus pulmões. Queria fundir-me no arquétipo imutável de uma existência não mais repartida. Queria sorrir na suavidade do seu olhar silencioso, renascer nas pétalas delicadas de uma flor docemente materna e cujo berço fizesse germinar em nós a melodia de uma voz entoada pela ternura de um gesto deixado por Deus... e a pomba partiu, revelando-me um caminho que se abeirava do fim.

Ter a certeza da sua prisão feriu-me como um punhal no peito. Era o regresso desses tempos já vividos, embora incompletos pela minha ausência.

– Tiago! – ele aproximou-se. – Ajude-me a levantar.

– Quer regressar, mestre?

– Sim.

Ele amparou-me, acompanhando-me de volta à comunidade. Quando chegamos, recolhi-me em silêncio na cela para poder ouvir a sua presença. E por momentos era como se ela estivesse do outro lado, junto de mim através da voz ecoada pela espessura de uma parede. Ainda me aproximei de um dos extremos da cela, desejando encontrá-la.

– Sara! Está aí?

Mas as palavras em resposta às minhas não se fizeram ouvir do outro lado da parede. Estaria ficando louco? Na mesma noite, o irmão José veio me visitar à cela.

– Mestre! Posso entrar?

– Sim, José. O que o traz aqui?

— Hoje, no oásis, um irmão de outra comunidade disse-me que Roma iniciou novas perseguições aos cristãos. Julguei que gostaria de saber dessa novidade.
— Já sabia, José.
— Já sabia?! Como, mestre?
Sorri-lhe.
— Uma pomba contou-me.
Ele não compreendeu a minha resposta, mas não me interpelou sobre suas dúvidas, saindo logo em seguida. E nessa noite, com o desejo vivo de querer estar junto dela, vi-me encerrado num sonho tão estranho quanto o nosso próprio destino.

Assim que adormeci, senti crescer uma dormência no corpo que me envolveu por completo. Quando dei por mim, estava pairando sobre a cela, observando o meu corpo que dormia. Com alguma facilidade, saí para o exterior, voando sobre a rocha onde habitávamos.

Nunca tinha me sentido tão bem, tão liberto, tão eu mesmo... Vi-me então ser arrastado como um barco numa tempestade, voando sobre o deserto. Quando percebi, estava sobre uma cidade que logo reconheci como sendo Antioquia e, num instante mais curto que um abrir e fechar de olhos, dentro das catacumbas. E foi ali que a minha expressão se abriu sobre a luz incandescente que de Sara irradiava, pois diante dos meus olhos lá estava ela.

— Sara! Como eu te amo.

Ela ergueu a cabeça, olhando em volta. Era como se tivesse ouvido minhas palavras.

— Dionísio!? É você?

Ao perceber que eu não estava na cela, voltou a deitar a cabeça sobre o monte de trapos. Mas eu estava ali, junto dela e ela tinha sentido a minha presença. Aquela sintonia comprovava o amor que em nós existia, dando-me testemunho dessa realidade futura onde nos tornaríamos um só. Aproximei-me lentamente da sua aura colorida, tocando de leve o seu rosto.

— Descanse em paz, Sara — ela parecia sentir o toque da minha mão. — Um dia estaremos juntos para sempre.

Do outro lado, senti-me ser puxado para dentro do corpo. No entanto, por mais que o corpo tentasse me despertar, nada podia contra a força de um amor que me prendia junto dela, mas foi então que...

— Mestre! Está acontecendo alguma coisa?

— Vá embora, Tiago — gritei num eco que ele não ouvia. — Não me acorde!

— Será que está morto?! — interrogava-se e me dava leves bofetadas.

Resolvi regressar para não preocupar ainda mais o pobre Tiago.

— Oh, mestre! — ele disse assim que abri os olhos. — Pensei que tivesse morrido.

Um suspiro de alívio percorreu todo o seu rosto.

— Será que pode me explicar o que faz aqui?

— Sabe, mestre, é que... quando não o vi chegar com o sol... pensei...

— Pois pensou mal. Afinal, só estava seguindo os seus conselhos.

— Sim, mestre. Desculpe.

— Tudo bem! — repliquei. — Hoje apetece-me abraçar o mundo.

— Ainda bem que acordou bem-disposto, mestre... é que chegaram alguns peregrinos e...

— Está bem — concordei, interrompendo-o. — Hoje recebo todos.

E logo descemos até a cavidade maior da caverna. Vários peregrinos aguardavam a minha chegada, todos motivados pela esperança de uma verdade que eu lhes pudesse ensinar. Bebiam da água que os monges serviram, pousando em mim olhares ansiosos. Sentei-me junto a eles.

— Ao contrário do que se diz lá fora, aqui não existem homens sábios ou santos. Somos apenas pessoas que se isolaram do mundo, construindo, na interioridade de cada um, uma verdade que não pode ser ensinada. Todo o verdadeiro conhecimento tem que ser esculpido por meio da fé e do sacrifício. Mas não interpretem mal estas minhas palavras, pois sacrifício não é o mesmo que sofrimento.

Murmúrios de um tempo anunciado

O sacrifício é saber abdicar da vontade dos nossos instintos mais primários, educando-os com a sabedoria profunda e eterna da nossa consciência espiritual. Por isso, irmãos, se vêm à procura da verdade, nada vos poderei mostrar.
Encarei-os.
— Posso, no entanto, contar-vos uma história. Nessa história, havia dois irmãos. Um deles, o mais velho, tinha como ocupação principal procurar os mistérios da vida, praticando rituais, assimilando doutrinas, aprofundando o conhecimento formal dos segredos mais ocultos. O seu objetivo era descobrir a grande verdade que julgou ter encontrado. Mas nessa caminhada, obcecada pelos dogmas das suas várias crenças, ignorou por completo a sua verdadeira identidade, cristalizando-se em ideias que não lhe pertenciam.

"Quando chegou às portas do paraíso e lhe perguntaram sobre a verdade, apenas falou dos outros e não de si, pois de si nada sabia. O outro irmão, mais novo, nunca se preocupou com tais coisas. Caminhava com a tranquilidade de uma vida que foi desdobrando em cada passo que dava, em cada gesto que partilhava, procurando um caminho que fosse coerente com sua própria maneira de ser. Quando chegou às portas do paraíso e lhe perguntaram sobre a verdade, tudo revelou na procura que fizera do mundo e dos outros, mostrando uma verdade construída pelo seu próprio esforço, e não pelo acumular simples de rituais, doutrinas, filosofias ou ideologias. É que a verdade não é feita sobre aquilo que temos, irmãos, mas sobre aquilo que somos. Que todo o conhecimento formal que possam adquirir em religiões, em filosofias ou pelos monges ascetas do deserto funcione unicamente como um instrumento de trabalho na construção dessa verdade, mas que não seja confundido com a própria verdade.

"Estas palavras que partilho com vocês, assim como todas as outras que podem encontrar nas mais variadas religiões ou filosofias, são apenas o martelo e o cinzel e essa é a sua importância, mas a verdade é a pedra que cada um é capaz de esculpir. Por isso, irmãos, procurem a verdade em si próprios, na compreensão que fizer do mundo pelos seus olhos e não pelos olhos de terceiros. E depois partilhem com os outros essa graça, sem nada desejar impor, sabendo que a sua verdade é para os outros instrumentos de trabalho que cada um poderá usar, ou não, na construção dos seus próprios caminhos."

Levantei-me com alguma dificuldade, olhando para eles.

– Podem ficar conosco o tempo que acharem necessário e depois devem partir. Lá fora o mundo espera por vocês, irmãos, pois é lá que devem cumprir seu destino.

Um deles aproximou-se de mim, ajoelhando-se a meus pés.

– Que é isso, irmão? Não se ajoelhe diante de mim que também sou pecador, mas, sim, diante de Deus que é nosso Pai.

– Mestre! A minha vida não faz sentido. Que devo fazer? Já pensei no suicídio.

– Deixai-me contar uma outra história, irmão. Havia um agricultor para quem a vida não tinha sentido, pois as terras nada produziam. Todos os anos o pobre homem lavrava a terra, cuidando dela com devoção, mas quando chegava a época das colheitas, nada havia para colher. Para ele, a vida só teria sentido se a terra desse frutos, mas como isso não acontecia, o homem andava desesperado.

"Certo dia, um pastor passou pelas suas terras, vendo-o prestes a suicidar-se numa ravina. Este contou-lhe da sua desgraça, ao que o pastor lhe perguntou: 'E por acaso não vos haveis esquecido de lançar as sementes à terra? Se quereis que a vida tenha sentido, tendes que lançar as sementes à terra. Só assim podereis esperar pelas colheitas'."

Ele levantou-se, agradecendo. Juntou-se depois aos outros peregrinos, entraram no interior da rocha e foram descansar da longa viagem. Mas alguém tinha ficado para trás.

Aproximei-me.

— Por que não foi com os outros, irmã?
— Porque vim para ficar, embora ainda não saiba se mereço este lugar de paz.
— A vida aqui não é fácil. Muitos sacrifícios terá que fazer.
— Estou pronta a todos sacrifícios, mestre. Se me aceitar, claro!
— E qual é a sua história, minha filha?
— Oh, mestre! A minha vida sempre foi feita de pecados. Quando era nova, fugi da minha aldeia, partindo para Alexandria, onde vivi catorze anos como prostituta. Um dia, apenas por curiosidade, viajei com um grupo de peregrinos até Jerusalém, mas quando chegamos à igreja onde se encontrava um pedaço da cruz, não fui capaz de entrar. Era como se uma força maior, por mais que me esforçasse, me impedisse de pisar naquele chão sagrado. Foi só nessa altura que me dei conta dos meus pecados, prometendo ali mesmo, à Virgem, uma vida de penitência. Quando regressei a Alexandria, deixei todo o meu passado para trás, partindo para o deserto à procura de um caminho que me levasse de volta a Deus, mas não sei se mereço tal perdão.
— A você, seus pecados parecem montanhas, mas Deus derramou misericórdia sobre tudo aquilo que criou. Cair, minha filha, não é novidade, o que é errado é manter-se de quatro depois de cairmos.
— Quer dizer que me aceita?
— Claro que sim — sorri-lhe.
Ela pegou minha mão, beijando-a.
— Obrigado, mestre. Nem sei como agradecer.
— Não tem que me agradecer. Esta comunidade está aberta a todos aqueles que reconhecerem os seus erros e por eles estejam prontos a tudo sacrificar.
— O Tiago afastou-se com ela, deixando-me só.
E nunca tinha me sentido tão bem como naquela manhã.

CAPÍTULO XXI

Estava no deserto, sentada no alto de uma duna com uma pomba nas mãos, quando a libertei na esperança de algo que eu tanto desejava se concretizasse. A pomba voou na direção do sol e ali permaneceu estática, diante da sua luz deificada. Logo depois, o deserto transformou-se num vasto oceano, onde um barco navegava sobre um cordão dourado em direção ao sol.

Era como se eu estivesse no cais observando o barco que se distanciava... E as imagens mudaram de novo, agora via-me com uma criança recém-nascida no colo, cercada pela vegetação exuberante de um oásis. Ao meu lado, numa presença que senti num arrepio intenso, estava alguém cujo rosto se escondia por trás de uma fina névoa...

Depois de acordar, levantei-me dando um bocejo comprido. Remexi as brasas ainda vivas da lareira, e fui até o banheiro, onde tomei uma ducha rápida. Depois de me vestir, agachei-me de novo junto à lareira, de mãos estendidas e corpo encolhido pelo frio que sentia. Assim fiquei durante alguns minutos, secando-me no conforto das brasas. Preparei um chá e coloquei numa xícara de porcelana, segurando-a com ambas as mãos. Encostei-me à porta que dava para a varanda, olhando a serra enquanto pensava no João.

Murmúrios de um tempo anunciado

Sem mais rodeios, vesti uma camisola de lã, saindo até ao parapeito de onde espreitei debruçada sobre a falésia. Lá embaixo, junto à tenda, estava tudo calmo, não havendo sinal de presença alguma. Enquanto bebia o chá, de olhos no lago, tentei compreender o que poderia significar aquele encontro; a paz que senti quando nossos olhos se cruzaram. Seria mesmo possível que ele fosse a pessoa que procurava? Temia, no entanto, que tudo não passasse de uma ilusão criada por alguém que tanto desejava que assim fosse.

Depois de terminar o chá, fui buscar o quadro que tinha iniciado na manhã anterior, colocando-o junto do parapeito da varanda. Apenas o rosto tinha ficado por pintar, como sempre acontecia. Não valia a pena insistir nessa imagem que se escondia de mim como a noite do dia. E ali fiquei parte da manhã a retocá-lo com pinceladas tênues, olhando umas vezes para o quadro e outras para a tenda que abanava ao sabor do vento.

Ele acabou por acordar, saindo da tenda. Acendeu a fogueira, preparando o chá ou o café; não dava para ver ao certo. Sentou-se depois na margem lago com uma caneca de lata entre as mãos, bebendo em goles pausados. E logo partiu pela serra contrária, passeando por entre os arbustos e as árvores pequenas. Teria que preparar um almoço reforçado.

Quando o sol já anunciava o meio-dia, comecei a preparar o almoço. Tinha pouco para lhe oferecer, pois era vegetariana desde os dezessete anos. Fiz uma salada de alface e outra de tomate. Coloquei no fogo o feijão-frade. Depois, retirei da geladeira alguns ovos que juntei à água onde cozia o feijão, servindo a mesa logo em seguida. E, enquanto tudo ficava pronto, ele surgiu na varanda, contemplando o quadro.

Por alguns momentos fiquei olhando-o e sorrindo.

No dia anterior, logo depois que nossos olhos se cruzaram, tudo à minha volta pareceu parar com a respiração que sustive. E assim fiquei alguns segundos enquanto ele respondia. Libertei-me depois daquele aperto quando chegou a minha vez de falar, embora no meu peito o coração tivesse acelerado como nunca antes acontecera.

— Bom dia, João. — Aproximei-me.

— Olá, Vera — ele disse olhando para mim e logo depois para o quadro. — Pinta muito bem.

— Não sei o que é isso de pintar bem... pinto apenas.

— E por que é que não pintou o rosto do homem?

— É que nunca pinto o rosto masculino nos meus quadros.

— E por quê? — Ele fitou-me.

— Não sei muito bem. É como se as minhas mãos ficassem bloqueadas quando tento.

— Será que esta figura masculina não é a expressão inconsciente de um desejo seu? Alguém que gostaria de encontrar?

Sorri perante a sua observação pertinente.

— Não, João. Ela é uma expressão bem consciente desse mesmo desejo. — Ele sorriu.

Era sem dúvida a pessoa que procurava e que talvez estivesse agora diante de mim. Mas as dúvidas continuavam presentes. Não queria me precipitar na vontade e no desejo de o ter como o ser sempre sonhado, embora nele tudo me desse essa certeza.

— Quando conseguir pintar o seu rosto será um sinal claro que o encontrei.

Ele sorriu novamente, fixando uma vez mais o quadro.

— Pois eu te digo que este quadro é uma verdadeira obra de arte.

— Arte, João? O que será isso de arte?

— Para mim, Vera, arte é tudo aquilo que traz em si mesmo um pouco da beleza universal.

— Mas não será necessário pelo menos um observador para que o belo possa ser reconhecido?

— O que quer dizer com isso?

— Que o belo não existe no objeto, mas naquele que observa. Quando um ser perfeito, que não creio que exista, cria um objeto, ele não está dando forma a um objeto perfeito, mas está expressando através deste a sua própria beleza interior. O observador, por sua vez, ao olhar para esse objeto não está assimilando em si a beleza contida no objeto, mas através deste está tentando compreender um pouco de si mesmo. O objeto acaba funcionando como um espelho à beleza, não transportando em si beleza alguma.

"Assim sendo, quando falamos de arte, estamos apenas falando de nós e não de objetos, já que estes são apenas um reflexo da beleza universal. A arte é, por isso mesmo, tudo aquilo que cada um reconhece como tal, algo que apenas existe na dimensão daquele que interpreta e nunca como uma verdade absoluta que se impõe."

Peguei-lhe na mão, sorrindo.

– Venha! Deixemos a filosofia para depois... o almoço está esfriando.

Enquanto caminhávamos para a mesa, não pude deixar de interpretar aquele momento como algo de muito especial. De mãos dadas, era como se fôssemos um só, duas partes de uma mesma identidade. Mas seria mesmo ele a pessoa que tanto procurava? Naqueles poucos segundos em que pude tocá-lo, não tive dúvida alguma: sim, era ele. Mas depois cada mão tomou o seu rumo, trazendo de volta as dúvidas e as incertezas.

Sentamo-nos à mesa, e a comida que fumegava. Os nossos olhos cruzaram-se num sorriso partilhado e logo se desencontraram na incerteza de um sentimento que tudo desejava concretizar.

– Daquilo que disse, só discordo de uma pequena coisa: o belo tem que existir no objeto – ele disse finalmente, quebrando o silêncio.

– Mas isso, João, seria o mesmo que dizer que o reflexo está impresso no espelho, o que não é verdade. O espelho apenas revela uma imagem que é exterior a ele, da mesma forma que o objeto revela uma beleza que não está nele como objeto físico, mas no olhar daquele que observa. Imagina que eu olhe para um espelho e reconheça nele a beleza do seu rosto.

Ele ficou um pouco embaraçado com aquele exemplo.

– Aquilo que eu poderia dizer é que o espelho permitiu-me observar essa beleza, e não que o espelho é belo. Com os objetos passa-se o mesmo. Eles apenas refletem a nossa própria beleza interior. É por isso que a interpretação que nós fizermos de um determinado objeto, será tão verdadeira quanto a interpretação feita por qualquer outra pessoa, pois cada um apenas compreende a si mesmo. E como ninguém tem uma procuração divina para falar de verdades universais, restam-nos apenas as nossas verdades pessoais.

Ficamos uma vez mais em silêncio. Ele pôs-se a observar os quadros de sorriso aberto. Como era reconfortante para mim senti-lo tão próximo, tê-lo como a parte certa de mim mesma. Mas seria mesmo assim?

– É curioso! – Observou ele logo depois, sorrindo: – Pinta sobre coisas que sempre me fascinaram.

– Verdade? Como o quê, por exemplo?

– Como, por exemplo, as pombas brancas. Quando era pequeno ficava horas no quintal dos meus avós olhando as pombas que esvoaçavam sobre o milho que a minha avó lhes lançava. E depois o deserto como naquele quadro. – Ele apontou. – Desde muito novo que cultivo um fascínio pelo deserto. É como se lá tivesse morado toda a minha vida, embora apenas tenha estado lá uma vez.

– E gostou?

– De visitar o deserto?

– Sim.

– Não ponho as coisas nesse plano... para mim foi uma visão única, o recordar de coisas que nunca compreendi muito bem. Já alguma vez sentiu ter estado num determinado lugar e, no entanto, está lá pela primeira vez?

– Sim, João. Isso se chama *déjà-vu*.

– Pois foi isso que aconteceu comigo.

– Talvez tenha vivido no deserto numa outra reencarnação.

– Não sei muito bem se acredito nisso, embora também não rejeite tal possibilidade.
– Bom! – eu disse batendo as palmas das mãos. – É melhor almoçarmos se não a comida esfria. Não sei se vai gostar do almoço, mas não tinha mais nada em casa. É que sou vegetariana.
– Por mim, está ótimo, Vera. Eu sou quase vegetariano.
– E o que é ser quase vegetariano? – perguntei, sorrindo.
– É não comer nenhum tipo de carne, embora coma peixe.
– Também comecei assim, sabia?
Quando terminamos de almoçar, levamos as cadeiras para a varanda e ali ficamos.
– Voltando à nossa conversa de ontem, Vera, gostaria de saber um pouco sobre a sua visão de Madalena – ele disse, não contendo mais a curiosidade.
– Antes de falar de Madalena, João, terei que falar um pouco de Cristo. É que, ao contrário daquilo que as várias igrejas cristãs sempre defenderam, Cristo é uma entidade diferente de Jesus. Eles não são um mesmo ser. E o curioso é que na liturgia católica isso é bem evidenciado, sem que tenham consciência disso, pois falam do nascimento de Jesus e da paixão de Cristo e não do nascimento de Cristo e da paixão de Jesus. Na verdade, quem nasceu foi Jesus, o discípulo que se tornou um iniciado e recebeu essa entidade cósmica que passou a atuar através de si desde o batismo. Já a paixão trata do processo do Cristo e não de Jesus; da chegada à esfera planetária dessa consciência.
– E quem é Cristo, afinal? – perguntou.
– Cristo até então, antes dos acontecimentos da Palestina, era uma entidade que tinha a sua consciência ancorada no sol, vindo de planos superiores a este. Para se receber uma iniciação dessa consciência, era necessário toda uma preparação do discípulo, cujo alma tinha que ser levada até ao centro do sol, onde era ungida pela consciência de Cristo e só então esse ser passava a atuar na Terra permeado por essa consciência e irradiando a sua energia.

"Com os acontecimentos da Palestina, isso deixou de ser necessário, pois Cristo passou a ser uma consciência planetária, estando disponível para todos através do coração que nada mais é que um portal de entrada para o contacto direto com essa entidade. Jesus e Madalena tiveram a missão de ancorar em si essa energia e permitir a sua gestação no útero planetário e consequente nascimento."
– Madalena também? – perguntou, surpreso.
– Sim. – Sorri-lhe. – Essa é a minha visão de Madalena, que não é minha, mas que me foi mostrada. Madalena foi Cristo junto com Jesus. Os dois foram batizados conjuntamente nas águas do Jordão por João. Eles foram o casal que permitiu a gestação consciencial do Cristo na esfera terrestre, recebendo Jesus a contraparte masculina dessa consciência e Madalena a feminina.
"Temos, assim, Cristo mergulhando na dualidade do mundo formal e, através desta, descendo à esfera planetária como consciência. O batismo simbolizou a fecundação desse Ser no ventre consciencial do Planeta Terra através de Jesus e Madalena. A crucificação, por sua vez, simboliza o parto dessa consciência que nasceu para o planeta, definitivamente, com a ressurreição.
"No culminar de todo o processo da paixão de Cristo, como é chamado, Jesus desencarnou deixando o seu corpo humano e partindo para esferas superiores e o Cristo ancorou no corpo planetário deixando essas mesmas esferas. Na ressurreição, Madalena é confrontada com a sua condição de ser também Cristo, algo que não era consciente nela como o foi em Jesus. Diante do Cristo que lhe aparece, ela recebe a plenitude dessa consciência.
"De alguma forma, um tanto grosseira, é como se a alma de Cristo tivesse encarnado em Madalena e o seu espírito em Jesus. Com a ressurreição, a alma e o espírito fundem-se e Madalena recebe essa consciência plenamente integrada. Ela passa a ser o Graal, como cálice que recebe em si a plenitude do Cristo."
– Estou abismado – disse absorvendo cada palavra.

Murmúrios de um tempo anunciado

– A ressurreição, em geral, reporta-nos ao Cântico dos Cânticos, onde a Amada busca pelo seu Amado. A busca de Madalena pelo Cristo representa o cumprimento de mais uma profecia: a Noiva parte para o encontro do Noivo na Câmara Nupcial, que representa na linguagem antiga aquilo que hoje se chama Corpo de Luz, que se encontra no plano Espiritual, abaixo do Plano Monádico onde está a Mônada e acima do Plano Intuitivo onde está a Alma. Ali, Alma e Mônada se encontram para um Matrimônio Superior, fundindo-se num só e fazendo nascer o ser Andrógino, o Adão original. Esse foi o arquétipo que Madalena expressou plenamente desde a ressurreição até o Pentecostes, quando as portas do mundo foram abertas e Cristo passou a atuar livremente na esfera humana, podendo ser contatado diretamente por todos através do coração.

– Madalena não tinha consciência que era Cristo durante o período em que Jesus pregou na Palestina? – perguntou.

– Não. A expressão feminina do Cristo que encarnou em Madalena atuava silenciosamente através da radiação do coração, ao contrário da expressão masculina, que o fazia de forma direta através da palavra e da ação. Apenas Jesus sabia quem ali morava. Madalena só teve consciência da sua condição de Cristo após a ressurreição, quando este lhe aparece e se revela como uma parte de si, passando Madalena a expressar a plenitude do Cristo.

– E por que é que foi Jesus o crucificado, se ambos expressavam Cristo?

– Bom, podes encontrar tanto uma razão externa quanto interna. A razão externa é que ele foi aquele que se expôs, já que o Cristo feminino atuava através da radiação do coração, chegando a todos silenciosamente. Mas existe uma razão oculta para esse fato. É que até então a polaridade do planeta era masculina e por isso Jesus, ao encarnar a energia masculina do Cristo, também encarnou toda a velha energia que necessitava ser resgatada do carma acumulado. Com a crucificação, o sofrimento gerado pela ancoragem do Cristo na esfera planetária acabou por anular o carma do planeta e com isso aliviou a humanidade de um pesado fardo.

– Mas uma consciência como Cristo também sofre?

– Quem sofre, João, é a alma e não o corpo. O corpo sente dores, mas o sofrimento é uma condição anímica. Deixar um plano solar para ancorar num plano terrestre implicou uma restrição tal na expressão dessa consciência que o sofrimento gerado anulou o carma planetário. Desse sofrimento, nasceu o amor cósmico que, no batismo do Jordão, descera das esferas extraterrestres para a esfera terrestre; Cristo com a sua encarnação, tornou-se semelhante ao homem, e daí ele usar a expressão "filho dos homens", experimentando na crucificação um momento de máxima impotência divina a fim de originar o impulso que hoje está disponível, permitindo o resgate de toda a humanidade e o nascimento de uma Nova Terra.

– E, depois, o que aconteceu com Madalena?

– Depois desses acontecimentos, Madalena juntou um grupo de seguidores que começaram a reunir-se em suas casas. Logo depois, a partir desse impulso, foram criadas as primeiras casas-igreja na Galileia. Na verdade, quem fundou a Igreja foi Madalena e não Pedro ou Paulo. Foi ela quem começou a reunir os primeiros cristãos. Depois seguiu para o norte, para a região do Éfeso, onde fundou a comunidade que hoje conhecemos como Joanina. É nesta comunidade que são escritos os manuscritos considerados hoje como apócrifos, o quarto Evangelho na sua versão original, em que o discípulo bem amado era referenciado claramente como sendo Madalena e isso é algo claro noutros Evangelhos como o de Filipe e o de Maria. No fim da sua vida, rumou até França e ali ficou.

– Por que França?

Fiquei em silêncio por alguns momentos, levantando-me em seguida e caminhando até o parapeito da varanda, de onde se avistava o lago, não respondendo de imediato à sua pergunta. Olhei depois para ele, chamando-o para junto de mim.

Murmúrios de um tempo anunciado

– O que sente quando olha para este lago?
– Muita paz.
– É verdade. – Sorri. – Uma paz que vem de outros planos de consciência e de uma civilização mais avançada que existe na parte subterrânea deste lugar. O lago é um portal para essa civilização.
Ele parecia confuso.
– Tal como Shamballa no Oriente, aqui também existe um lugar sagrado onde vivem seres mais evoluídos. Se chama Liz. Essa paz que sente são as fragrâncias de Liz para os homens da superfície.
Fiz uma longa pausa, respirando fundo.
– A verdadeira razão que me trouxe a este lugar foi o lago e o seu portal, que me permitiram entrar em contato direto com essa civilização. Antes de comprar esta casa, acampei muitas vezes na margem do lago e ali fiquei embriagada nos aromas de Liz. Acabei por estabelecer contato direto com um ser que se identificou como Maria Madalena. Foi ela que me contou tudo aquilo que te falei há pouco. Disse-me também que tinha a função, através da ordem criada por si, de formar os novos lírios para a fundação da verdadeira igreja de Cristo, que não é uma instituição, mas a radiação do puro amor no coração de todos os homens.
– E que ordem é essa?
– É a Ordem de Mariz. O nome da Ordem é uma palavra composta que contém o nome do ser que a fundou e o lugar onde esta se encontra sediada: Maria Madalena e o centro de Liz. A palavra "fundar" não é totalmente correta, pois noutros planos de consciência existe apenas o plasmar da realidade dentro da geometria dos ciclos que se sucedem, cumprindo-se o plano já determinado. Esta Ordem contém os selos programáticos destinados a Portugal; a função oculta que este país tem de realizar no serviço planetário e que é uma continuação de tudo aquilo que já foi implementado no passado. Foi a Ordem de Mariz, através da rainha Isabel, que era um dos seus membros, quem fundou a Ordem de Cristo, que impulsionou

mais tarde os Descobrimentos. Foi também a Ordem de Mariz que criou o centro iniciático de Tomar, cujo trabalho era a continuação de tudo aquilo que fora realizado em Luxor, no Templo de Karnak, no Egito, muitos séculos antes e, por isso mesmo, ligado diretamente com a ascensão da matéria.

"Essa Ordem nunca teve expressão física até agora. Em breve, no entanto, tal irá acontecer para que a programação final que esta tem que realizar possa ser implementada e levada a cabo por um grupo de iniciados diretamente ligados com esse conselho e com a irmandade de Liz. Quando isso acontecer, se pode-se dizer que Portugal descrito no poema de Pessoa se cumpriu finalmente na tarefa planetária que lhe compete manifestar e que ainda está incompleta. Tarefa essa ligada diretamente com o Cristo, pois Madalena foi o ser que recebeu a plenitude dessa consciência tornando-se um Graal vivo, assim como o centro de Liz, que é o Graal planetário e que tem a função de receber o vinho que deverá ser distribuído pelo mundo. Mariz regula essa tarefa."

Ele sorriu com lágrimas nos olhos.

– Sinto tudo isso que conta como algo muito próximo de mim, embora nada saiba sobre esse centro chamado Liz.

– Você faz parte disto, João. E não é certamente por acaso estar aqui, acampado nas margens deste lago.

– Fala-me um pouco de Liz.

– Liz tem a função de trazer para o planeta os arquétipos da nova vida que está para nascer. Ali se encontram as sementes do novo mundo, embora isso seja apenas uma pequena parte da sua função. É um centro que sempre acompanhou muito de perto a evolução de dois países que internamente são um só: Portugal e França, sendo as aparições de Fátima e de Lourdes, manifestações desse centro. E não é certamente por acaso que o primeiro rei de Portugal tenha sido descendente de uma família nobre francesa. E também não é por acaso que a flor-de-lis seja um símbolo da monarquia francesa.

"Liz é um centro de uma suavidade e de uma candura que nos toma por completo, preenchendo nossas almas com o alento do Espírito e impulsionando-nos rumo à transformação, à entrega, ao silêncio e ao serviço. Madalena ancora a sua energia nesse centro e foi por isso que ela veio para a França onde, na verdade, não desencarnou, mas foi levada para Liz, onde permanece até hoje, não mais com esse nome e não mais como companheira de Jesus, mas como a emissária principal do novo mundo que desperta."
— E tudo isso que fala lhe foi contado por Madalena?
— Sim. — Ele sorriu.
— E como foi esse encontro?
— Foi um dos momentos mais intensos e significativos da minha vida, e ao mesmo tempo dos mais simples e tranquilos. Estava sentada nas margens deste lago, bem cedo pela manhã, quando ela surgiu ao longe, caminhando na minha direção. Havia algo de magnético na sua postura de tal forma que não desviei o olhar um único segundo. O lago ajudava a criar uma atmosfera especial, coberto por uma névoa rasteira como se fosse vapor de água. Nunca me esquecerei daquele momento! Havia uma fragrância de rosas no ar que se intensificou à medida que ela se aproximava. Quando chegou junto de mim cumprimentou-me pelo nome e apresentou-se.

"Tudo o que te disse hoje foi ela quem me contou naquela manhã. Disse-me também que voltaria a contatar-me, mas que para que isso acontecesse eu teria que passar por algumas provas, pois as coisas que me contaria a respeito da história oculta de Portugal e que, segundo ela, ainda não são de conhecimento público, nem mesmo daqueles que têm uma busca espiritual, iriam provocar uma profunda transformação no meu ser e colocar-me diretamente em contato com a irmandade de Liz. Aguardo serenamente por esse contato sem nenhum tipo de expectativa, entende? Sei que esse momento acontecerá e isso é o suficiente para mim."

Fizemos um longo silêncio. O calor terno e suave daquela tarde de inverno acariciava-nos o rosto através da brisa que o transportava até nós num afago de mãe. A paz tocava-nos de forma profunda, ligando os nossos corpos com a Alma e esta com o Espírito. Havia um corredor vertical de contato com toda a expressão do nosso ser, silenciando a mente, apaziguando as emoções e tranquilizando o corpo físico. Olhei depois para ele, sorrindo.

– Sabe qual é a sensação que tenho quando olho bem fundo em seus olhos? – Ele fixou-me, anuindo. – É como se fôssemos um casal de dois velhinhos com cem anos de idade, que já viveram tudo um com o outro, que sabem tudo um do outro, e aqui, olhando este lago, apenas fica esta paz e esta tranquilidade de quem não tem mais nada a dizer, a construir, a experimentar no mundo, entregando a vida nas mãos do mais alto.

Ele sorriu, contendo as lágrimas no olhar umedecido.

– Sinto o mesmo. É como se soubesse tudo de você; como se já tivesse vivido tudo com você muitas vezes. E isso traz realmente uma grande paz. Posso mesmo afirmar que sinto por você um amor sereno, tranquilo, que não pede nada que não seja o simples ato de amar.

Ele desviou o olhar. Apesar de sentir o mesmo que eu, percebia nele alguma resistência.

– É muito bonito o que disse, mas sinto em você medo de viver esse amor. Por quê, João? – perguntei.

– Prefiro guardar para mim, Vera, mas está certa. Existe realmente algo em mim que resiste em viver esse amor.

E nada mais disse ficando em silêncio ao olhar o sol que se punha e que ali estava como testemunha de uma história que ainda ignorava. Percebia nele uma fuga àquela realidade que despertava em nós um sentimento profundo e antigo, temendo que partisse.

– Tenho que ir, Vera. – E o meu temor confirmava-se. – Irá escurecer em breve e depois não acharei o caminho.

– Ainda temos algum tempo – eu disse, devido ao desejo de não o ver partir. – Por que não fica mais um pouco?

— É melhor não. — Ele encarou-me com um olhar úmido. — É que ficar seria começar uma história que irá inevitavelmente terminar em muita dor.

— Como assim? — o que o perturbava tanto, afinal?

Ele não disse nada, beijando-me suavemente nos lábios. E logo partiu, descendo o monte pelo carreiro que o trouxera até junto de mim. Quando desapareceu por entre os arbustos da serra, aproximei-me do quadro já pronto, pegando o pincel que molhei na tinta ainda úmida. Sem resistência alguma, como se a mão tivesse sido tomada por alguém, concluí o quadro, pintando o seu rosto no espaço que sempre ficara em branco. E ali, com sorriso encharcado de lágrimas, que não pude nem quis conter, a confirmação de que ele era mesmo a pessoa que sempre procurara.

CAPÍTULO XXII (313 d.C.)

Caminhava ao longo de um estreito corredor, tentando compreender o significado daquele lugar. Nas paredes, vários quadros, de tamanhos diversos, estendiam-se ao longo, tendo como elemento comum a imagem de dois seres, um deles era um homem cujo rosto permanecia em branco. Num desses quadros, o homem encontrava-se junto a um lago e, em outro, perto de uma casa no alto de uma serra onde uma mulher de cabelos soltos o observava sorrindo. O curioso, no entanto, é que sempre que a mulher surgia num desses quadros o seu rosto era o meu. O meu rosto de oitenta e oito anos atrás e não este envelhecido pela idade.

Parei então diante do quadro que ocupava toda a parede do fundo, vendo neste o tal homem que abraçava a jovem diante da luz alaranjada de um sol poente. Compreendi que aquele homem só podia ser o Dionísio, mas no quadro encontravam-se dois jovens e não nós com a idade de agora. Talvez o sonho me tentasse mostrar o que poderia ter acontecido se tivéssemos nos encontrado logo depois que deixamos a prisão. Mas agora éramos dois velhos cansados, distantes da imagem idílica que os quadros relatavam. Nunca iríamos poder dar expressão a tal felicidade, embora fosse igualmente feliz.

Murmúrios de um tempo anunciado

Quando acordei, reparei que alguns soldados tinham entrado na gruta onde dormíamos, forçando o despertar dos nossos irmãos. Eles levantaram-se sem protestar, caminhando para as pedreiras onde iriam passar todo o dia. Maria levantou-se com eles, olhando para mim.

– Durma um pouco mais, minha mãe – ela disse, inclinando-se num beijo carinhoso.

– Não, filha. Deixa-me ir. Quero apanhar um pouco de sol – e ajudou-me a levantar, caminhando comigo para fora da gruta.

As pedreiras nunca tinham produzido tanto, embora à custa da força muscular de milhares de cristãos que ali viviam reclusos da fé que lhes tinha custado a liberdade, mas que tudo suportavam na força dessa mesma fé. O esforço moldava os seus rostos em máscaras de extremo sofrimento e o cansaço rasgava-lhes os corpos nas marcas deixadas pelo chicote. Muitos chegavam mesmo a interrogar-se se não teria sido melhor a morte, já que o sofrimento era insuportável.

As mulheres cuidavam da comida, da roupa e das crianças que tinham a seu cargo, grande parte delas nascidas no cativeiro. E embora já tivessem passado nove anos desde que ali chegamos, todos os dias desembarcavam novos cristãos. A maioria não cheguei a conhecer, pois eram aos milhares, embora muitos viessem à minha procura no desejo de uma palavra que os pudesse segurar numa fé que por vezes se tornava escassa.

Horas depois desloquei-me, no meu passo lento e amparado por uma bengala, até o lago onde as mulheres mais jovens lavavam a roupa. Este era irrigado pelas águas que vinham do rio, encontrando-se cercado por juncos e paus. Elas encontravam-se dispersas pelas margens, cantando e falando com a alegria de quem não tinha os soldados por perto. Aproximei-me.

– Irmã, Sara. Como é bom ter a senhora conosco – disse Madalena.

– Que Deus abençoe sua alegria, irmãs.

— Ainda bem que os soldados estão longe daqui. Lavar a roupa sob a mira dos seus chicotes seria... nem sei — replicou uma jovem sem tirar os olhos da roupa que lavava.

— Não se esqueçam de seus irmãos — retorqui.

— É verdade, irmã. Nem sabe o quanto me custa vê-los chegar todas as noites com os corpos ensanguentados.

— Claro que sei. Em tempos também passei por tais tormentos.

— Nós sabemos. As suas histórias são tão famosas quanto as histórias dos Evangelhos.

— Mas não devem lhes dar toda essa importância. Aos Evangelhos, sim, pois são eles que nos dão o testemunho da palavra de Cristo.

— E as suas histórias dão o testemunho da fé do nosso povo. Não será isso igualmente importante? — insistiu a mesma jovem.

— Mas a fé do nosso povo expressa-se em cada uma de vocês, na alegria que demonstram quando lavam essas roupas, nos cuidados que prestam aos nossos irmãos quando chegam das pedreiras. Não me tenham como exemplo único, pois é a nossa força como um todo que um dia será lembrada.

Ficamos em silêncio por alguns momentos.

— Nunca pensou em se casar, irmã Sara? — perguntou uma delas.

— Ana! — replicou Madalena. — Isso é lá pergunta que se faça!

— Não tem importância, Madalena — disse, sorrindo. — É uma pergunta perfeitamente legítima. — E logo olhei para ela. — Mas eu me casei, Ana. Casei-me com Cristo e com a nossa comunidade.

— Mas nunca desejou casar com um homem? — insistiu.

— Posso responder que em tempos conheci alguém muito especial que nunca vi... mas também nunca me imaginei casada com ele... é que nós somos almas complementares. E ser complementar de alguém é estar unido num laço mais forte que o próprio casamento.

— Nunca o viu!? — Ela parou de lavar a roupa. — Como assim, irmã?

— É verdade, Ana. Conhecemo-nos na prisão, embora estivéssemos em celas separadas. Ali partilhamos um amor como nenhum outro, aprendendo a reconhecer na parte contrária de cada um de nós a identidade única de um mesmo ser. Quando saímos da prisão, o destino levou cada um para seu lado e desde então nunca mais soube dele.

— Que história bonita, irmã — ela disse com os olhos brilhando. — Como eu gostaria que algo semelhante me acontecesse.

— Não deve desesperar, pois um dia também acontecerá com você. É que todos nós temos esse alguém especial. Se soubermos esperar, mesmo que leve uma vida inteira, acabará por se concretizar.

— Ainda tem esperança de o encontrar?

— Claro que sim! — Sorri-lhe. — Nunca duvidei disso. É algo que está escrito na memória da nossa identidade mais profunda. E assim será.

Com a ajuda de uma delas, levantei-me e logo parti rumo às pedreiras. Todos os dias fazia aquele percurso. Até mesmo os soldados romanos já me conheciam das tantas vezes que por ali passava, tratando-me igualmente por irmã. Respeitavam-me pela minha idade, pedindo-me por vezes conselhos sobre os assuntos mais variados. Alguns chegavam mesmo a inibir-se de chicotear os nossos irmãos na minha presença, aceitando as repreensões que lhes dava. Havia outros, no entanto, que pouco respeito tinham por mim, fazendo questão de me provocar com nomes obscenos a atitudes agressivas. Mas perdoava-os a todos, não só por amá-los de igual forma, como também por saber que todos eram o fruto daquilo que a escola da vida lhes tinha reservado.

— Irmã! — chamou um dos soldados, aproximando-se. — Pode vir comigo? É que um dos seus irmãos chamou pela senhora. Parece que está morrendo.

— Conduza-me então até ele, irmão. — Peguei no seu braço, caminhando amparada pelo jovem soldado.

— Por que me chama de irmão? — ele perguntou.

– Porque é meu irmão, jovem. Já alguma vez pensou que na diversidade dos povos que habitam este mundo, todos temos dois braços e duas pernas, um rosto e dois olhos? Já reparou que todos amamos aqueles que nos estão próximos e que choramos aqueles que julgamos perder? Será mesmo possível que não seja capaz de nos ver como filhos de um mesmo Pai e, se não tiver religião alguma, será mesmo possível que não seja capaz de nos ver como filhos de uma mesma mãe?
– E de que mãe fala?
– Da natureza, claro! Não somos nós filhos desta terra que nos rodeia, deste sol que nos alimenta?
– Acho que sim, irmã.
– Então não deve estranhar o fato de eu lhe tratar por irmão.

Chegamos finalmente junto ao homem que morria. Ele estava deitado debaixo de uma árvore, sofrendo com a doença que o atingira. Deveria ter a minha idade, embora a doença o envelhecesse ainda mais. Aproximei-me.

– Irmão! – Ele abriu os olhos, sorrindo.
– É você, irmã Sara?
– Sim, sou eu.

Diante de mim estava aquele que foi carcereiro, depois soldado e que agora era cristão.

– Como vê, irmã, também fui seduzido pelas palavras de nosso mestre –ele disse num tom de voz quase inaudível.
– Eu sei. Lembra do sonho que teve quando deixou a nossa igreja?
– Sim, irmã. Agora... – A tosse impedia-o de falar. – ... compreendo o seu significado.
– E está pronto para partir de volta ao nosso Pai?
– Sim... é tudo aquilo que... desejo... Se um dia regressar... a este mundo... prometo que... virei para servir... e para...

E partiu dos meus braços sem terminar a frase. Aquele que em tempos mandara que me chicoteassem, por ser cristã, era agora tão cristão quanto eu. E essa era a força de uma fé que tudo transpunha, tornando irmão aquele que em tempos nos odiava.

Depois de o enterrarem, meditei durante algum tempo sobre o destino daquele homem, sobre os caminhos distintos de duas pessoas que se cruzaram num determinado momento da vida e cujo encontro permitira modificar uma delas. Mas logo parti, deslocando-me até Maria, que preparava, com centenas de outras mulheres, a refeição que iria ser servida no fim da tarde.

– Mãe? É verdade que um homem morreu nos seus braços?

– Não deve usar esse tipo de linguagem, filha... mas, sim. É verdade que um homem partiu para Deus nos meus braços.

– Era alguém conhecido?

– Era, sim. Lembra daquele que fora carcereiro e que encontramos perto de um ribeiro quando vínhamos da comunidade de leprosos?

– Carcereiro!? Que carcereiro, minha mãe?

– Nunca te contei, não?

– O que é que a mãe não me contou? – ela perguntou, encarando-me.

– Que aquele soldado que encontramos perto do riacho há uns anos, era o carcereiro quando fui presa.

– Verdade!? – Ela parou de cortar os legumes. – Por que não me disse nada?

– Porque não queria provocar o seu ódio para com ele. Era importante que o visse como um irmão e não como um inimigo.

– E o que ele fazia aqui? – Ela continuou a cortar os legumes.

Sorri-lhe.

– O mesmo que nós, filha. É que ele também foi tocado pelo amor de Cristo, convertendo-se à nossa fé.

– Ele tornou-se cristão!? – Ela sorriu, parando uma vez mais.

– Sim. Mas não foi nenhuma surpresa para mim. Quando ele deixou a nossa igreja e me falou do sonho que tinha tido, tudo se tornou claro a meus olhos. Fiquei muito feliz por saber que ele não ofereceu resistência a esse destino.

Deixei a Maria com as outras mulheres, caminhando pelas pedreiras com a ajuda de uma bengala que compensava a força escassa de duas pernas entorpecidas pelo tempo. O vento soprava com a rebeldia de quem não tinha freios, gelando os corpos transpirados de todos aqueles que ali trabalhavam no limite das suas forças. E nada mais se ouvia que o barulho dos martelos sobre a pedra desnudada e os gritos ensurdecidos deixados pelo chicote na carne.

Alguns soldados inibiam-se de o fazer diante de mim, enquanto outros faziam questão de mostrar sua brutalidade, ferindo-os com mais força.

Depois de muito caminhar, passei diante do homem encarregado pelas pedreiras, cumprimentando-o. Ele estava sentado diante de uma mesa repleta de comida, debaixo de um toldo que o protegia do sol.

– Não me quer acompanhar, irmã?

– Não, obrigado. Comerei com todos.

– Sente-se pelo menos a meu lado – e apontou a cadeira vazia.

Assim fiz, observando-o com um olhar sereno.

– Não pesa na consciência tudo aquilo que aqui faz?

– E por que deveria pesar, irmã? Limito-me a cumprir ordens.

– E se não precisasse as cumprir?

– Se eu fosse imperador, acho que deixaria os cristãos em paz. Já viu o desperdício que é para o império perder toda esta força. Tenho a certeza que as finanças de Roma estariam bem melhores se todos estes cristãos estivessem trabalhando nos seus ofícios.

– E a nossa fé não lhe incomoda?

– Desde que paguem os impostos, que me importa o Deus que veneram?

– Já pensou se um dia o imperador se tornar cristão?

– Um imperador cristão!? – Ele soltou uma gargalhada que ecoou à distância. – Não sabia do seu senso de humor, irmã. E olhe que já nos conhecemos há algum tempo.

— A nossa fé tudo pode alcançar. E sabe disso, pois agora mesmo reconheceu a nossa força.
— Mas um imperador cristão é demais, irmã!
— Se estiver predestinado a ser, será. — Levantei-me. — Até amanhã, irmão romano.
— Até amanhã — ele disse ainda rindo.
Parti na direção do rio, deixando o chefe com a sua refeição.
Já há alguns anos que fazia aquela caminhada, parando sempre nos mesmos locais, falando com as mesmas pessoas, motivando cada um na fé que deveriam manter sobre a força de uma religião que tudo suportava.
Junto do rio assisti ao pôr do sol que se refletia num longo cordão dourado. Ali, conversava com o Dionísio, falando-lhe das coisas que me aconteciam, dos sentimentos que afloravam em minha mente devido a saudade que dele sentia.
— Tive um sonho tão estranho, sabe? Estávamos os dois desenhados num quadro onde nos abraçávamos com o olhar fixo num pôr do sol lindíssimo. Mas você não tinha rosto. Reconheci pela alegria que vi retratada no meu olhar. O mais estranho foi compreender que aquele quadro expressava um momento que não pode mais concretizar-se. É que lá estavam dois jovens; os jovens que fomos no passado, lembra?
E foi então que aquele ser de luz que eu reconhecera anos antes como Maria Madalena surgiu diante de mim. Como a sua presença de fogo me ativava, despertando no meu peito um calor e uma paz únicos. E ela falou em minha mente:
— Por que julga que esse momento não poderá mais se concretizar?
— Porque no sonho estavam dois jovens e nós já somos velhos.
— Quem é jovem e quem é velho? Quem é você, afinal? Esse corpo ou a Alma que o habita?
— A Alma, claro.
— A Alma não tem tempo, nem lugar. Ela é onde tiver que se expressar. O que ali viu foi um momento futuro onde vocês dois

voltarão a se encontrar. Tenha fé. Lá também estarei contigo para te acompanhar e revelar muitos segredos que por enquanto devem ficar ocultos.

    Agradeci mentalmente pelo seu carinho e pela sua presença. Era a minha mestra mais direta, que me acompanhava desde os meus vinte e cinco anos. Ali estava novamente para me confortar e para fortalecer a minha fé. Quando ela desapareceu e o Sol se pôs, caminhei até as grutas onde iria ser servida a única refeição. Os homens chegavam exaustos e feridos após um longo dia de trabalhos forçados, devorando a comida que lhes era servida nas mãos. Recolhiam-se depois no interior da gruta, aguardando as palavras que partilhava com todos no desejo de os motivar numa fé que por vezes era difícil de sustentar.

    – Irmãos! Quero hoje falar do amor, do fervor, da humildade e da beneficência. Devem, pois, amar cordialmente uns aos outros. Não sejam vagarosos no cuidado, mas fervorosos no espírito. Alegrem-se na esperança, sejam pacientes na tribulação, perseverem na oração. Abençoem os que vos perseguem; abençoem e não amaldiçoem, pois eles também são filhos de um mesmo Pai. Sejam unânimes; não ambicionem coisas altas, mas acomodem-se às humildes. A ninguém devem tornar mal por mal. Portanto, se o seu inimigo tiver fome, dá-lhe de comer; se tiver sede, dá-lhe de beber. Não se deixem, pois, vencer pelo mal, mas vençam o mal com o bem.

    Maria e Madalena estavam junto de mim, assentindo ao ritmo das minhas palavras.

    – Não se deixem inquietar com o destino que lhes foi traçado, pois tudo tem o seu tempo e o seu lugar. Há tempo de nascer, e tempo de morrer; tempo de plantar, e tempo de colher; tempo de rir, e tempo de chorar; tempo de falar, e tempo de estar calado. É que da mesma forma que as estações determinam o tipo de frutos que nelas vão nascer, o tempo determina os acontecimentos que nele se devem realizar. Cada fruto tem o seu momento para existir e consoante a estação, assim será a sua natureza, pois não nascem cerejas no inverno nem laranjas no verão. Por isso não desesperem a pensar no futuro, já que esse será aquele que tiver que ser.

Depois de terminar, e enquanto os nossos irmãos se dispersavam pelos cantos mais recônditos da gruta, alguém aproximou-se de mim.

– Sara! – Os meus olhos fixaram os seus e logo depois um sorriso se fez presente.

– Sofia! Como é bom te ver.

Com alguma dificuldade levantei-me, abraçando-a.

– Sempre te tive como uma irmã de sangue – ela disse.

– Eu também. – Afastei o abraço. – Sempre foi muito próxima, como se nos conhecêssemos desde o princípio dos tempos.

– Mas olha para nós, agora... como o tempo passou.

– Sim. Mas com Cristo nos nossos corações o que é o tempo, senão um mero detalhe?

– E o Dionísio? Chegou a encontrá-lo?

– Na realidade, nunca estivemos verdadeiramente separados, embora a distância física disso nos quisesse convencer. Foi essa certeza que me fez suportar a sua ausência física durante estes anos. E eu sei que ele sente o mesmo que eu.

Sofia sorriu de olhar cintilante.

– Esse seu amor sempre me encantou, sabia? Fico feliz por saber que o tempo e a distância não foram capazes de o apagar.

Sofia ficou junto de mim naquela noite. Éramos como irmãs de um parto ainda por revelar. Depois de adormecer, sonhei novamente com aquele enorme quadro que ocupava toda uma parede. Éramos nós os dois que ali se abraçavam diante do sol que tudo testemunhava. A imagem ganhava vida aos poucos, tornando-se verdadeira. Era como se recordasse o futuro e não o passado. Mas como podia isso ser possível?

Na manhã seguinte, bem cedo, os soldados entraram na gruta como sempre faziam. Mas algo de estranho se passava, pois obrigaram todos a ir para as pedreiras, incluindo as mulheres e as crianças, fato que nunca antes tinha acontecido.

– Será que vão obrigar as crianças e as mulheres a trabalhar com os homens? – perguntou Madalena.

– Não acredito que o façam! – retorquiu Sofia. – Obrigar crianças a trabalhar como homens? Seria uma monstruosidade.

– O que acha, irmã Sara? – perguntou Madalena.

– O melhor é esperarmos e logo saberemos.

Milhares de pessoas foram conduzidas para o enorme planalto aberto na montanha, aguardando as palavras do chefe responsável pelas pedreiras que lá no alto, sobre os blocos de pedra talhada, desenrolava um pergaminho.

– O novo imperador Constantino ordena, através deste édito, que o estado dê completa tolerância a quem quer que tenha entregue o seu espírito ao culto cristão. – Ficamos todos em silêncio. – Ainda não compreenderam? – ele gritou. – Estão livres!!!

E a multidão explodiu em uníssono numa alegria que transbordou em beijos, lágrimas e abraços. Maria agarrou-se a mim, chorando de emoção.

– Estamos livres, mãe. Livres!

– Sim, filha. Temos que agradecer a Deus por ter iluminado a mente do novo imperador.

Abracei depois Sofia que chorava a meu lado e com ela também eu chorei.

– Que voltas estas que a Vida nos fez dar ao longo destes anos – ela disse.

– É verdade, Sofia. E olhando para trás na recordação de cada momento vivido, mesmo os mais difíceis, a única coisa que fica é uma profunda Paz.

Compreendi então, diante daquela multidão eufórica, que uma nova era tinha acabado de nascer.

CAPÍTULO XXIII (325 d.C.)

O vento soprava como ondas rebeldes sobre a rocha dura de uma enseada aberta pela persistência do tempo. Ali, sentado no alto de uma duna sobre a areia quente do deserto, podia ouvir os murmúrios que o futuro pronunciava como memória viva de uma realidade já interiorizada. Sabia que o nosso encontro estava adiado para uma dimensão que nos transcendia e na qual existíamos unidos a uma mesma identidade, a uma mesma consciência.

Foi então que um ser feminino de uma luminosidade intensa, de longos cabelos brancos e expressão serena, surgiu diante de mim.

– Quem é você? – perguntei, crispando o cenho.

– Eu sou aquela que habita o seu coração, Dionísio, e o coração de todos os homens sem que estes o saibam. Aquela por quem clamou todos estes anos.

O seu corpo irradiava uma energia que se alongava em espargidos de luz, tranquilizando-me.

– E por que veio? Já não tenho perguntas para fazer, nem dúvidas a esclarecer.

– É por isso mesmo que vim. Temos que ser pacientes nos caminhos que nos são propostos. Só então estaremos prontos a caminhar pelos trilhos do nosso verdadeiro destino.

— E o que quer de mim?
— Vim dizer que deve partir.
— Partir!? Para onde?
— Para Niceia.
— Niceia!? — Estava confuso. — Por que Niceia?
— É lá que o seu destino se cumprirá.
— Irei encontrá-la?
— Encontrar-se-ão sem se encontrarem.
— Como assim?
— É que o seu encontro definitivo está adiado para um outro tempo, para uma outra realidade.
— Não compreendo. Que outro tempo é esse?

Ela aproximou-se de mim, tocando a minha fronte.

— Feche os olhos. — Assim fiz. — Imagina-se agora leve como uma pena, voando ao sabor do vento.

Percebi então que estava flutuando sobre o meu corpo.

— Certa vez tive um sonho semelhante a este – disse, emocionado.

— Não é um sonho, Dionísio. É o estado que prevalece sobre a morte.

— Quer dizer que morri?
— Ainda não.
— Então o que faço aqui?
— Quero mostrar algo.

Naquele mesmo instante, a imagem do deserto desvaneceu-se sobre o verde de uma paisagem luxuosa. Ali, nas margens de um lago, um jovem desmontava uma tenda quando alguém se aproximou.

— João! – disse uma linda mulher de olhos umedecidos.

Ele virou-se na rapidez que a sua voz lhe inspirava.

— Sim, Vera. — Os seus olhos fixaram-se nos dela. — Por que veio?
— Queria te mostrar o quadro.

Ela entregou-lhe um quadro que ele observou de olhos cintilantes.

— Mas... mas este é o meu rosto! – disse encarando-a num olhar que se tornava úmido.
— É verdade! – A jovem soluçava, trepidando o queixo, com uma emoção profunda. – Necessita de mais alguma prova para perceber que estamos predestinados um ao outro?
— Não necessito de provas, Vera... eu sei isso desde que os meus olhos viram os seus ali junto do lago.
— Então não vamos desperdiçar isso... nem sabe a alegria que senti quando o rosto foi surgindo ao ritmo das pinceladas que não vinham de mim... é o próprio destino que nos quer juntos.
E abraçaram-se sobre a luz de um sol que se punha.
— Quem são estas pessoas que me mostra? – perguntei, comovido.
— São vocês dois, não vê?
— Eu e a Sara!?
— Sim, Dionísio. São vocês que ali se abraçam.
— Mas... os rostos são tão diferentes e a idade... ali são dois jovens!
— Não se deixe iludir. Aqueles jovens que ali se abraçam são vocês dois num tempo futuro.
— E que tempo futuro é esse que aqui vejo?
— É o tempo onde todas as promessas se concretizarão e todos os sonhos se tornarão realidade. O limiar de um caminho que lhes levará à consciência unificada do ser espiritual que ambos personificam. Ali estarei para que juntos possamos cumprir a tarefa que temos que realizar.
Estava encantado com tudo aquilo que os meus olhos relatavam, pois ali, num abraço maior que o mundo, Sara e eu concluíamos uma história de muitos séculos de procura. Saber que os sacrifícios de uma vida não tinham sido em vão, que a sua ausência não tinha se diluído na imagem areada do tempo, fazia-me rejuvenescer na lembrança daquele encontro que o futuro deixara como promessa a um amor que nos transcendia. Iríamos estar juntos e isso era tudo aquilo que importava.

Quando regressei à consciência do meu corpo, já não vi aquele ser de luz. Estava pronto para partir rumo a Niceia e, ali, num epílogo há muito anunciado, encerrar os caminhos de toda uma vida.
– Tiago!
– Sim, mestre.
– Ajuda-me a levantar. – Ele assim fez. – Quero que saiba que amanhã bem cedo partiremos para Niceia.
– Para Niceia, mestre?
– Sim, Tiago. Um ser de luz assim me ordenou.
Ele amparou-me até a rocha que nos servia de morada, deixando-me sozinho na cela. A imagem do futuro que aquele ser feminino me mostrara tinha ressuscitado a esperança de um encontro há muito adormecido nas areias do deserto. Nada sabia dos rostos desses dois jovens que éramos nós no futuro, no entanto, na expressividade de um olhar que neles reconheci, vi o reflexo de um amor que transbordava a própria morte, conquistando a eternidade.
Foi então que um jovem cristão, ali chegado semanas antes, entrou na cela timidamente.
– Mestre? Posso falar com você?
– Claro que sim, irmão. Entre.
– Gostaria muito que me ajudasse a esclarecer um enigma.
– E que enigma é esse?
– É o enigma da verdade, mestre. Onde é que ela está?
– A verdade está onde sempre esteve: dentro de cada um de nós. É lá que a devemos procurar.
– E o cristianismo? Não nos mostra a verdade?
– A sua pergunta faz-me lembrar as palavras que anos antes partilhei com um grupo de peregrinos. As religiões, irmão, são apenas instrumentos de trabalho dos quais nos devemos servir para construirmos essa verdade e não a verdade em si mesmo. É que esta não pode ser encontrada no domínio do pensamento abstrato, nem num dogma consagrado pela antiguidade, mas apenas na sua expansão

no tempo e no espaço, na imensidade do seu movimento e desenvolvimento, na sua influência sem limites sobre a vida em todos os seus aspectos, em resumo: na sua universalidade. Mas somos nós que temos que forjar esse caminho no amor e na compaixão que devemos ter para com todos os seres.

– E que caminho é esse, mestre?

– Deixe-me contar uma história. Certa vez existia um homem que andava obcecado pela verdade, desejando ardentemente conhecê-la. Alguém lhe contou então da existência de um livro que continha toda a verdade mas que ninguém sabia onde se encontrava. O homem, no desejo de tudo saber, resolveu procurar o livro. Subiu então as montanhas mais altas, atravessou os mares mais extensos, penetrou nas florestas mais densas, andou pelos desertos mais secos, estudou todas as civilizações antigas na busca de pistas que o levassem a esse livro. E foi então que, depois de uma vida inteira de procura, encontrou-o finalmente. Mas quando abriu as páginas do livro constatou, para sua surpresa, que a verdade que lá estava escrita tinha ele aprendido ao longo de uma vida de procura... Que acha do significado desta história?

Ele ficou em silêncio por um instante e depois respondeu:

– Que a virtude não está em possuirmos o tesouro, mas no esforço que fizermos para alcançá-lo.

Sorri-lhe.

– Vejo que está no caminho certo. É que muitos demoram uma vida inteira a compreender isso mesmo.

Ele saiu, satisfeito. Iria certamente tornar-se mestre daquele lugar, não pela idade, como eu, mas pela sabedoria que já demonstrava.

Na manhã seguinte, acordei antes do sol, levantando-me inquieto com a viagem; há mais de setenta anos que não saía do deserto. De uma abertura cavada na rocha da parede da cela retirei um pequeno saco contendo várias moedas de ouro. Fora-me oferecido pelo pai da Sofia e ainda se encontrava tal como ele me entregara. Desci depois até a base da rocha.

Murmúrios de um tempo anunciado

— Está pronto?
— Sim, mestre – respondeu Tiago. – Enchi esta sacola com alguma comida e este cantil com água.

O sol despertou momentos depois, dando voz de partida à viagem cujo primeiro destino era Alexandria. Uma viagem que demorou vários dias pelos desertos secos e áridos do Egito, numa travessia penosa e cansativa. Dias depois, avistamos finalmente a cidade de Alexandria; uma cidade meretriz de prazeres luxuosos e fantasias obstinadas, marcada pela natureza sedutora de uma rainha ávida de poder que dali lançara o engodo com que aturdira dois imperadores.

Tinha visitado pela primeira vez a cidade quando meu pai ali me levara quando eu tinha doze anos. Queria que aprendesse os segredos de uma vida de mercador, pois era tudo aquilo que me podia deixar. Mais tarde, regressei pela minha mão, cumprindo o desejo de meu pai que tinha morrido um ano antes. A cidade, a segunda depois de Roma, caracterizava-se pelas ruas traçadas em ângulos retos e pelas duas avenidas principais que se estendiam até ao porto, onde se concentrava o comércio e a política. Era também conhecida pelo seu farol, uma das sete maravilhas do mundo, assim diziam.

Minutos depois chegamos ao porto da cidade, que se encontrava repleto de comerciantes que negociavam os produtos novos. Este tinha sido construído sobre um enorme braço de terra que ligava o continente a uma pequena ilha de nome Pharos onde se encontrava o farol de Alexandria. Uma construção única e verdadeiramente faraônica, revestida de mármore branco e edificada em vários patamares de tamanho decrescente. No topo, a fumaça esvoaçava sobre os restos de uma fogueira já extinta, pois era durante a noite que esta se erguia em chamas que serviam de aviso às embarcações que navegavam ao largo. E logo embarcamos até Bizâncio, cidade que separava os dois mares.

A viagem iria demorar alguns dias, fato por si só pouco importante, contudo, os balanços da embarcação tudo dificultaram para quem estava habituado a solo firme. Ao entardecer, o sol mergulhou nas águas, lançando sobre o mar um longo cordão dourado que parecia me aliciar a caminhar até junto dela. Podia finalmente compreender que aquele longo sacrifício tinha sido a força motivadora que alimentara um amor que apenas o tempo poderia concretizar, germinando de uma semente cujos frutos iriam nascer num mundo diferente e distante.

Dias depois chegamos ao porto pesqueiro da cidade de Bizâncio, que se encontrava num alvoroço total. Várias embarcações descarregavam estátuas e objetos preciosos, enquanto outras transportavam materiais de construção e homens. Ao perguntar ao acaso o que se passava, disseram-me que o imperador mandara construir ali a nova capital.

Horas depois de termos desembarcado já íamos a caminho de Niceia, numa carroça alugada de um camponês que nos conduziu pelas estradas que iriam servir a nova cidade. Durante a viagem pus-me a pensar nas palavras do ser feminino: "Ambos se encontrarão sem se encontrarem de fato". O que queria ela dizer? Sabia que as imagens que vi do nosso futuro confirmavam esse encontro, mas o que teria o destino reservado para esta vida: "É lá que o seu destino se cumprirá". Como podia o meu destino cumprir-se numa pequena vila do interior? As dúvidas assolavam-me devido a certeza pouco firme e nada esclarecida de uma caminhada que não compreendia: "Temos que ser paciente nos caminhos que nos são propostos".

Quando chegamos a Niceia, pude constatar que a pequena vila estava repleta de clérigos. Mais uma vez interpelei alguém que passou por nós.

– Sabe me dizer o que se passa aqui?
– Não sabe, irmão?
– Acabamos de chegar do deserto.
– Está se realizando o primeiro concílio ecumênico do cristianismo.
– E por que um concílio?
– Por causa da polêmica levantada por Ário, irmão.

– E não temem que o imperador lhes mande prender?
– Mas foi o imperador que convocou este concílio!
– O imperador!? Como assim? – Estava confuso.
– Vejo que também não sabe que o novo imperador se converteu ao cristianismo.
– Tornou-se cristão!? – A minha expressão abriu-se de espanto perante tal revelação.
– É verdade, irmão. – Ele sorriu. – Depois de muito sofrer, a nossa igreja encontrou finalmente a paz. E logo se afastou. *Que voltas tinha o mundo dado*, pensei num sorriso rasgado. Saber que o cristianismo tinha ganhado o seu lugar, que a religião que ela me ensinara a respeitar conseguira conquistar o paganismo de todo um império fortalecia a imagem que dela tinha, pois aos poucos sentia-a mais próxima.

Caminhei juntamente com as pessoas que convergiam para o maior edifício da cidade, entrando pelas arcadas da porta principal com Tiago a meu lado.

– Os senhores não podem entrar – disse um dos soldados reparando nas roupas pobres que vestíamos.

– E por que não, irmão?

– Apenas podem entrar na sala do concílio os bispos ou aqueles que os representam.

Não insisti, sentando-me no banco que ali se encontrava. Momentos depois, os trabalhos do concílio foram reatados.

– Irmãos! – disse alguém no interior da sala. – Gostaria de dar a palavra à nossa irmã Sara que veio representando a igreja de Antioquia.

Por breves momentos sustive a respiração não acreditando que fosse possível.

– Espero não vir incomodar-lhes...

E era mesmo ela. Apesar dos setenta e quatro anos que nos separaram, reconheceria aquela voz em qualquer lugar. Senti-me então

ser puxado num turbilhão de memórias que não recordava, mas que surgiram diante de mim como imagens de uma mente delirante.
– Espero não vir incomodá-lo.
Eu estava junto de um lago a lavar um pote tão brilhante quanto a prata, quando olhei para ela com um sorriso rasgado.
– Claro que não incomoda. É sempre bom falarmos com alguém de vez em quando.
Não reconheci no rosto a pessoa que fui anos antes, embora soubesse que éramos nós dois que ali estávamos. O turbilhão transportou-me de volta à realidade, sincronizando a minha mente com as palavras que dela chegavam. Ela falava de uma forma doce e segura.
De olhos fechados, deixei-me levar como folha nos braços de uma brisa perfumada, como água de um riacho correndo pelas encostas escarpadas de um destino já determinado. A sua voz unificava toda uma vida, ressuscitando o futuro que agora podia ter lugar. Era um elo que nos ligava à divindade que existia em nós, completando o círculo de uma existência repartida pelas metades contrárias de uma só identidade.
Quando ela terminou, não forcei a entrada na sala do concílio, partindo com Tiago rumo a Bizâncio. Não era mais importante encontrá-la pela minha própria vontade, pois nada poderia impedir que esse encontro, no seu devido tempo e na fluidez da sua própria realidade, acontecesse. E eu sabia que iria acontecer!
Quando chegamos ao porto, no dia seguinte, fui à beira de um dos extremos do cais para poder contemplar sozinho o sol que descia sobre o mar. E foi então que, sobre as águas, vi aquele ser feminino que me tinha levado até Niceia. Nada disse desta vez, observando-me apenas com um sorriso de amor e paz que me preencheu por completo. Olhou depois para a sua esquerda estendendo o braço para que o acompanhasse. Meus olhos fixaram-se então num barco que partia e neste, com lágrimas escorridas sobre um sorriso molhado e trêmulo, pude ver, finalmente, o seu rosto...

CAPÍTULO XXIV (325 d.C.)

Tinham passado doze anos desde que deixamos as pedreiras, embora, ao contrário daquilo que esperávamos, não tivéssemos entrado num período de paz. Apesar do novo imperador, Constantino – que assumiu o poder depois de ter vencido Magêncio e ter se convertido ao cristianismo, o seu coaugusto do leste, Licínio, permanecia fiel a um paganismo desmedido. Cinco anos antes, retirara todo o apoio aos cristãos, proibindo os sínodos da igreja em todos os territórios orientais do império. Proibiu, também, que homens e mulheres praticassem atos de culto em simultâneo, exigindo que estes se realizassem fora das muralhas das cidades. Chegou mesmo a prender bispos, fechar igrejas e destruir livros sagrados.

Estas novas perseguições deram a Constantino o pretexto para destituir Licínio do seu cargo, vencendo-o numa batalha realizada dois anos antes. Era agora o imperador absoluto de todo império, cuja religião oficial era o cristianismo.

Navegava com Maria numa pequena embarcação rumo à cidade de Bizâncio, de onde partiríamos para Niceia. Íamos na comitiva do bispo de Antioquia para o primeiro concílio ecumênico da história do cristianismo, depois das controvérsias levantadas por Ário, presbítero em Alexandria, e pelo próprio bispo Alexandre. Agora que o império estava unificado sobre a vontade de um só imperador, a igreja parecia querer se desagregar entre as posições de Ário e Alexandre, que ganhavam adeptos por todo o império. Enquanto o primeiro defendia que o Deus Pai e o Deus Filho não eram semelhantes em essência, o outro contrapunha dizendo que tanto o Deus Pai e o Deus Filho eram de substância idêntica. Parecia irrelevante tal discussão, no entanto, o mal-estar nas comunidades cristãs era evidente, transpondo os limites da própria igreja.

Sempre que saía pelas ruas na companhia de Maria e perguntava algo a alguém, esse alguém discutia logo conosco se o filho era gerado ou não gerado. Se quisesse saber da qualidade do pão, respondiam-nos que o Pai era maior e o filho menor. Tornava-se impossível transmitir os ensinamentos de Cristo, pois ninguém queria saber das suas palavras, mas sim se este era, ou não, coeterno com o Pai.

Tinham esvaziado por completo a sua verdade e isso entristecia-me profundamente. A minha única esperança era que em Niceia uma luz iluminasse a consciência dos bispos para que pudessem ver o absurdo de tal discussão; para que sentissem as lágrimas no rosto de nosso mestre por estarmos tomando caminhos diferentes daqueles que ele nos quis mostrar, pois na ilusão deturpada de tais teorias, nada tinha ficado do amor por ele ensinado.

O sol mergulhou nas águas, pintando-as com a tonalidade dourada dos seus reflexos. Compreendia agora que aquele longo sacrifício tinha sido a força motivadora que alimentara um amor que apenas o tempo poderia vir dar expressão; que a sua ausência física tinha tornado possível a germinação de uma semente cujos frutos nasceriam numa época por revelar. Maria ia comigo, contemplando o sol. Como era difícil imaginá-la com setenta e oito anos! Ainda há tão pouco tempo era uma criança de três anos que vi perdida dos pais em um alpendre molhado pela chuva. Uma criança que o destino colocou em meus braços, dando-me a filha com que sempre sonhara; uma alma boa e profundamente terna que me ajudara a suportar a ausência do Dionísio.

– Sabe, Maria? – disse.
– Neste sol está alguém muito especial. Alguém que esteve sempre junto de nós.
– Eu sei, mãe. – Ela sorriu. – No sol está o pai.
– Como sabe, filha? – perguntei, surpreendida.
– Desde os meus três anos que sonho com ele.
– Verdade? E como é esse sonho?
– O sonho passa-se dentro de uma casa e é sempre o mesmo. Eu estou chorando em um canto, abraçando meus joelhos, quando ele se aproxima. Pergunta-me por que choro, ao que eu respondo que a minha mãe me deixou. Ele insiste, perguntando-me para onde foi a minha mãe e eu respondo que ela foi com a pomba branca que a levou.
– Que sonho estranho, filha!
– Mas logo depois fico contente, pois vejo-o abraçado a uma mulher e sinto que esta poderá ser a minha nova mãe.
– E que mulher é essa?
– Sempre fiz essa pergunta. Hoje sei que essa mulher é você, embora não a reconheça no rosto dela.
– E esse sonho acompanhou-te toda a vida?
– Sim, mãe. Desde os meus três anos.
– O que acha que significa?
– Não sei. Mas sempre senti sua presença como um afago carinhoso deixado por alguém que estava ali para me confortar. Com os anos acabei por dar menos importância ao sonho, mas no princípio ajudou-me muito.

No dia seguinte chegamos à pequena cidade de Bizâncio, que muito em breve se tornaria a capital do império. Diziam mesmo que o seu nome iria ser Constantinopla em honra do novo imperador. As construções antigas tinham sido destruídas, dando lugar a casas e palácios ornamentados com os despojos retirados dos templos pagãos espalhados pelo império. As novas muralhas cresciam distanciadas dos limites da cidade, aumentando o espaço para construção.

E até alimento gratuito tinham prometido aos cidadãos mais pobres que construíssem as suas casas na capital.

No porto da cidade, vários soldados aguardavam os participantes no concílio, embora naquela manhã apenas nós tivéssemos chegado. Partimos logo para Niceia numa carruagem posta ao nosso dispor pelo imperador, que tinha autorizado que os representantes das várias igrejas se servissem dos meios de transporte oficiais.

Durante a viagem deixei-me seduzir pela beleza primaveril dos campos floridos que ladeavam as estradas. A temperatura amena pacificava o ambiente com a harmonia perfumada das flores silvestres que tudo cobriam, dando voz à natureza que ali desabrochava na sonolência viva de um colorido forte.

E enquanto olhava os campos floridos, sentia que a minha partida estava para breve, pois nada mais tinha para dar ao mundo que aos poucos deixava de me pertencer. Ajudara na construção de um novo futuro para a humanidade e isso fazia-me feliz. Feliz por saber que toda uma vida tinha dado frutos maduros e doces; que na ausência que dele sempre senti, tinha suportado uma existência voltada para Deus, ajudando a edificar cada pedaço daquele trilho iniciada por Cristo. Só esperava que esse trilho não desmoronasse em dogmas cristalizados pela ignorância, pois esses eram os presságios que se anunciavam pela polêmica levantada por alguns membros da Igreja.

Depois de várias horas de trajeto, chegamos a Niceia, uma pequena vila construída nas margens de um lago. Esta estendia-se tranquila em uma comunidade pacata onde o silêncio adormecia o tempo na marcha por ele repousada. As pessoas andavam ao ritmo sereno da paisagem campestre que as cercava num abraço florido de sons e cores. As casas, de fachadas simples, dobravam-se em esquinas largas de ruas repletas de vegetação. Ali o vento corria liberto do sufoco de outros lugares, brincando com as folhas secas em bailados dignos de se observar.

Fomos conduzidas à residência que iria albergar os representantes das várias igrejas e ali aguardamos o início do concílio. Tínhamos que esperar que todos chegassem para que este tivesse o seu início, pois não podia haver lugar para contestações. Depois de ter adormecido, numa dessas noites de espera, vi-me envolta num sonho que já tinha tido tempos antes. Caminhava por um longo corredor ladeado por quadros. Nestes, uma figura masculina, sem rosto, predominava sobre um fundo desfocado. Mas desta vez não me limitei a observar os quadros, pois na mão direita tinha um pincel que usei para pintar o rosto em cada um deles, embora não conseguisse vislumbrar os seus contornos. Era como se pintasse com tinta invisível. Foi então que me vi ser puxada para dentro de uma casa onde Maria, ainda com três anos de idade, chorava enrolada no seu corpo. Ela olhou para mim.
— Mãe! Voltou?
— Sim, querida. Agora vamos ficar juntas para sempre.
Ela correu para mim, abraçando-me com toda a força que encontrou. Levantei-me com ela no colo, percebendo que estava novamente no corredor, tendo diante de mim o quadro principal que ocupava toda a parede do fundo. Nesse mesmo instante, mergulhei para dentro do quadro, fundindo-me com as suas cores. Um lago refletia, como espelho polido, a serenidade da paisagem circundante, enquanto dois jovens se abraçavam diante de um sol poente. Maria, que se encontrava no meu colo, desapareceu no brilho radioso de uma luz que pairou sobre o casal.
— Obrigada, mãe.
— Por que me agradece?
— Porque finalmente irei ser sua filha de sangue — ela disse dentro da luz.
— Como isso pode ser possível?
— Vê esses dois jovens que se abraçam?
— Sim.

— Eles são vocês no futuro. A mãe e o pai.

As imagens desvaneceram-se assim que acordei. Por momentos, fiquei pensando naquilo que tinha sonhado, tentando compreender suas razões... mas logo me levantei.

— Maria! Onde você está?

Ela entrou no quarto.

— Estou aqui, mãe.

— Teve algum sonho, esta noite?

Ela sorriu.

— Sim. Tive aquele mesmo sonho, só que desta vez era a mãe quem entrava dentro da casa.

— E depois?

— Depois foi igual. Vejo os dois abraçados junto a um lago sob a luz dourada de um sol poente.

— Que significa tudo isso?

— Não sei, mãe.

Ela ajudou-me a vestir, caminhando comigo até a residência imperial de Niceia. O concílio ia finalmente se iniciar. O nervosismo que vi no rosto dos bispos, dos teólogos e dos vários delegados era um sintoma da grande expectativa que aquele concílio provocava em todos os presentes.

Afastado do grupo principal, encontrava-se Ário e os seus simpatizantes, enquanto, mais próximo de nós, o bispo Alexandre recebia as atenções da maioria dos bispos e delegados. Quando as portas da sala se abriram, uma multidão de trezentas pessoas tomou lugar nas duas bancadas paralelas. Os lugares tinham sido atribuídos segundo categorias, sendo os mais altos destinados aos bispos e os mais baixos aos delegados. Eu fiquei ao lado do bispo de Antioquia com Maria junto de mim um pouco mais atrás. Estava finalmente tudo pronto para o grande momento.

Quando a porta contrária à nossa se abriu, todos, sem exceção, se levantaram. O imperador entrou então envolto numa túnica real.

A sua imagem era imponente, de ombros largos e queixo firme, silenciando a sala com sua presença volumosa. Sem a escolta dos guardas, caminhou para uma cadeira dourada no meio da sala, pedindo que nos sentássemos. Os bispos indicaram que a precedência era do imperador, ao que ele, para solucionar o problema, mandou que o fizéssemos ao mesmo tempo.

A primeira semana do concílio foi dedicada à revisão das escrituras e aqui começaram as primeiras polêmicas que muito me entristeceram, pois a maioria dos Evangelhos foi posta aparte, ficando apenas quatro, que nem eram os mais significativos. Mais triste fiquei quando o próprio Evangelho de Maria Madalena foi abolido e a sua imagem deturpada ao tentar fazer dela a prostituta cujos pecados foram perdoados por Cristo. O que estava acontecendo ali? Que forças estariam atuando para que tal pudesse acontecer?

Na segunda semana, começou-se a discutir sobre a polêmica que tinha dividido a Igreja em duas facções distintas. E o primeiro a falar foi Ário.

– Meus senhores. – Ele levantou-se. – A polêmica que aqui nos reuniu é tão absurda pela evidência daquilo que discutimos que nem sequer existe razão para este concílio. – Alguns dos bispos taparam os ouvidos, recusando a sua argumentação. – É evidente, senhores, que se o Pai gerou o Filho, aquele que por Ele foi gerado teve que ter um começo de existência; logo houve um tempo em que o Filho não existia, recebendo essa existência a partir do não existente. Cristo, contrariamente a Deus, que é único e não gerado, veio do nada. Isto não significa que o Filho não seja divino, mas não é totalmente divino. O Filho está sujeito ao Pai, assim como o Espírito Santo está sujeito ao Filho. Dessa forma, Pai e Filho não são semelhantes em essência.

O bispo Alexandre levantou-se bruscamente, apontando-lhe o dedo.

– Como se atreve a insistir nessas heresias? O Filho veio de Deus e não do não existente. Ele é uno com o Pai e sempre o será. É divino e não apenas eterno. É Deus de Deus, Luz da Luz, Vida da Vida.

Murmúrios de um tempo anunciado

Como pode dizer que o Filho é de essência diferente do Pai, se ele mesmo é Deus eterno com o Pai? Digo-lhes, irmãos, para não ouvirem as palavras deste servo do demônio, pois é o próprio diabo que as inspira. – E logo sentou-se, tapando os ouvidos.

E as semanas passaram ao ritmo crispado das duas facções, que tornaram o ambiente pesado e por vezes difícil. Numa tentativa de arranjar uma linha intermediária, Eusébio de Cesareia acabou por propor um credo batismal que era tradicional no Oriente: "Cremos em um só Deus, Pai, todo-poderoso, criador de todas as coisas visíveis e invisíveis. E um só senhor, Jesus Cristo, Verbo de Deus, Deus de Deus, Luz da Luz, Vida da Vida. Filho unigênito, primogênito de todas as coisas, gerado do Pai antes de todos os tempos; por ele foram também criadas todas as coisas; ele que para nossa salvação encarnou e viveu entre os homens, e padeceu, e ressurgiu de novo ao terceiro dia, e subiu ao Pai, e voltará em sua glória para julgar os vivos e os mortos. E Cremos também num Espírito Santo único".

Os bispos arianos não viram naquele credo nada que não pudessem subscrever, o que levou as facções conservadoras a exigir um novo credo que excluísse claramente as ideias de Ário. E assim passamos mais alguns dias sem que nada de concreto ficasse estabelecido.

A única certeza era que estávamos cada vez mais longe de Cristo; que ao tentarmos teorizá-Lo em ideias dogmatizadas pelas crenças de cada um, tornávamos distante e vazio de tudo aquilo que Ele nos quis ensinar.

Dois meses depois de ali termos chegado, um novo credo foi criado com o aval do imperador, acrescentando ao anterior vários anátemas contra as principais ideias Arianas: (...) *Mas aqueles que dizem 'houve um tempo em que ele não existia', e 'Antes de nascer, Ele não existia', e que Ele veio a existir a partir do nada, ou que afirmam que o filho de Deus é de uma realidade ou substância diferente, ou que está sujeito a alterações ou mudanças – esses são anatemizados pela Igreja Católica e Apostólica'.*

A consternação foi total por parte dos bispos arianos, pois viam o imperador ceder às pressões conservadoras da outra facção.

Naquele último dia de trabalhos, pedi autorização ao imperador para me dirigir à assembleia. Ele concedeu-me com um estender de mão.

– Irmãos! – disse com ar compenetrado. – Gostaria de dar a palavra à nossa irmã Sara, que veio como representante da igreja de Antioquia.

Alguns deles taparam os ouvidos por se tratar de uma mulher, embora a maioria aguardasse respeitosamente as minhas palavras.

– Espero não lhes incomodar, irmãos. Durante estes dois meses ouvi com atenção suas posições, vendo o quanto estas lhes separam. Temo seriamente que neste concílio tenham sido lançadas as sementes de futuras divisões, o que seria profundamente lamentável. Mas eu pergunto: será mesmo relevante o que aqui foi discutido? Será que a natureza de Cristo, seja ela semelhante ou não semelhante à de Deus, irá acrescentar alguma coisa aos seus ensinamentos?

"Já vivi muito, passei por várias dificuldades, mas foi a fé e a certeza de uma verdade por Cristo ensinada que me fortaleceu nessa caminhada para Ele e para o Mundo. Se em mim apenas existissem teorias, se a minha única base fossem as supostas naturezas de Cristo, garanto que hoje não estaria aqui, não só porque teria sucumbido à força opressora do império, como também não existiria imperador cristão que pudesse legitimar este concílio, pois se hoje estamos em paz foi por causa da força de uma fé expressada por muitos milhares de irmãos nossos. E isso é ser cristão. Se nos agarrarmos às máscaras nada poderemos compreender daquilo que observamos, apenas quem olha para o rosto pode reconhecer esse caminho e essa verdade que no final remirá todos os seres. Cristo não é para ser teorizado, irmãos, mas interiorizado na fé que soubermos cultivar diante de todos os homens.

"Estes dois meses que passaram me entristeceram profundamente. Neles vi o quanto a verdade de Cristo está sendo esvaziada em ideias ou conceitos que nada têm a ver com os seus ensinamentos. Se Cristo aqui descesse hoje, certamente choraria pela deturpação que dele fazemos; certamente nos chamaria de fariseus, pois é isso que nos tornarmos. Não se esqueçam, irmãos, que Cristo é amor e não uma teoria. Que nele está o caminho para a salvação do mundo e não a forma abstrata de um dogma por vocês inventado, pois se Cristo nunca falou da sua essência material ou espiritual era porque esta pouca relevância tinha para aquilo que ele nos tentou ensinar. Se persistirem no caminho que aqui foi traçado, no futuro nada ficará dos seus ensinamentos. Restar-nos-á uma carcaça oca onde apenas os adornos se tornarão visíveis, pois a verdade ignorá-la-emos.

"Só espero que no futuro não esvaziemos Cristo em dogmas cristalizados pela ignorância dos homens, pois esses são os presságios que se anunciam na polêmica por vocês levantada. Conhecer Cristo é amar todas as pessoas em Deus, ter cada homem como uma parte de nós mesmos; é sentir o sofrimento da humanidade como nosso, é compreender o nosso reflexo no olhar de cada Homem, a nossa expressão na natureza pura de uma verdade que está destinada a todos. Conhecer Cristo, irmãos, é ser como ele na humildade, no amor, na compaixão, na fraternidade global de um povo em volta do seu Deus.

"Não se deixem emaranhar nesses caminhos deturpados pela razão, pela vaidade e pela soberba, pois estes são como pântanos de onde não mais conseguirão sair. Deixem, sim, se levar por esse murmúrio que nos chega na força de uma fé suportada pelo amor de quem se sacrificou em nosso nome. Isso, garanto, é tudo aquilo que Cristo quer de nós."

Pensei que tivesse terminado a minha intervenção quando fui tomada pela presença de Madalena, que, ao contrário das outras vezes em que surgia diante de mim, me envolveu como se tivesse me incorporado. Percebi então, numa emoção que consegui conter, que ela iria falar através de mim. E assim continuei:

– Mas para que possam compreender, apesar de tudo, que da polêmica gerada por vocês razão alguma existe que a legitime, queria lhes dizer que a ignorância que gerou tal polêmica está no fato de ainda não terem compreendido que Jesus e Cristo são seres diferentes e não um mesmo ser. Que o bispo Alexandre está certo quando fala que o filho é coeterno com o Pai, que é Deus de Deus, que é da mesma substância, pois isso é aquilo que Cristo é. Uma expressão viva do Amor Divino e por isso mesmo da mesma substância e natureza. Por outro lado, Ário está igualmente certo quando diz que o Filho não é coeterno com o Pai e que ouve um momento em que ele não existia e que a sua substância não é da mesma natureza, pois Ário está falando de Jesus, que foi um de vocês, humano como vocês, embora iniciado nos mistérios da vida que ainda desconhecem.

"Percebido isto, facilmente se compreenderia que a polêmica gerada não tem razão de ser, pois ambos falam de realidades diferentes e, assim sendo, dentro da realidade a que se referem, mesmo ignorando-a, ambos estão certos. Infelizmente, não compreenderam este mistério e tomam essas duas realidades como sendo uma única, mas Cristo, Deus na sua própria essência, é mais que Jesus e este último tão humano quanto vocês."

Depois de ter terminado, reparei que mais uns quantos bispos tinham coberto as orelhas, embora a maioria tivesse ouvido num silêncio respeitoso. E assim ficaram. Logo depois o imperador punha fim ao primeiro concílio ecumênico da história do cristianismo, libertando-nos de uma reclusão de dois meses.

Maria e eu partimos sem mais demoras, desgostosas dos caminhos que se anunciavam diante de nós. Tinham tentado reduzir Cristo a um mero conceito abstrato, ignorando a universalidade do seu amor. Estavam, sem o saber, construindo uma figura igualmente pagã, adornando-a com os mesmos preconceitos que tinham dado forma aos deuses gregos e romanos. Temia que no final ficasse apenas uma estátua, um ritual, um dogma consagrado pela antiguidade e muito pouco da essência de uma verdade por Ele ensinada.

Murmúrios de um tempo anunciado

Enquanto refletia sobre tudo aquilo que acontecera, sentia-me como a última das Madalenas. Aquela expressão fez-me sorrir. Na verdade, era isso mesmo. Eu era um prolongamento direto do legado por ela deixado aos homens que teve como base a criação da nossa igreja. Foi Madalena quem fundou a Igreja de Cristo que agora terminava. O que ali nascera naquele concílio nada tinha a ver conosco, nem com os ensinamentos de nosso mestre e isso entristecia-me profundamente. Sabia, contudo, que num qualquer futuro ainda por revelar, a Igreja fundada por Madalena iria ressurgir e tomar o seu devido lugar.

No dia seguinte, quando o sol se preparava para nos deixar, chegamos ao porto de Bizâncio, entrando no barco que nos levaria de volta para casa. E foi então que, diante de mim e sobre as águas, vi Madalena olhando-me como nunca antes tinha feito. Os seus olhos de fogo eram como janelas para um outro mundo; um portal de entrada para uma realidade futura onde tudo se consumaria.

Quanto Amor brotava daquele olhar!

E quando os seus olhos se viraram, olhando o cais com um sorriso que me arrepiou, acompanhei-os, vendo neste um homem que reconheci logo como sendo ele. Nada sabia do seu rosto e, no entanto, não tive dúvida alguma sobre quem era.

– Sabe quem é, filha?

– Sim, mãe. É o pai.

– É verdade – eu disse num chorar trêmulo e sorridente. – É o teu pai que ali está.

Já não esperava uma bênção como aquela. Ter tido o privilégio de ver o seu rosto, de testemunhar o seu olhar, legitimava o sacrifício de uma vida que também lhe fora dedicada, tal como a dedicara a Cristo. De olhos fixos nos seus, em lágrimas que me inundaram a face, um novo rumo despertava dentro de mim, confortando-me com a certeza de um encontro que apenas o silêncio de muitas partidas poderia completar na expressão de um amor sem tempo nem lugar...

... Do cais observava o barco que se afastava lentamente, levando-a na direção do sol. Era como se ele estivesse ali para nos transportar de volta a nós próprios, recompensando-me dos anos em que apenas no sol podia a observar. Compreendi finalmente que a nossa separação tinha sido uma prova para que pudéssemos expressar o verdadeiro amor e herdar os caminhos que o futuro nos reservava. Ela era agora o sorriso que o sol deificara sobre o meu rosto molhado, dando expressão a uma vontade que nem o espaço, nem o tempo poderiam calar...

... O cais afastava-o na ilusão da distância que nos separava em dois seres, quando na realidade sempre fomos um só. E era com essa certeza que podia finalmente partir em paz, regressando ao lugar que partilhávamos desde os tempos em que nos separamos num parto de duas almas. Éramos as notas de uma melodia cuja expressão transcendia todos os gestos que o tempo delineara sobre nós; a vontade de muitas coisas numa só. E foi então que do meu peito um fogo se fez presente numa intensidade que tudo consumiu. Era Cristo que despertava em mim, finalmente.
— Até breve, Dionísio...

... O barco trilhava o rasto deixado pelo sol que éramos nós, dando voz aos murmúrios de um tempo anunciado. No meu rosto cansado, um sorriso sobrepôs-se às lágrimas que escorriam na emoção profunda daquele momento. Tinha testemunhado o que sempre desejara testemunhar, completando parte de um destino que nos levaria rumo à eternidade. Senti-me então como que trespassado por um raio, despertando em mim uma força que me tomou por inteiro. Nesse fogo que eu sentia arder no meu peito estava a síntese de tudo aquilo que tínhamos vivido e o anunciar de uma Nova Era. Era finalmente cristão.
— Até breve, Sara...

Este livro foi composto em
Horley Old Style MT e ITC Officina Serif
para Rai Editora em maio de 2012